编辑委员会名单

中国地方社会科学院学术精品文库·浙江系列

中国地方社会科学院学术精品文库·浙江系列

陈祚明《采菽堂古诗选》研究

Research On Chen Zuoming's
Ancient Poetry Selection In
Cai Shu Tang

● 宋雪玲 / 著

社会科学文献出版社

SOCIAL SCIENCES ACADEMIC PRESS (CHINA)

本书由浙江省省级社会科学学术著作
出版资金资助出版
浙江省哲学社会科学重点研究基地·
浙江省浙江历史文化研究中心课题成果

打造精品　勇攀"一流"

《中国地方社会科学院学术精品文库·浙江系列》序

　　光阴荏苒，浙江省社会科学院与社会科学文献出版社合力打造的《中国地方社会科学院学术精品文库·浙江系列》（以下简称"《浙江系列》"）已经迈上了新的台阶，可谓洋洋大观。从全省范围看，单一科研机构资助本单位科研人员出版学术专著，持续时间之长、出版体量之大，都是首屈一指的。这既凝聚了我院科研人员的心血智慧，也闪烁着社会科学文献出版社同志们的汗水结晶。回首十年，《浙江系列》为我院形成立足浙江、研究浙江的学科建设特色打造了高端的传播平台，为我院走出一条贴近实际、贴近决策的智库建设之路奠定了坚实的学术基础，成为我院多出成果、快出成果的主要载体。

立足浙江、研究浙江是最大的亮点

　　浙江是文献之邦，名家辈出，大师林立，是中国历史文化版图上的巍巍重镇；浙江又是改革开放的排头兵，很多关系全局的新经验、新问题、新办法都源自浙江。从一定程度上说，在不少文化领域，浙江的高度就代表了全国的高度；在不少问题对策上，浙江的经验最终都升华为全国的经验。因此，立足浙江、研究浙江成为我院智库建设和学科建设的一大亮点。《浙江系列》自策划启动之日起，就把为省委、省政府决策服务和研究浙江历史文化作为重中之重。十年来，《浙江系列》涉猎领域包括经济、哲学、社会、文学、历史、法律、政治七大一级学科，覆盖范围不可谓不广；研究对象上至史前时代，下至 21 世纪，跨度不可谓不大。但立足浙江、研究浙江的主线一以贯之，毫不动摇，为繁荣我省哲学社会科学事业积累了丰富的学术储备。

贴近实际、贴近决策是最大的特色

学科建设与智库建设双轮驱动，是地方社会科学院的必由之路，打造区域性的思想库与智囊团，是地方社会科学院理性的自我定位。《浙江系列》诞生十年来，推出了一大批关注浙江现实，积极为省委、省政府决策提供参考的力作，主题涉及民营企业发展、市场经济体系与法制建设、土地征收、党内监督、社会分层、流动人口、妇女儿童保护等重点、热点、难点问题。这些研究坚持求真务实的态度、全面历史的视角、扎实可靠的论证，既有细致入微、客观真实的经验观察，也有基于顶层设计和学科理论框架的理性反思，从而为"短、平、快"的智库报告和决策咨询提供了坚实的理论基础和可靠的科学论证，为建设物质富裕、精神富有的现代化浙江贡献了自己的绵薄之力。

多出成果、出好成果是最大的收获

众所周知，著书立说是学者成熟的标志；出版专著，是学者研究成果的阶段性总结，更是学术研究成果传播、转化的最基本形式。进入20 世纪 90 年代以来，我国出现了学术专著出版极端困难的情况，尤其是基础理论著作出版难、青年科研人员出版难的矛盾特别突出。为了缓解这一矛盾和压力，在中共浙江省委宣传部、浙江省财政厅的关心支持下，我院于 2001 年设立了浙江省省级社会科学院优秀学术专著出版专项资金，从 2004 年开始，《浙江系列》成为使用这一出版资助的主渠道。同时，社会科学文献出版社高度重视、精诚协作，为我院科研人员学术专著出版提供了畅通的渠道、严谨专业的编辑力量、权威高效的书稿评审程序，从而加速了科研成果的出版速度。十年来，我院一半左右科研人员都出版了专著，很多青年科研人员入院两三年左右就拿出了专著，一批专著获得了省政府奖。可以说，《浙江系列》已经成为浙江省社会科学院多出成果、快出成果的重要载体。

打造精品、勇攀 "一流" 是最大的愿景

2012 年，省委、省政府为我院确立了建设 "一流省级社科院" 的总体战略目标。今后，我们将坚持 "贴近实际、贴近决策、贴近学术前沿" 的科研理念，继续坚持智库建设与学科建设 "双轮驱动"，加快实施 "科研立院、人才兴院、创新强院、开放办院" 的发展战略，努力在 2020 年年底总体上进入国内一流省级社会科学院的行列。

根据新形势、新任务，《浙江系列》要在牢牢把握高标准的学术品质不放松的前提下，进一步优化评审程序，突出学术水准第一的评价标准；进一步把好编校质量关，提高出版印刷质量；进一步改革配套激励措施，鼓励科研人员将最好的代表作放在《浙江系列》出版。希望通过上述努力，能够涌现一批在全国学术界有较大影响力的学术精品力作，把《浙江系列》打造成荟萃精品力作的传世丛书。

是为序。

张伟斌

2013 年 10 月

目　录

Contents

绪　论

第一节　研究的理论意义和学术价值

陈祚明（1632～1674），字胤倩，号稽留山人，浙江钱塘人，是清初著名诗人、诗文选家兼诗歌评论家。陈祚明生于一个世代业儒的家庭，其父陈右耕，为当地"名德宿儒"，虽"终老不遇"，但在当时也是颇有影响的人物。在京期间，陈祚明游食于龚鼎孳、王崇简、胡兆龙、严沆等官绅府邸。他曾与宋琬等人唱和，被称为"燕台七子"，留存作品还有《稽留山人集》二十一卷，收入《四库全书》集部存目。他编选的《采菽堂古诗选》，是一部非常有特色的先唐古诗选本，对有清一代的诗歌创作和诗学理论都产生了巨大的影响。《采菽堂古诗选》不仅选诗，而且附有编选者本人约十万字的评点，陈祚明通过选诗评诗，构建了一个全新的汉魏六朝诗歌史，从诗艺、诗史、诗论的三维视角评点诗人诗作、诗学流派等，既张扬了其推尊六朝诗歌的总体审美取向，也建构了一个完整的诗学理论体系，揭示了先唐古诗的发展历程。陈氏诗学思想不仅是明清诗学嬗变过程中的重要一环，也是今人研究汉魏六朝诗歌的重要参考，因此这也是一部非常重要的诗学文献。

　　《采菽堂古诗选》是专选"古诗"的。所谓古诗，一般有三种含义：第一种是以时间为着眼点，泛指古代的各体诗歌；第二种是以诗歌形式为着眼点，指与绝句、律诗等近体诗相对的诗体，又叫"古体诗""古风"；第三种则是专指唐以前的诗作，即先唐诗歌。这里所谈到的《采菽堂古诗选》，以及本书中涉及的其他古诗选本，如无特别说明，都是立足于第三种含义说的，多是以唐前诗歌作为编选对象的选本。① 明清时期，一方面由于诗歌创作、文学批评和诗学理论本身的发展，另一方面由于出版刻书业的迅速发展，古诗选本尤其兴盛。这一时期汉魏、六朝的古诗选本不少，著名的有李攀龙的《古今诗删》，钟惺、谭元春合选的《古诗归》，陆时雍的《古诗镜》，王夫之的《古诗评选》，王士禛的《古诗选》（后来乾隆时期闻人倓为之笺注，因而又称为《古诗笺》，后即以此名刊行），沈德潜的《古诗源》，张玉谷的《古诗赏析》等。相比较这些大家熟知的选本，陈祚明编选的《采菽堂古诗选》，在当时和后来都没有得到足够的重视。陈祚明《采菽堂古诗选》之刊行，是在他死后，由他的学生翁嵩年完成。自康熙刊本后，又有乾隆刊本。乾隆刊本《采菽堂古诗选》卷首有主持刊行者杭世骏序，但康熙刊本和乾隆刊本都不易得。也许是受编选者本身明遗民身份的影响，它不曾收入《四库全书》，也没有被《四库全书总目提要》著录。上海古籍出版社编纂的大型丛书《续修四库全书》，收录了《采菽堂古诗选》，是据康熙刊本影印的，这也是今人李金松先生校点《采菽堂古诗选》时所依据的本子。

　　在我国校雠学史上，选本作为"总集"的一种，一直被世人所

---

　　① 也有不少学者将此类诗歌径称为"汉魏六朝诗"，如杨焄《明人编选汉魏六朝诗歌总集研究》，陕西人民教育出版社，2009，第 1 页。

重；而作为中国古典文学常用的一种批评方式，选本在中国文学批评那漫长的历史岁月中却始终是"养在深闺人未识"，其光彩照人的批评价值虽偶为识者一见，也常常是灵光乍现，欲追难寻。① 清末词人谭献曾推尊此书，说："气体博大，以情辞为职志，所见既正，说谊多入深微。"② 朱自清先生在《诗文评的发展》一文中说："中国对作家和作品的批评，钟嵘的《诗品》自然是最早的一部系统的著作，刘勰的《文心雕龙》也系统的论到作家，这些个大家都知道。但是大家忽略了清代几部书。陈祚明的《古诗选》，对入选的作家依次批评，以辞与情为主，很多精到的意思。"③ 与《采菽堂古诗选》并提的还有《四库全书总目提要》和赵翼的《瓯北诗话》，可见《采菽堂古诗选》的重要地位。陈祚明通过选诗评诗，在审美取向、表现方式以及诗歌创作理论上，都有独特的创见。其开明通脱的选诗标准、通达稳健的批评旨趣、宏大客观的诗史眼光以及敏锐自觉的学术批评意识，表明他的诗学理论在中国诗歌批评史上的地位是不容忽视的。诗歌选本的一个重要特点，就是这些选本的选辑不只是一种批评，而且本身就是选家的批评理论的实践，这一点在今天的学界已经形成共识。古诗选本既是选家张扬一己诗学主张之产物，则其与当时的诗学思潮、选者的诗学思想必然有密切的关系。因此仅就这一层原因来说，这是一部值得深入研究的诗学文献。通过与明代中后期以来出现的一批汉魏六朝诗歌总集与选本的比较，考察其编选体例及选目的差异，由此凸显了《采菽堂古诗选》在编选标准以及诗学主张上的特殊性；通过对其书中诗歌评点的梳理，我们可以看到陈祚明眼中的汉魏六朝诗歌史，

---

① 邹云湖：《中国选本批评》，上海三联书店，2002，第317页。
② （清）谭献：《复堂日记》，河北教育出版社，2001，第158页。
③ 朱自清：《朱自清全集》（卷三），江苏教育出版社，1998，第27页。

可以看到他的诗美标准、批评理念以及在明清诗学嬗变中的地位。凡此种种，对我们理解与研究汉魏六朝诗歌史以及明清文学批评史都有重要的参考价值。

第二节　本书的研究背景

陈祚明及其《采菽堂古诗选》，在 21 世纪之前，很少被研究者关注。但是随着近年《采菽堂古诗选》标点本的出现，以及新时期蒋寅先生《一个有待于重新认识的批评家——陈祚明先唐诗歌批评》① 等文章的广泛影响，近年这一课题也取得了比较快的进展，尤其对于研究汉魏六朝文学的学者来说，这部诗选大多被列入必备书目了。总体来看，目前关于陈祚明及其《采菽堂古诗选》的研究，主要有以下三个方面。

一　关于行迹考述和文献整理研究

第一，关于陈祚明家世、交游、著述及其相关问题考述。如李金松、陈建新《陈祚明〈采菽堂古诗选〉考述》②，略述了陈祚明的家庭环境、人生历程，对《采菽堂古诗选》本身进行了一些介绍，概括了其中的诗学思想，并阐述了其评点的价值和影响。这篇文章还对《采菽堂古诗选》的选目进行了数据统计，从中可见出编选者崇尚六朝诗歌的思想倾向，是其中比较有说服力的论点。陈斌《清初诗文选家陈祚明及其〈采菽堂古诗选〉》③ 一文，作者略述了陈祚明的身世及《采

---

① 蒋寅：《一个有待于重新认识的批评家——陈祚明先唐诗歌批评》，《中国社会科学院研究生院学报》2011 年第 3 期。

② 李金松、陈建新：《陈祚明〈采菽堂古诗选〉考述》，《中国韵文学刊》2003 年第 2 期。

③ 陈斌：《清初诗文选家陈祚明及其〈采菽堂古诗选〉》，《古典文学知识》2007 年第 2 期。

菽堂古诗选》有别于其他选本的特色，特别提出了选本中自觉的学术批评意识。陈斌《陈祚明交游及〈采菽堂古诗选〉编选意图考论》①，作者主要对陈祚明为人、交游及与其诗学之潜在关联，围绕《采菽堂古诗选》编选的相关具体背景作一考述。此文通过对陈祚明与施闰章、龚鼎孳等人交游过程的梳理，认为其诗学倾向与交游有着一定的关系，编选《采菽堂古诗选》则主要出于对当时宗宋派的回应，对格调诗学以汉魏、盛唐诗为典范的视野拓展，及强调古诗编选的辨体眼光、诗史品格与鉴赏批评功能等。这类论文以普及性介绍为主，也间有论述选本特点、学术批评意识以及个人行迹与其诗学之潜在关联。这篇文章对陈祚明生平交游作了一个相对明确的交待，也为我们探讨陈祚明诗学思想形成与其生平的关系提供了一个线索。张欢的学位论文《陈祚明与〈采菽堂古诗选〉的研究论略》在总结、借鉴现有主要研究成果的基础上，综合采用《四库全书总目提要·稽留山人集》所引《浙江通志》《采菽堂古诗选》的翁嵩年序、吴振棫的《国朝杭郡诗续辑》、钱仲联《清诗纪事》等诸多材料将其生平划为三个阶段，即天启三年（1623）到南明隆武二年（1646）、顺治三年（1646）夏到顺治十二年（1655）夏、顺治十二年（1655）夏到康熙十三年（1674）；分别是其童年读书时期、遗民身份隐居河渚时期以及寓居京师殁于客邸时期。②

　　近年关于《采菽堂古诗选》成书过程，仍有学者进行深入探讨。如张伟《〈采菽堂古诗选〉的命名及成书过程研究》一文，从诗选的命名出发及对此诗选不同的著录，探讨了诗选的成书经过，作者指出：

① 陈斌：《陈祚明交游及〈采菽堂古诗选〉编选意图考论》，《福建师范大学学报》（哲学社会科学版）2007年第3期。
② 张欢：《陈祚明与〈采菽堂古诗选〉研究论略》，漳州师范学院硕士学位论文，2012。

"《采菽堂古诗选》原著书名并非《采菽堂古诗选》，而是翁嵩年刊行之时以先师陈祚明书室为该书命名。陈祚明以'采菽'命堂的原因与陶渊明归隐的心态非常接近。《采菽堂古诗选》评选的时间起点不晚于顺治十二年（1655），止于康熙十四年（1674）春，编选过至少三次。"①

第二，关于《采菽堂古诗选》整理。李金松先生点校《采菽堂古诗选》，2008年12月由上海古籍出版社出版，这也是迄今唯一的点校本。单行本的出版为研究者提供了许多方便，因此2008年以后，这部诗选也得到了更为广泛的关注。李金松先生不仅校点了全部的诗歌及其评点，还撰写了一万余字的"前言"，对陈祚明的生平、家世、交游，陈祚明的著述、《采菽堂古诗选》的编选经过以及陈祚明的诗学思想，都进行了比较系统全面的介绍，为读者认识陈祚明其人其文其思想提供了一个比较全面的轮廓，可以说李金松先生的工作极大地推进了这一选本的研究进程，也为研究者提供了很大的便利。

二　关于选本内容及诗学思想研究

《采菽堂古诗选》的价值，有文学上的，有文献上的，但其更重要的价值还是在文学批评上。因此，这方面的问题也是学者用力甚多的地方，大体主要有以下几个方面。

第一，诗学思想宏观研究。具有代表性的论文如下：蒋寅《一个有待于重新认识的批评家——陈祚明的先唐诗歌批评》②，单从题目来看，作者亦是将陈祚明的主要成就，归于其在诗歌批评上的贡献。作

---

① 张伟：《〈采菽堂古诗选〉的命名及成书过程研究》，《汕头大学学报》（人文社会科学版）2014年第1期。其中，"康熙十四年"，应为"康熙十三年"。

② 蒋寅：《一个有待于重新认识的批评家——陈祚明先唐诗歌批评》，《中国社会科学院研究生院学报》2011年第3期。

者认为，陈祚明的《采菽堂古诗选》作为著名的先唐诗选本，虽常被引用，但人们注意的只是书中对具体诗作的评论，作为批评家的陈祚明本人并没有得到应有的重视，因此该文将陈祚明置于批评家的位置上，在诗学观念的包容性、富有历史感的批评眼光、基于比较的批评方法以及细腻的审美味觉这些方面，剖析审视陈祚明的批评成就，肯定其诗歌批评理论与批评的高度融合及其对古典诗歌美学的贡献。蒋先生指出陈祚明是一个十分优秀的批评家，大力肯定其成就。宋雪玲《论陈祚明的诗歌美学思想》[①] 认为，陈祚明的诗歌美学思想，散见于《采菽堂古诗选·凡例》及诗歌评点之中。强调以言情为本，推崇清雅之美，崇尚多元审美取向，是其诗歌美学思想的基本特征。虽然陈祚明并没有提出带有质变性的诗学范畴，但是他拓展了传统诗学范畴的理论内涵与外延，表现出更为融通的批评个性，从而对清代诗学理论的发展产生了深刻影响。宋雪玲《论陈祚明的诗学理论体系》[②] 认为，陈祚明《采菽堂古诗选》从两个维度上构建其诗学理论体系。在纵向上，诗由"情""辞""术"三个相互联系的基本层面构成，以情为内质，以辞为形式，以术为中介；在横向上，"情"由命旨、神思、理、解、悟，"辞"由声、调、格律、句、字、典物、风华，"术"由神、气、才、法等不同的子范畴构成，每一层面的子范畴之间也构成多维辩证的关系。唯有厘清其诗学范畴的理论内涵、三个层面及其子范畴之间的关系，才能对陈氏诗学体系作出合乎历史语境的阐释。景献力《陈祚明诗论的"泛情化"倾向》[③] 一文，着重研究陈

---

① 宋雪玲：《论陈祚明的诗歌美学思想》，《河南师范大学学报》（哲学社会科学版）2012 年第 5 期。

② 宋雪玲：《论陈祚明的诗学理论体系》，《丽水学院学报》2014 年第 1 期。

③ 景献力：《陈祚明诗论的"泛情化"倾向》，《福州大学学报》（哲学社会科学版）2007 年第 4 期。

祚明诗论中"情"的概念，"情"是陈氏诗学的基础范畴之一。作者认为，陈祚明在《采菽堂古诗选》中对"情"所做的理论建构颇具特色，不仅包括情感，还包括诸如命旨、神思、理、解、悟等与诗歌内容相关的因素，具有很大的包容性。无论是从情感的层面，还是从包罗了所有与诗歌内容相关要素的"情"的层面，他对"情"的论述都显示出一种"泛情化"倾向。这种"泛情化"中所包含的对六朝乃至齐梁文学的重视，反映了明清之际对文学抒情特质的重视，同时也是文学自觉深入人心的一个表现。张伟《从情辞关系看〈采菽堂古诗选〉的诗学思想》① 一文，认为《采菽堂古诗选》的理论核心是情辞的相互关系。陈祚明认为好诗当以情为主，情辞兼备。作者认为陈祚明所言诗歌之"雅"，主要是就语言形式而言，与儒家诗教所强调的思想内容无涉。

第二，编选标准研究。陈斌《陈祚明交游及〈采菽堂古诗选〉编选意图考论》认为，陈氏编选此书的目的主要出于对当时宗宋派的回应，对格调诗学以汉魏、盛唐诗为典范的视野拓展，以及强调古诗编选的辨体眼光、诗史品格与鉴赏批评等。宋雪玲《〈采菽堂古诗选〉编选之隐形标准》②，通过几个具有代表性的古诗选本选诗数据的对比，认为陈祚明《采菽堂古诗选》之编选，与他在《凡例》中宣称的"以言情为本"的选诗标准并不完全符合。在此之外，还存在着与此相矛盾的隐形标准，实际上该选本并不仅仅以指导后学为目的，也不纯粹以体现选者的兴趣、识力为目的，而是以呈现汉魏六朝诗歌的总体风貌为宗旨，体现了编选者宏大的诗史眼光。王莉《陈祚明〈采菽

---

① 张伟：《从情辞关系看〈采菽堂古诗选〉的诗学思想》，《中南大学学报》（社会科学版）2016 年第 3 期。

② 宋雪玲：《〈采菽堂古诗选〉编选之隐形标准》，《温州大学学报》（社会科学版）2011 年第 6 期。

堂古诗选〉选录汉乐府的特点及其批评方法》一文，^①从陈氏选录汉
乐府的视角，既对其选录标准进行探讨，又关注其评点特点。作者认
为，陈祚明《采菽堂古诗选》选录汉乐府古辞时，综合参考多部乐
书，敢于发问和推测，使之成为明清时期很特别的选本之一。他在充
分关注汉乐府的音乐属性基础上展开艺术批评。在分析作品时，注重
考察作品创作的现实动因及时评，对诗歌结构章法加以丝丝入扣的剖
析。此外，陈祚明还具有高度的概括能力，其批评方法也成为影响后
世的新的批评范式。

　　第三，诗艺个案研究。这部分研究以陈祚明对某些重要作家诗作
的评点为着眼点，体现了陈氏诗学研究从整体到局部，从宏观到微观
的研究趋势。有些可能不是以研究陈氏诗学为出发点而是以研究清人
对六朝作家的接受为出发点的，但是综合这部分个案研究成果，对我
们认识陈氏诗学理论也具有非常重要的意义。陈斌《论清初陈祚明对
〈古诗十九首〉抒情艺术的发微》^②，通过对陈祚明古诗十九首评点的
解析，揭示了其独特的言诗论诗方式。古诗十九首是被陈祚明尊为典
范的作品，所以分析他对古诗十九首的评点，对了解陈祚明本人的诗
学理论是很有积极意义的。黄妍、徐国荣《论〈采菽堂古诗
选〉对庾
信的推崇》^③认为，与明清时期诸多古诗选本相比较，《采菽堂古诗
选》表现了对庾信的特别推崇。陈氏称许其性情至深，才气横溢，尤
重其"辞"之能，作为其诗学观"情辞并重"的典范，并从诗品与人
品方面就历代对庾信的批评给予辩解。在论杜甫与庾信的继承关系

　①　王莉：《陈祚明〈采菽堂古诗选〉选录汉乐府的特点及其批评方法》，《中南民族大学学
报》（人文社会科学版）2014年第2期。
　②　陈斌：《论清初陈祚明对〈古诗十九首〉抒情艺术的发微》，《中国韵文学刊》2006年第
4期。
　③　黄妍、徐国荣：《论〈采菽堂古诗选〉对庾信的推崇》，《安徽大学学报》（哲学社会科学
版）2014年第1期。

中，强调庾信"前代之师"的地位，甚至认为杜甫对庾信之五言"亦趋亦步"。陈氏对庾信的推崇与编选者本身的身世经历和诗学观念相关，也是陈氏意欲为六朝诗正名以及建构六朝诗史的一种手段。傅宝龙《论清初陈祚明对谢灵运山水诗的批评——以结构与情景关系为例》① 认为，陈祚明以"情与辞"为审美标准，在着眼于谢诗篇章结构的同时，特别注重分析其结构与情景的关系。傅宝龙《陈祚明对谢灵运山水诗的批评——以用字为例》一文，② 则针对陈祚明对谢诗用字方面的评点，进行了详细的分析，作者认为陈氏在批评谢灵运山水诗字句雕琢之工的同时，侧重对谢灵运诗虚字使用的评点，分析谢诗炼字特点。傅宝龙《陈祚明批评陆机与潘岳诗之比较》一文，认为陈祚明对陆机和潘岳二人诗歌在情感方面的批评截然相反，这与他"诗之大旨，惟情与辞"的诗学观点有着莫大的关联，同时颠覆了前代诗论家对陆机、潘岳诗歌批评的观点。再有，曾毅《陈祚明西晋诗歌批评论略》一文，③ 认为陈祚明的西晋诗歌批评范围较广，内容较多。总的来说，他对西晋诗歌的创作成就及其艺术特色多有肯定，这与中唐以来一直持续的，特别是明代七子派的否定批评颇为不同，既在清初的西晋诗歌批评中具有一定的特色，又在西晋诗歌批评史上具有一定的地位。施丹春《论陈祚明的古诗观与批评方法》，④ 认为陈祚明在举世师法盛唐的风气中独标汉魏古诗的典范意义。他以为与近体格律诗相比，古诗的长处在于情感真挚，朴实无华，因此重视对古诗的玩

---

① 傅宝龙：《论清初陈祚明对谢灵运山水诗的批评——以结构与情景关系为例》，《长春理工大学学报》（社会科学版）2014 年第 2 期。
② 傅宝龙：《陈祚明对谢灵运山水诗的批评——以用字为例》，《清远职业技术学院学报》2014 年第 1 期。
③ 曾毅：《陈祚明西晋诗歌批评论略》，《绵阳师范学院学报》2011 年第 10 期。
④ 施丹春：《论陈祚明的古诗观与批评方法》，《中北大学学报》（社会科学版）2016 年第 1 期。

味可纠正明中叶以来的虚浮矫饰之弊。由他的《古诗十九首》的评语可以看出，他对于古诗艺术魅力的关注主要包括两个方面：一是日常化的情感类型，即探究"人同有之情"，强调失意与离别；二是"善藏"与"不出正意"的抒情方式，强调"人情本曲"，达情需含蓄委婉。再有，李兆禄《清初诗论中的"扬任抑沈"现象——以王夫之、陈祚明、王士禛为例》，① 作者针对诗论领域对沈约和任昉两人的批评，将陈祚明与清初重要的诗论家王夫之和王士禛比较，认为清初诗论领域出现了"扬任抑沈"现象，体现的是诗风演变背景下诗坛对二人诗歌的新审视、新评价：反对格调说之流弊，揄扬近于古诗的任诗而贬抑注重声律的沈诗；反对柔靡纤弱的诗风，崇尚拓体渊雅的任诗而贬低绮艳色情的沈诗；追求神韵诗风，褒扬富有冲淡清远之美的任诗而黜退淫杂庸俗的沈诗。以上研究，尤其是傅宝龙的三篇文章，均体现了研究者对陈氏诗学的关注近年来有趋于微观的倾向，虽然在具体分析上尚存在不够深入等问题，但仍然说明陈氏诗学还有许多方面值得我们进一步探讨。

　　第四，选本影响研究。张伟《论〈古诗源〉对〈采菽堂古诗选〉诗学思想的承袭》②，通过对古诗风貌、温柔敦厚和唐诗之源的探求，分析《古诗源》对《采菽堂古诗选》诗学思想的承袭。后人虽有取于其书，多不称其名。沈德潜编选《古诗源》，评语袭用、祖述或改窜陈祚明的评语，就未提他的名字。③ 另外，王宏林《沈德潜诗学思想研究》一书，将《古诗源》与《采菽堂古诗选》进行对比研究，通过

---

① 李兆禄：《清初诗论中的"扬任抑沈"现象——以王夫之、陈祚明、王士禛为例》，《中国文学研究》2014 年第 2 期。

② 张伟：《论〈古诗源〉对〈采菽堂古诗选〉诗学思想的承袭》，《中国韵文学刊》2013 年第 4 期。

③ 《采菽堂古诗选》点校者李金松先生所撰前言已举证详论，见《采菽堂古诗选》（前言），上海古籍出版社，2008，第 17～18 页。

列举两书对诗篇主旨和风格的分析，证实了"沈德潜《古诗源》许多诗作的评点直接受到了陈氏评点的影响"。① 张伟《〈采菽堂古诗选〉对〈文选〉的批评与修正》一文，② 将《采菽堂古诗选》与《文选》对照，认为陈氏对待《文选》的态度是辩证的，一方面他认为《文选》鉴裁得当，保存了许多经典的古诗；另一方面，他认为《文选》也有一些弊端：以文体为类，一人作品割裂为四五处，不利于读者获得完整的诗史观，反而易于使人剽窃华丽辞藻，无法获得"学古之益"；选诗过严，漏选了许多优秀的作品；着重于修辞，"未及推其（作者）用心所存"；《文选》注专注于典故，不关心选家之心。针对这些问题，陈祚明在分类标准、选录原则和情辞关系方面进行了针对性的修正。张伟《论清初〈诗品〉接受史的"异质性"——以陈祚明对潘岳、陆机、陶渊明的批评为中心》③ 一文，针对钟嵘"陆才如海，潘才如江"的说法，认为钟嵘对陶渊明品第不当，对诗旨阐发不足。同时对钟嵘和陈祚明所处的诗学语境探析，明确了不同诗学语境下对批评家诗人诗作产生不同评判的根本原因：钟嵘之所以强调传统，否定新变，是为了反对以沈约为首的声律论；陈祚明之所以主张溯唐诗之源，提倡"情为辞先"的诗学观，是为了折中调和明前后七子和竟陵派之弊。张伟这三篇文章，均是从陈祚明诗歌批评在诗学史上的重大意义着眼的，一方面彰显了陈氏诗学在清代诗学史上的重要地位，另一方面又将陈氏诗学置于整个批评史上加以观照，探讨了陈氏诗学与《文选》和《诗品》的关系，体现了作者的宏观眼光，这也为研究

---

① 王宏林：《沈德潜诗学思想研究》，人民出版社，2010，第19页。
② 张伟：《〈采菽堂古诗选〉对〈文选〉的批评与修正》，《汕头大学学报》（人文社会科学版）2014年第6期。
③ 张伟：《论清初〈诗品〉接受史的"异质性"——以陈祚明对潘岳、陆机、陶渊明的批评为中心》，《中南大学学报》（社会科学版）2014年第3期。

陈氏诗学提供了一个很好的思路。

三 关于《采菽堂古诗选》的整体研究

目前学界关于陈祚明及其《采菽堂古诗选》研究，尚没有系统的专著出现，但是在学者的论著里部分已经将其作为专题进行了初步的探讨。如张健《清代诗学研究》①，首次设专节讨论了《采菽堂古诗选》的诗学价值，认为他在折中七子、竟陵两派诗学的基础上，提出了自己较有系统的理论，代表了清初诗学发展的潮流。这对发掘陈祚明诗学无疑颇有开创意义。景献力《明清古诗选本个案研究》②，也将《采菽堂古诗选》研究作为其中的一节，她还重点讨论了《采菽堂古诗选·凡例》中体现的诗学思想，认为陈祚明的诗学体系有很大的包容性，在审美风格和表现方式上都有独到的标准。张欢《陈祚明与〈采菽堂古诗选〉研究论略》③，主要是集中整理今人的研究成果，材料比较丰富，亦可供参考。另外，本研究近年还出现了综述文章，即袁琳、满嘉琪的《近十五年来〈采菽堂古诗选〉研究综述》，此文综述了 1999～2013 年这 15 年间《采菽堂古诗选》研究的成果，重要的文章基本都有所提及，为当前学者继续此研究提供了一个资料参考。虽然这篇综述文章并没有对学界研究的薄弱点和需要进一步研究的问题进行更深入的探讨，但是综述文章本身一方面体现了本研究确实取得了一定的成果；另一方面，作者综述近十五年的研究成果，也是基本符合《采菽堂古诗选》研究状况的，因为关于陈祚明及其《采菽堂古诗选》的研究，新时期李金松、陈建新 1999 年发表

---

① 张健：《清代诗学研究》，北京大学出版社，1999。
② 景献力：《明清古诗选本个案研究》，福建师范大学博士学位论文，2005。
③ 张欢：《陈祚明与〈采菽堂古诗选〉研究论略》，漳州师范学院硕士学位论文，2012。

于《中国韵文学刊》的《陈祚明及其〈采菽堂古诗选〉考述》，确实是开先河之作。《采菽堂古诗选》共选录诗歌五千余首，基本上每首诗皆有评点，在篇幅上相当于大半个《先秦汉魏晋南北朝诗》，然而无论从研究时间还是研究成果来说，都是一个比较新的领域，其中还有许多方面的问题，都值得我们进一步探讨。

以上研究成果开创了陈祚明及其《采菽堂古诗选》研究的可喜局面，但是相对于选本本身的价值，这些研究还显得远远不够。因此，陈祚明博大精深的诗学体系，尚有进一步挖掘的空间，具体研究仍有待深入拓展：第一，学界对现有相关史料的钩沉、整理、辨析尚嫌不足，陈祚明家世、交游、行迹以及《采菽堂古诗选》的成书过程还存在许多疑点，有待进一步辨析考证；第二，陈祚明诗学思想的研究尚有待进一步深化、拓展、系统；第三，对陈祚明诗学体系、诗歌品评、诗学范畴、诗歌史观研究，陈氏诗学在明清诗学发展史上的地位和作用，也有待进一步深入挖掘。

第三节　研究目标和主要论题

本书拟从学界研究的薄弱环节入手，通过对陈祚明与《采菽堂古诗选》及其诗歌评点进行更加深入系统的研究，进一步厘清陈氏诗学范畴、诗学概念，进一步发掘其诗学价值，从而对陈氏诗学在明清诗学史上予以准确合理的定位，以期达到以下目标。

第一，深化相关文献考证，进一步考证陈祚明生平以及《采菽堂古诗选》成书过程等相关问题。关于陈祚明生平及家世的史料很少，近年来学者考述所征引的史料主要有《四库全书总目提要·稽留山人集》、邓之诚《清诗纪事初编》、钱仲联《清诗纪事》引阮元《两浙輶轩录补遗》及吴振棫《国朝杭郡诗续辑》、陈祚明诗集《敝帚集》等。然而，陈祚明的朋友孙冶所撰的《亡友陈祚明传》、载于清雍正刻本《稽留山人集》之前的三篇序文（王崇简序、严沆序、顾豹文序）等，这些文献资料却一直没有得到学者的充分重视。深化相关文献考证，可以深入考索陈祚明之家世、行迹、交游，进一步揭示其诗学思想形成的主体原因。

第二，结合研究陈祚明其他著作，深入研究其诗学思想。除编选评点《采菽堂古诗选》，陈祚明还有其他创作，如《稽留山人集》（四库全书存目丛书·集部）、《敝帚集》等，学界对此关注也很少。据这些资料，研究陈祚明与同时代其他诗论家（以"燕台七子"为中心）的唱和往还，阐释其中蕴含的诗学思想，揭示其诗学思想统一性与差异性、整体性与阶段性，拟对陈祚明及其《采菽堂古诗选》作更为系统的研究。

第三，深化陈氏诗学与明清诗学嬗变研究。从诗艺、诗论、诗史的三维视角，深入研究其诗学思想的理论体系、美学范畴、批评标准及其诗学史意义。深入研究陈祚明与明清易代之际的诗学流派之间的关系，阐释其诗学特点及其发展嬗变，揭示陈氏诗学思想形成的时代动因。

根据以上设想，计划完成以下六个章节：

（1）陈祚明行迹及其著述考论。

根据以往被学界长期忽视的文献资料，探索关于陈祚明的生平、家世以及《采菽堂古诗选》的成书过程。认为陈祚明诗学思想及其人生选择的形成，与其家世和交游有着密切的联系，是明末清初比较特殊的遗民诗人。进一步明确《采菽堂古诗选》的编选过程，其纂辑、删修和初步成书主要集中在 1659 年至 1663 年间。而在此之后，陈祚明对自己编选的诗集进行了数次增删，至少到 1672 年，陈祚明还在对《采菽堂古诗选》所选诗歌进行小修小删和少许移动，并且"补遗"四卷也已基本定型。

（2）陈祚明的诗学理论体系。

陈祚明《采菽堂古诗选》的《凡例》及其诗歌评点，提出一系列诗学范畴，从横向和纵向两个维度上，构建了一个完整的诗学理论体系。在纵向上，诗由"情""辞""术"三个相互联系的基本层面构成，以情为内质，以辞为形式，以术为中介；在横向上，"情"由命旨、神思、理、解、悟，"辞"由声、调、格律、句、字、典物、风华，"术"由神、气、才、法等不同范畴构成，每一层面的各个范畴之间也构成多维辩证的关系。以"情""辞""术"三个层面研究其诗学理论构成，是研究陈氏诗学的逻辑起点。厘清陈氏诗学范畴的理论内涵，在纵向和横向的两个维度上，探讨三个层面以及诸范畴之间的多维辩证关系，才能对陈氏诗学理论体系作出合乎诗学语境的阐释。

（3）陈祚明的诗歌美学思想以及《采菽堂古诗选》的编选标准。

陈祚明的诗歌美学思想，散见于《采菽堂古诗选·凡例》及诗歌评点。概括言之，强调以言情为本，推崇清雅之美，崇尚多元审美取向，是其美学思想的基本特征。虽然陈祚明并没有提出带有质变性的诗学范畴，但是他拓展了传统诗学范畴的理论内涵与外延，并表现出了融通的批评个性，从而对有清一代的诗学理论和诗歌创作都产生了深刻影响。另外，从选本批评的意义上看，陈祚明《采菽堂古诗选》之编选，与他在《凡例》中宣称的"以言情为本"的选诗标准并不完全符合。通过对陈祚明提出的诗学思想和《采菽堂古诗选》诗歌选目的详细考察，可以发现《采菽堂古诗选》之编选，还存在着与此相矛盾的隐形标准——实际上该选本并不仅仅以指导后学为目的，也不纯粹以体现选者的兴趣、识力为目的，而是以呈现汉魏六朝诗歌的总体风貌为宗旨，体现了编选者宏大的诗史眼光。

（4）《采菽堂古诗选》的诗歌评点与诗人品评。

《采菽堂古诗选》和明、清两代的许多其他文学选本一样，附有编选者的评点，这与明清时期评点文学的兴盛有着密切的关系。《采菽堂古诗选》的评点分为两个部分：一是对诗人的总评，附在诗人简介之后；二是对具体诗作篇什的分析和评论，其内容包括诗歌的内容、意旨以及艺术特色等诸多方面。对于文学史研究和文学批评史研究而言，《采菽堂古诗选》最有价值或者说最精彩的当是陈祚明对诗人诗作的分析。本章探讨《采菽堂古诗选》的创作方法论、修辞理论和评点特色，还有它在文学批评史和清代诗学上的地位，等等。《采菽堂古诗选》诗人总评，一般包括三个部分：一是叙诗人生平简历，自撰评语；二是对前代和当时重要诗话著作的征引，包括钟嵘《诗品》和陈应行《吟窗杂录》等；三是以形象化的语言，采用意象批评的方法再作评论。陈祚明就是以意象批评论诗的重要人物，集中体现在《采菽堂古诗选》的诗人品评，陈氏用比喻的方式、凝练的语言，将作家作品等风貌予以传神揭示，对各个诗人的总体风格进行形象的描述。这也是陈氏诗学具有特色之处。

（5）《采菽堂古诗选》与明清其他古诗选本。

陈祚明的《采菽堂古诗选》正是在明清选本兴盛的背景下出现的，它的编选，不能说不受当时学术风气的影响。通过《采菽堂古诗选》与当时重要古诗选本的比较，对《采菽堂古诗选》的选本批评意义有一个更加深入的认识。

（6）陈祚明诗学理论与明清诗学嬗变。

陈祚明的《采菽堂古诗选》在凡例中反复阐释了自己"以言情为

本"的情感优先的立场，很有系统地建构了自己的诗学框架，可以说是继承了明竟陵派的诗学观念。他在评点过程中对一些艺术上造诣很深的诗作不吝笔墨地给予很多精彩独到的评点，又显示了注重修辞的审美趣味，表明对明七子派重雅主张的强烈认同；同时在选诗的过程中显示了兼容并包的审美取向，在评选过程中他确立了自己心目中的汉魏六朝诗歌发展史，其对诗人诗作的评论显示了自觉的学术批评意识，形成了自己的特色。

在研究基本典籍、史料、明清诗学和古诗选本的基础上，重点研究《采菽堂古诗选》诗歌选目和评点文字，结合该诗选产生的文学史背景和清代诗学语境，主要着眼于陈祚明《采菽堂古诗选》文学批评的意义探讨，明确陈氏诗学在诗学发展史上的地位。

第一章
陈祚明行迹及其著述考论

第一节　陈祚明的生平和家世

关于陈祚明生平及家世的资料很少，近年来学者考述所征引的资料主要有：《四库全书总目提要·稽留山人集》、邓之诚《清诗纪事初编》、钱仲联《清诗纪事》引阮元《两浙輶轩录补遗》及吴振棫《国朝杭郡诗续辑》、陈祚明诗集《敝帚集》等。但是，陈祚明的朋友孙冶所撰的《亡友陈祚明传》、载于清雍正刻本《稽留山人集》之前的三篇序文（王崇简序、严沆序、顾豹文序）等，这些文献资料却一直没有得到学者的充分重视。孙冶是"西泠十子"之一，而"西泠十子"是清初比较有影响的诗学流派，虽孙冶的生卒年不可考，但据现存史料可知他大约活动于顺治末年（1661 年左右），大致与陈祚明同时。孙冶一生笃于友谊，他为友人写的传记应是可靠的第一手材料。而王崇简、严沆都是陈祚明流寓京师 19 年间结交的重要人物，其同乡顾豹文的说法也当值得参照。因此，关于陈祚明的生平、家世以及《采菽堂古诗选》的成书过程等仍有进一步深入研究的必要。

一　明遗民身份

陈祚明（1623～1674），字胤倩①，浙江仁和人。祚明生于业儒之门。其父陈石耕为学"一本之考亭（朱熹），而私淑于整庵、敬庵。然尤极意于经世，贯穿汉唐以来诸儒之说，辨核其同异。得先著作满家，凡数十万言，而家庭之训悉归指于忠孝。诸子奉其教戒，无敢堕失"②。整庵，即明大儒罗钦顺③；敬庵，乃许孚远④，其学以克己为要。这则记载有部分尚存疑点，⑤但陈石耕深受朱熹等当时重要理学家的影响，应没有问题，其出处当以经世致用为重，这样的家世应该也对陈祚明产生了比较大的影响。孙冶云："祚明父为存之先生，穷极性命，绍绝学之传，当世称为大儒。祚明嗣其学，披其义蕴，其于鹅湖、鹿洞之旨，廓如也。"⑥可见他受家学的熏染之深，这不仅为陈

---

① 关于陈祚明的字，有以下几种说法：一、引倩。如厉鹗《增修云林寺志》："陈祚明，字引倩，仁和人，著采菽堂集，有冷泉亭诗。"二、允倩。如官修《清文献通考》："祚明，字允倩，钱塘人。"三、嗣倩。如黄虞稷《千顷堂书目》："陈祚明，字嗣倩，仁和人。"另外，还有颖倩等提法，这里不再赘述。雍正帝字"胤禛"，以上关于陈祚明字的几种变化，应是清人避讳所改，故出现如此混乱的情况。

② （清）陈祚明：《稽留山人集》（陆嘉淑序），《四库全书存目丛书（集233）》，齐鲁书社，1997，第452页。

③ 罗钦顺（1465～1547），是明代重要的思想家，历任南京国子监司业、太常卿、吏部右侍郎、吏部尚书等职。在明中期罗钦顺是可以和王阳明分庭抗礼的大学者，时称"江右大儒"。有《困知记》《整庵存稿》《整庵续稿》传于世。

④ 许孚远（1535～1604），德清县人，一生精研理学，聚徒讲学，深得王阳明正传。著有《论语述》、《敬和堂集》八卷、《大学述》、《中庸述》等。

⑤ 陈祚明长兄陈潜夫于顺治三年（1646）赴水而死，年三十七，则知陈潜夫生于1612年，假设陈父25岁左右生子，陈父也应生于1590年前后。即使再上推20年，与罗钦顺也应该没有交集，因而应无"私淑于整庵"之说。

⑥ "鹅湖"，即江西上饶鹅湖寺。南宋淳熙三年，江西上饶鹅湖寺发生了一次影响深远的文化事件。朱熹与当时著名学者陆九渊相会于此，交流思想。陆属主观唯心派，与朱的客观唯心说不同，两人进行了思想史上的著名论战，从此有了"理学"和"心学"两大派别。"鹿洞"，即江西庐山白鹿洞书院。是为中国四大书院之一，初创于唐，至明清仍办学不断，朱熹亦曾修复书院，招收学生，苦心经营于此。这里所言"鹅湖""鹿洞"之旨，意即陈祚明受传统文化尤其是明代理学熏染极深。见（清）孙冶《孙宇台集》（卷十五），清康熙二十三年孙孝桢刻本，第148页。

祚明后来编选《采菽堂古诗选》奠定了稳固的文化和学术基础，而且陈氏四兄弟以忠孝为出处大节，亦应在情理之中。

孙冶云："当确庵先生之殉节江上，与二夫人俱祚明一家数口，糠核不厌，棺敛者三抚其遗孤。偕兄及弟，流离兵间，傸处一橼。"① 这里的确庵先生，当是明崇祯壬午举人陈言夏。他在顺治年间荐举隐逸，以疾辞。陈祚明一家与陈言夏一家在山颓木坏之时，有如此的交情，当然对陈祚明及其家人的处世有重要影响。

陈祚明《忆昔行赠黄商侯金宪》曰：

> 岁在癸未公车集，广陵城下停轮蹄。相逢南人望北关，意气一一凌虹霓。……是时中原已破乱，饷匮兵骄天子叹。上策不收各复归，少闲邦社俄崩散。烽尘四合几人留，贵贱存殁轻云浮。②

诗中的癸未，是指公元 1644 年，这一年是中国历史上惊心动魄的一年，风云突变，天翻地覆。李自成的大顺军势如破竹攻下了北京城，明朝灭亡。1644 年 4 月，山海关外的清军接受明朝骁将吴三桂的邀请，入关与李自成在山海关决战，随即登基才一天的大顺朝皇帝李自成被赶出了北京城。六岁的顺治皇帝福临轻而易举地登上帝王宝座，从此开始了历时 268 年的大清帝国统治。这首诗展现了当时战乱频仍的局面，反映了作者相当复杂的感情：既有对故土依依难舍的苦恋之情，也有为自己坎坷的经历而悲伤。清兵攻破扬州之时，陈祚明与友人及诸兄弟聚集扬州，流离兵间，目睹了明王朝分崩离析的可叹图景。

---

① （清）孙冶：《孙宇台集》（卷十五），清康熙二十三年孙孝桢刻本，第 148 页。
② （清）陈祚明：《稽留山人集》（卷二），《四库全书存目丛书（集 233）》，第 476 页。

诗人面对国破民败，社稷崩塌，一种回天无力的悲壮之感跃然纸上。陈祚明兄丽明为将军，弟晋明为布衣，均以忠孝为重。兄玄倩抗清而殉难，陈祚明与另外二兄弟均以遗民身份入清。

《采菽堂古诗选》翁嵩年序云：

> 山人昆弟四人，长故明侍御靖国难。有老母在，山人奉之偕隐河渚，教授生徒以资甘旨之养。一门孝友遗世而独立，四方士林争目之曰："人伦模楷在是矣！"会其故人胡少宰宛委、严侍郎瀬亭，仕官京师，强之出，山人则襆被奚囊，从两公游，与商确名山之业。①

陈祚明的长兄陈潜夫，字元倩，曾任明开封府推官。《明史》载："（1646）江上师尽溃，潜夫走至山阴化龙桥，携妻妾二孟氏同赴水死，年三十七。"② 仲兄陈丽明，字贞倩，号正庵，"尝从兄元倩治军大梁，为总兵官，所规画阴与孙吴兵法合。当其时，诸营累累如儿戏，独贞倩军屹不可动"③，明亡后无意仕进。弟弟陈晋明，字康侯，号德公。"康侯于鼎革之后，与兄贞倩、胤倩，诛茅偕隐"，"其论诗谓王、李，但揭高华，钟、谭专搜冷隽，两者均失之，选有《八代诗钞》"。可见，陈氏兄弟四人对待清王朝的态度都是十分鲜明的，长兄、仲兄尤甚。而陈祚明和其弟陈晋明，则将王朝失落之哀痛，寄托于文化工作，并且在当时的文坛享有一定的名气。史载陈晋明有《采菽堂诗集》《采菽季子诗留》等，并且也得到当时重要文

① 陈祚明评选，李金松点校《采菽堂古诗选》（翁序），第 1 页。
② （清）张廷玉：《明史》，中华书局，1974，第 7106 页。
③ （清）吴庆坻：《焦廊脞录》（卷四），清代史料笔记丛刊本。

人的称赏，① 另外，《采菽堂古诗选》是以读书室命名的，于是笔者推测陈祚明的选诗工作，也可能有其弟陈晋明的参与。

陈氏一门的选择，和当时江南许多抗清志士并无二致，但其家学家风的影响却至为关键。陈祚明后来作歌《思太古》，又曰："兄事木帝精，弟畜蚀晁客。作剧生拔苍龙角，使气直骑参虎脊。当年天上携手人，岂念吾生此迍厄？泪下如缠縻，鼻涕长一尺。空啼杜宇血，徒衔精卫石。从来物化本无常，嗟尔悲啼亦何益？"② "空啼杜宇血，徒衔精卫石"，弥漫了作为遗民无可奈何的悲怆感。

二 博学而困顿

孙冶在《亡友陈祚明传》中，以汉代东方朔、唐朝李白比陈祚明，他说：

> 以余所闻，汉有东方朔先生，曰岁星也。又千有余年，而唐有李太白先生，曰金星也。又千有余年，而明末有吾友陈祚明先生，曰火星也。夫五星者，天之贵臣也，千年一生，即三公孤卿岂足道哉？③

"天之贵臣，千年一生"，这种评价不可谓不高。东方朔、李白都是历史上被一再称道的人物，作者之所以作如此比拟，因为在他眼里，

---

① 如（清）吴振棫《国朝杭郡诗续辑》云："康侯于鼎革之后，与兄贞倩、胤倩，诛茅偕隐，不复干进。其论诗谓王、李，但揭高华，钟、谭专搜冷隽，两者均失之。选有《八代诗钞》《初盛唐诗》，世称善本云。"王崇简云："康侯来京师，有杂感之作，明净窈渺，或吊古而寄慨，或遇物以咏怀，如崇兰擢秀，朗逸超性，盖心境莹然，音旨允协矣。"见（清）王崇简《青箱堂文集》，《四库全书存目丛书（集203）》，第376页。

② （清）孙冶：《孙宇台集》（卷十五），清康熙二十三年孙孝桢刻本，第148页。

③ （清）孙冶：《孙宇台集》（卷十五），清康熙二十三年孙孝桢刻本，第148页。

一方面因为三人都是"倜傥非常之人";另一方面,乃是因为东方朔曾"执戟为郎,至以一囊粟与侏儒较饥饱",李白最终"前后游历燕赵齐鲁吴越江淮",而陈祚明则"生遭百六阳九之厄,被褐怀玉、乘节守义。然在燕三十余年,公卿载酒论文,黄金满床头,缘手辄尽,究以旅死,其穷异甚"①。陈祚明"才情风发,赫然倾动朝野"②,而命运多舛,与东方、太白有许多共同之处。他拥有着封建社会知识分子最重要的才情大略,却生不逢时,充满着未能尽其才的深沉哀伤。

上面说过陈祚明有着深厚的家学渊源,他承袭父亲陈石耕之学,《亡友陈祚明传》作如此称赞:

> (祚明)为文章千言立就,出入班马,扬厉风骚。文自韩欧大家以下,诗如琅琊、历下诸子,无不瓜育揲俞,拓髓搜肌。至若天官、地理、河渠、兵政、职官诸典故,了如指掌。③

也就是说,他不仅在文史哲方面有很深的造诣,而且还精通天官、地理、河渠、兵政、职官等,真可谓"通才"了。严沆云:

> 山人负才,博学贯穿经史,百家九流之文会之于心,发之于腕,无所不工擅。而又目摄四座,口对宾客,手挥笔墨,心计古今。刘穆之④五官并用,世多不信有其人,自有山人为之佐证矣。

---

①　(清)孙治:《孙宇台集》(卷十五),清康熙二十三年孙孝桢刻本,第148页。
②　陈祚明评选,李金松点校《采菽堂古诗选》(翁序),第1页。
③　(清)孙治:《孙宇台集》(卷十五),清康熙二十三年孙孝桢刻本,第148页。
④　刘穆之(360~417),字道和。东晋末年大臣,官至尚书左仆射。深受刘裕倚仗,更屡次在刘裕领兵在外时留守建康,并且总掌朝廷内外事务。

以山人之才，顾老于卖文，又不得恒饱计，归休。潦倒蹉跎竟以客死。呜呼！①

　　严沆此段序文阐述的意思有二：其一，陈祚明才情风发，可与晋刘穆之比肩；其二，陈祚明命运多舛，客死异乡，其苦悲非江淹《恨赋》所能及。

　　翁嵩年《采菽堂古诗选·序》云：

　　　　（祚明）才情风发，赫然倾动朝野，踏门投刺者，踵相接也。且胸次洒落，议论飚举，掀髯一笑，尝屈其座人。有时都官置酒高会，必招山人。或分曹拈韵，七步成章；或口答手裁，五官并用。其所为诗，不屑追踪汉魏以下，而志趣之于古人，可以相方者，晋则陶元亮，唐则孟襄阳，而明则谢茂秦也。②

　　从"踏门投刺者，踵相接"诸语来看，陈祚明之才情在当时享有盛名。

　　顾豹文序又曰："胤倩如君乡之于汉，淳于之于齐。"③ 又《杭州府志》云："陈祚明，博学善属文，以贫佣书京师，殁于客邸。……长髯如戟，双眸如电。著诗古文辞甚富。"④ 可见陈祚明的才气豪情，在当时是有口皆碑的。

　　陈祚明编选的《采菽堂古诗选》之所以不被重视，很大一方面是由于编选者的布衣身份。非官方编修的诗选，在封建社会不易于流播。

---

① （清）陈祚明：《稽留山人集》（严沆序），《四库全书存目丛书（集233）》，第440页。
② 陈祚明评选、李金松点校《采菽堂古诗选》（翁序），第1页。
③ （清）陈祚明：《稽留山人集》（顾豹文序），《四库全书存目丛书（集233）》，第448页。
④ 李格：《杭州府志》（卷一百四十五），民国11年本，第3836页。

作为一个传统学养深厚的明遗民，陈祚明以忠孝为出处大节。但是现实社会的残酷，却使人为学不得不为稻粱谋。明亡之后，他曾偕母隐居，翁嵩年《采菽堂古诗选·序》称：

> 山人奉之偕隐河渚，教授生徒，以资甘旨之养。……会其故人胡少宰宛委、严侍郎灏亭，仕宦京师，强之出，山人则襁被橐囊，从两公游，与商确名山之业。①

据邓之诚《清诗纪事初编》知陈祚明于顺治十三年（1656）入京。对他而言，弃隐入京主要是为生计考虑，正所谓"我缘乞食走京华"（《燕山遥哭二小侄》），可见入京并非其本愿，而是生活困窘之不得已之选择。《稽留山人集》前载严沆序亦证明了这一经历：

> 盖二十年以前，余与稽留山人交，弗论矣。自索米长安，山人来就邸居，共朝夕。余一再返里间，山人则留邸门不肯归。卒殁于京师，其知山人者，皆曰山人非不肯归，盖不能归也。②

由此，可以看出陈祚明之寄人篱下身不由己之痛。陈晋明有诗云：

> 同门有难弟，入座早惊人。未遂会稽隐，且污京洛尘。贵卿长揖间，侠客和歌新。一别青门后，空怀白社频。③

---

① 陈祚明评选，李金松点校《采菽堂古诗选》（翁序），第1页。
② （清）陈祚明：《稽留山人集》（严沆序），《四库全书存目丛书（集233）》，第440页。
③ （清）蒋薰：《留素堂诗删》，清康熙刻本，第80页。

从这里也可得知，陈祚明入京并非其本愿。而且，入京之后的生活，更是繁华与落寞的复杂交织。如其《除夕燕山旅舍示大侄伯长》云：

> 他乡岁逝催人逝，犹子情深伴夜深。暂喜生存延聚首，倍缘亲爱益伤心。一来使而妻孥隔，忽漫惊人戎马侵。明旦未知能活在，泪垂烛残且哀吟。①

从这首诗的感情基调来看，应该是作于辞世前不久。而且，《稽留山人集》是编年排次的，这首诗列于最后，也大体可以推断陈祚明辞世之前，心中该是怎样的悲伤。《稽留山人集》还逐年记录了他流寓京华的苦乐忧辛，让我们读到了诗人的失意与忧伤。例如：

> 杜公夔府日，衰疾恸江村。尚想田园去，能留诗卷存。只筹添战伐，与恐圻乾坤。氾滥嗟何及，平生一泪痕。（《偶吟十二首·其一》）
>
> 汶汶犹成世，忙忙欲有为。崩天那遂及，率野更何之。诗酒陶潜活，江山庾信愁。毕生行乞食，垂白弃妻儿。（《偶吟十二首·其二》）
>
> 立功吾岂敢，顾学或修辞。辑洽宁无用，文明亦在兹。受应殊展喜，作岂似奚斯。惨淡经营就，能今饱肉糜。（《偶吟十二首·其六》）
>
> 诗酒陶潜活，江山庾信悲。毕生行乞食，垂白弃妻儿。（《偶吟十二首·其七》）

---

① （清）陈祚明：《稽留山人集》（卷二十），《四库全书存目丛书（集233）》，第668页。

　　陈祚明作于辞世前的《偶吟十二首》①，可谓诗人后半生的简要总结，他将自己的景况比作漂泊夔门的杜甫、乞食的陶渊明、滞留北地的庾信。陈祚明对这些诗人的遭际有着深深的同理心，在某种程度上有着深深的异代同愁之感。庾信历经离乱，遭受亡国之痛，流落北地时，生活困窘艰苦，滞留北地以后，实际上庾信并未担任任何实际官职，所谓骠骑大将军、开府仪同三司，皆为虚衔。至北周孝闵帝时任司水下大夫，官秩低微，后出为弘农郡守，也是僻处周齐边境，仕宦并不得意，甚至偶为生计困扰。陈氏在明亡后偕母隐居，后为生计，入京游于公卿之间，对庾信诗中表现的情感有着深深的共鸣。也许是由于个人身世遭际对评选诗歌的影响，从《采菽堂古诗选》的编选来看，这几位诗人也是陈祚明特别喜欢的诗人，他饱经沧桑，深窥世情之伪而强作隐忍，混身清浊而无可奈何，从诗歌里可以看出他作为一介布衣"立功吾岂敢""惨淡经营就，能令饱肉糜"的自嘲自解。在这些文字里，我们不难体味到陈祚明胸次洒落背后那真实的内心世界。入京之后，陈祚明诗酒酬酢于京都内外，而流寓之痛却是其丰盛年华的不变底色。

第二节　陈祚明交游考

　　古时文人之间的交往，往往能够对文人的思想形成大的影响。古代的许多诗学流派都是靠交游而建立并形成风气的。从知人论世的角度，陈祚明流寓京师 19 年，考察他与京邑文士的交游情况当有助于理解其诗学思想。

---

① （清）陈祚明：《稽留山人集》（卷二十），《四库全书存目丛书（集 233）》，第 667 页。

一　身份特殊的布衣诗人

邓之诚《清诗纪事初编》云："陈祚明，字胤倩。仁和人。布衣敦高尚之节。家贫卖文以给食。顺治十三年入都，以诗酒遨游公卿间。龚鼎孳、王崇简皆甚礼重之。……殁在康熙十三年。年五十二。"① 陈祚明与王崇简、龚鼎孳这样最早一批仕清明臣有所交往。因当时陈祚明不仅远离政坛，在诗坛上也尚未崭露头角，所以这一时期的交往还主要表现为王崇简等人对陈祚明的奖掖和照顾。

王崇简（1602～1678），字敬哉，为崇祯十六年（1643）进士，入清官礼部尚书，与龚鼎孳等人皆属顺治至康熙初年京城诗坛的名公。王、龚二人好交游酬酢，对陈祚明甚为礼重。汪琬《宛西集序》把王、龚二人与钱谦益、吴伟业并推为"以文学倡导于前，然后鸿儒硕士，望风继起"② 的领军人物。特别是龚鼎孳，《清史稿》云：

> 鼎孳天才宏肆，千言立就。世祖在禁中见其文，叹曰："真才子也！"尝两典会试，汲引英隽如不及。朱彝尊、陈维崧游京师，贫甚，资给之。傅山、阎尔梅陷狱，皆赖其力得免。……自谦益卒后，在朝有文藻负士林之望者，推鼎孳云。③

可见，龚鼎孳汲引英隽、资给贫困之士，是其一贯行为。但这也从另一个侧面反映了陈祚明能够得到龚鼎孳的赏识和礼重，是与其自

① 邓之诚：《清诗纪事初编》，中华书局，1965，第 260 页。
② （清）汪琬：《尧峰文钞》，四部丛刊本，第 256 页。
③ 赵尔巽等：《清史稿》，中华书局，1963，第 13325 页。

身的博学与才略分不开的。王、龚论诗皆取宗唐人，对顺康之际京师诗坛的复古诗风深有影响。

王崇简在《稽留山人集序》中不仅交代了自己与陈祚明的交情，亦对陈祚明的才情以高度赞赏：

> 余衰季抱疾，每思平生故交，不胜今昔之感。武林陈康侯以其兄胤倩遗诗目录过余，云"先处士兄诗业已编辑成集，辱在相知最深且久，宁无一言以序之乎？"……人所谓"状难写之景如在目前，含不尽之意常在言外"。读其诗自能得之。……胤倩抱经术之业，以嘉惠后学，来游都下，虽未履仕籍，实多讦谟，士大夫争下榻焉。①

他高度赞扬了陈祚明的文采，虽然他未仕清朝，一介布衣，但是在当时还是颇有影响的人物之一。其《青箱堂诗集》录《送陈胤倩还武林》一诗，有"若到湖山忆旧侣，知君为我上江楼"句，表达了与陈祚明非同一般的友谊。

另，朱彝尊《曝书亭集》录《王尚书招同钱毛陆陈严计宴集丰台药圃四首》一诗，其中，王尚书就是指王崇简，"钱"即钱澄之，"毛"即毛会建，"陆"即陆元辅，"陈"即陈祚明，"严、计"乃严绳孙和计车。其一云："上苑寻幽少，东山载酒行。发函初病起，出郭始心清。一老风流独，群贤少长并。甘从布衣饮，真得古人情。"②他们群贤少长并集，载酒畅游，凭怀古人而吟诗作赋，呈现的是一种和谐繁盛的文化气象。而这种宴集赋诗的意义，不仅仅在聚会本身，

---

① （清）陈祚明：《稽留山人集》（王崇简序），《四库全书存目丛书（集233）》，第436页。
② （清）朱彝尊：《曝书亭集》，四部丛刊影清康熙本，第88页。

其中的文化意义当类似古代的金谷、兰亭雅集，这实质上是一种与会文人之间共同的审美风尚的张扬和理论主张的宣言，在这里则代表着以王崇简为核心的诗学理论上的复盛唐之古的主张。然而，对于尚未能在诗坛展露头脚的陈祚明个人来说，则是对其诗坛地位和"时贤"身份的肯定与认可。此间乐趣，只有身处其中的人方能体会，因此说"甘从布衣饮，真得古人情"。由这些记载可见，陈祚明与当时京师一些著名文人的交往是相当紧密的，他诗酒遨游于公卿之间，也可算一位身份比较特殊的布衣诗人。

二 关于"燕台七子"

"燕台七子"主要是清初出仕新朝的诗人，是一个过渡性的文学团体。陈祚明与宋琬、施闰章等清初科举入仕的新辈酬唱往来，因诗歌酬唱而成为"燕台七子"①之一。虽然陈祚明终身布衣，但是与这些人物相比，陈祚明在诗坛上的名望并不逊色。因此，这一层面的交往，主要表现为诗人之间的自由酬唱和诗学观念的共同切磋。

吴振棫《国朝杭郡诗续辑》云：

> 故人严侍郎灏亭初官中秘，以书招之至京，与宋荔裳、赵锦帆、丁药园诸公倡和，号"燕台七子"。严公子少司马方贻、曾榘实受业焉。方贻登第，胤情思归，因循不果。康熙壬寅，卜居吴山之麓。偶一返杭，旋即北上。后其家迁咸乙巷，但遥闻而纪以诗，不返矣。武林先雅云：允倩长髯如戟，双眸若电，博学通

---

① 据江增华考证，"燕台七子"的成员为：宋琬、施闰章、张文光、赵宾、严沆、丁澎、陈祚明七人。详见江增华《"燕台七子"考辨》，《贵州大学学报》（社会科学版）2013年第6期。

方，诸公倩作奏章言事，则报可。故责游倒屣，号为白衣台省。其才思敏捷，每当霜檐星驭，灯炧酒阑，顿十指而应之，无不属餍人意。二十年名满长安，坐无车，公不乐，乃竟以卖文客死。①

又《清史稿·文苑传》载："（宋）琬官京师，与严沆、施闰章、丁澎辈酬倡，有'燕台七子'之目。其诗格合声谐，明亮温润。"又载："沆，字子餐，余杭人。顺治十二年进士，官至户部侍郎。性退让，或讥弹其诗，辄应时改定。"② 既然是严沆邀陈祚明入京，则陈祚明入京的时间至少不会早于顺治十二年，即 1655 年。另外，王士禛《感旧集》载陈祚明条："祚明，字胤倩，一字允倩，别号稽留山人。安雅堂集赵雍客诗序：'往在京师与施愚山诸君子以诗学相切磋，因而有燕台七子之刻。严给谏灏亭、丁仪部飞涛、陈布衣胤倩皆杭人也。'"③ 据邓之诚《清诗纪事初编》知陈祚明于顺治十三年（1656）入京。"燕台七子"的活动既是在他入京后不久，则七子之间的唱和最早不会早于 1656 年。④ 宋琬、施闰章当时即有"南施北宋"之盛名。据宋琬《严母江太孺人七秩寿序》称：

余自束发之年，即与严给谏灏亭以诗文相切靡，既先后通籍，与海内贤豪文章之士游，大梁则张子文光、赵子宾，宣城则施子闰章，钱塘则丁子澎、陈子祚明并灏亭与余而七。仿王、李、宗、

① （清）吴振棫：《国朝杭郡诗续辑》，钱塘丁氏重刻本，1874，第 19 页。
② 赵尔巽等：《清史稿》，中华书局，1963，第 13327 页。
③ （清）王士禛：《感旧集》（卷十四），清乾隆十七年刻本。
④ 陈斌：《陈祚明交游及〈采菽堂古诗选〉编选意图考论》[《福师范大学学报》（哲学社会科学版）2007 年第 3 期]，把"燕台七子"的活动时间框定在 1655 年至 1657 年间，这一观点尚值得进一步商榷。

梁之遗事，有燕台七子诗行世。①

他们步陈子龙等人及"西泠十子"后尘，以效仿明七子之举为人瞩目，然亦有志同道合的友情因素，"以名节行谊自砥，有过失则规之"，实属难得。张健说："他们在诗学倾向上基本上偏向明七子、云间一派，在创作上也受七子、云间派影响，乐府、古诗多模拟之作。"② 据《清史列传》丁澎在顺治十四年（1657）因事谪塞上数年。施闰章于顺治十八年（1661）调任江西布政司参议，陈祚明1664年有《喜施愚山少参来都有赠》诗，称"不见愚山已七年"。顺治十八年（1661）宋琬复为人所诬，系狱三年后又流寓江南八年。所以1657年以后，"燕台七子"的文学活动，也仅集中于1656～1657年间。

所以说，"燕台七子"够不上严格意义上的文学派别，且活动时间至多不过一年有余。"但在清初诗坛，他们实步趋于稍早的江南'云间派'及'西泠十子'，皆欲扭转七子派因受公安、竟陵掊击而难以支撑的颓局，重张文学复古旗帜。尽管陈祚明与宋琬、施闰章等人后来分别从不同角度吸收公安、竟陵二派，亦包括钱谦益的诗学观，对七子、云间派复古诗学予以修正完善，对宋诗亦有所接受，但论诗总体上仍强调宗唐和学古。他们与王崇简、龚鼎孳等老辈诗人，实为顺康之际京师诗坛之主风气者。"③ 这段交游经历，对陈祚明诗学主导思想的确立无疑有很大的影响。

---

① （清）宋琬：《安雅堂集》，四库全书存目丛书本，第136页。
② 张健：《清代诗学研究》，第208页。
③ 陈斌：《陈祚明交游及〈采菽堂古诗选〉编选意图考证》，《福建师范大学学报》（哲学社会科学版）2007年第3期。

第三节 《采菽堂古诗选》 的成书过程①

《采菽堂古诗选》共四十二卷（其中正集三十八卷，补遗四卷）。据康熙刊本翁嵩年②序可知，最早刊行于康熙丙戌年（1706）春，其时距陈祚明逝世已32年了。翁序云陈祚明临终前，"身无余资，架上唯敝书数十百卷。凡其所撰述，次论丹黄甲乙者皆在。墨淋漓，笔纵横，盈箱累箧，多不易卒读"③，同时将原存于胡兆龙宛委书库的手稿《采菽堂古诗选》"检以付嵩"。由此可知，陈祚明《采菽堂古诗选》之刊行，当是在他死后，由他的学生翁嵩年完成。而这一刊本在康熙己丑（1709）又略有改订，在《采菽堂古诗选·凡例》之后有翁嵩年的补充："凡例载丹黄一条甚为精当，当以有赤页训诂，于镌板时去之，其字断句逗有不可读，难于通晓者，深悔其妄为损益，而增刊未易，姑识此以俟博学稽古之士，重为论定耳。己丑三月息影山庄，改定讹误。嵩年并书。"④ 自康熙刊本之后，又有乾隆刊本。乾隆刊本《采菽堂古诗选》卷首有主持刊行者杭世骏序，武汉大学藏乾隆十三年版刻本，以"稽留山人古诗评选"为书名。据《中国古籍善本书目》著录，现藏康熙刊本的单位有清华大学、中国人民大学、保定市图书馆与西安文物管理委员会等处。《续修四库全书》收进了《采菽堂古诗选》，是据康熙刊本影印的。

---

① 关于《采菽堂古诗选》的成书经过，张伟认为原著书名并非《采菽堂古诗选》，翁嵩年刊行之时以先师陈祚明书室为该书命名。陈祚明以"采菽"命堂的原因与陶渊明归隐的心态非常接近。《采菽堂古诗选》评选的时间起点不晚于顺治十二年（1655），止于康熙十四年（1674）春，编选过至少三次。参见张伟《〈采菽堂古诗选〉的命名及成书过程研究》，《汕头大学学报》（人文社会科学版）2014年第1期。

② 翁嵩年（1647~1728），字康饴，钱塘人。康熙二十七年（1688）进士，以书画名于世。

③ 崔建英、贾卫民、李晓亚整理《明别集版本志》，中华书局，2006，第847~848页。

④ 陈祚明评选，李金松点校《采菽堂古诗选》（凡例），第14页。

康熙刊本的《采菽堂古诗选》卷首，除了有翁嵩年序外，还有陈祚明自撰的近六千字的凡例。在凡例中，陈祚明交代了自己编选古诗的大致经过：

> 起己亥（1659）初夏，主少宰宛委胡先生家，论列三唐诗。先生多所正定，意莫逆。其明年（1660），就都谏严颢亭馆舍。辛丑（1661）秋南归，事中辍。归二年，癸卯（1663）夏，复走燕山。会胡先生移疾家居，多暇日，以稍差次旧牍。于是汉魏六朝古诗，三唐诗及明李献吉、何景明、边华泉、李于鳞、王元美、谢茂秦诸集，即渐评阅并竟。盖先生所教诲予，辅不逮厚矣。①

宛委胡先生即胡兆龙，也是陈祚明入京之后依附的主要人物，与《采菽堂古诗选》成书有着莫大的关联。由以上叙述可知，陈祚明己亥年（1659）初夏着手诗文评选工作，当时集中精力评选的是三唐诗，多受胡先生的影响。1661 年秋返乡而中断。1663 年夏他再次入京继续其评选工作，开始评选"汉魏六朝古诗"，并于此后"渐评阅并竟"。1663 年他再次入京之后，就再没有回乡，可见《采菽堂古诗选》的纂辑主要是在 1659 年至 1663 年间。

张健指出：

> 陈祚明从顺治十六年（1659）开始在京城评选唐诗，顺治十八年回故乡，工作中断，康熙二年（1663），又来到京城，继续其评选工作。他评选的诗歌包括汉魏、六朝、唐诗，以及明代李

---

① 陈祚明评选，李金松点校《采菽堂古诗选》（凡例），第 13 页。

梦阳、何景明、边贡、李攀龙、王世贞、谢榛诸人的诗歌。①

可见当时陈祚明"评选并竟"的不仅是《采菽堂古诗选》，还包括明代李梦阳、何景明、边贡、李攀龙、王世贞、谢榛诸人的诗歌。《四库全书存目丛书》中将陈祚明的一些著述存目，他的著述现今流传于世的只有《采菽堂古诗选》和诗集《敝帚集》（其中《拟李长吉诗三卷》、前集三卷未刻），另有：《床头集》（文二十卷，诗十卷）、《评选战国策》（一卷）、《李崆峒诗选》（二十卷）、《何大复词选》（四卷）、《边华泉诗选》（二卷）、《王元美诗选》（正集四卷、续集二卷）、《谢茂秦诗选》（三卷）、《掷米集》（元人杂剧二种）、《评谢茂秦诗家直说一百句》。② 严沆的《稽留山人集序》也证明了这一问题，他说："（祚明）暇闲自作小诗文或评论古文诗集约数百卷。"③ 所以说，陈祚明一生还是著述颇丰的。

但是陈祚明又云："盖先生所教诲予，辅不逮厚矣。愧学浅，所观书不多，上不及笺释三百篇，下则宋元明三朝名家集无缘，悉采略备。又三唐诗，中、晚无全本，或亦有挂漏。惟古诗用《诗纪》本。"④ 在这里，他明确指出了自己评选的诗歌"上不及笺释三百篇，下则宋元明三朝名家集无缘"，因此，陈祚明至少在写此《凡例》之前没有选评明代诗歌。因此，其中所言"明李献吉、何景明、边华泉、李于鳞、王元美、谢茂秦诸集，即渐评阅并竟"，陈祚明评选明代人的诗歌，应该是在《采菽堂古诗选》大致成书之后。另外，康熙刊本翁嵩年序中指出，陈祚明将《采菽堂古诗选》"检以付嵩"，并叮

① 张健：《清代诗学研究》，第214页。
② 据四库存目丛书载陈祚明未刻目录，《四库全书存目丛书（集233）》，第456页。
③ （清）陈祚明：《稽留山人集》（严沆序），《四库全书存目丛书（集233）》，第440页。
④ 陈祚明评选，李金松点校《采菽堂古诗选》（凡例），第389页。

嘱:"《三百》温柔敦厚之旨,尽于是矣!吾恐今日言诗者俱入宋元一派,则古音几不可识矣。"① 于是翁嵩年亦感叹"是编也,其亦有救时之苦心乎?"可见,陈祚明编选《采菽堂古诗选》的用意之一即是救一时之弊,而此弊即是当时蔓延于诗坛的"宋元诗热",虽然这种思潮不可能不对当时陈祚明的诗学思想有所冲击,但是陈祚明从根本上还是推崇汉魏六朝之"古音"。因此,他的编选意图,应该也本着自己的诗学主张,而与流行于当时的"宋元一派"有所区别,使此诗选有着"后学之津梁"的功能。南归期间,陈祚明有《寄怀施愚山》诗,云:"七子今时多寂寞,三年异地总离愁。相思遣弟随飞盖,失路怜予只敝裘。懒慢幸能文选定,何时却寄待删修。"② 可知施闰章也一直关注着陈祚明的诗文评选工作。从"三年异地总离愁"可推知,施闰章于 1657 年离京,三年之后的 1660 年前后,《采菽堂古诗选》还处在"待删修"状态。

关于《采菽堂古诗选》的成书年代,据 1665 年陈祚明在《赠山阴姜铁夫处士》诗中称"我删古诗亦未成,升斗为重笔为轻",可知当时诗文评选工作尚在进行之中,但至少在 1672 年年底之前即已基本完成。因《采菽堂古诗选》卷十三"陶渊明"题辞中云:

> 始选陶诗,舍置十许篇,及后覆阅,又登七首于序集。壬子(即 1672)冬,再览一过。公诗自成千古异观,如古器虽有鬶文,不伤其古。无一首可删也。乃尽载正选中,惟联句一首不录。③

---

① 陈祚明评选,李金松点校《采菽堂古诗选》(翁序),第 2 页。
② (清)陈祚明:《稽留山人集》(卷三),《四库全书存目丛书(集 233)》,第 487 页。
③ 陈祚明评选,李金松点校《采菽堂古诗选》(卷十三),第 389 页。

这一则材料透露了《采菽堂古诗选》编选过程的另一个重要信息：即从"始选""及后覆阅"和"又览一过"等语句看，选录陶诗过程并非一次完成。由此推之，《采菽堂古诗选》的编选也当非一次完成。而且，我们从"乃尽载正选中"数语，又可知到了1672年，其补遗四卷也已经基本成型，否则也就无须"正选""补遗"之分别。经过反复的斟酌，几次遍览自己的诗选，他最终将陶渊明的诗歌全部入选，并移入正集。

综合以上考述，我们可以大致了解这部诗选的成书经过：《采菽堂古诗选》的纂辑、删修和初步成书主要集中在1659年至1663年间。在此之后，陈祚明对自己编选的诗集进行了数次增删，至少到1672年，陈祚明还在对《采菽堂古诗选》所选诗歌进行小修小删和少许移动，并且"补遗"四卷也已基本定型。陈祚明于1674年逝世，可见《采菽堂古诗选》的评选几乎耗尽了诗人毕生的精力。也许是由于陈祚明近十年（1646～1655）的明遗民身份，清代乾嘉以来，由于沈德潜在文坛和政坛上的双重地位，其编选的《古诗源》大行于世，而《采菽堂古诗选》则流布不广。

第二章
陈祚明的诗学理论体系

　　陈祚明《采菽堂古诗选》成为备受瞩目的诗歌选本，不仅在于选诗，还有一个重要的贡献在于诗学批评，其《凡例》及其诗歌评点，提出了一系列诗学范畴，从横向和纵向两个维度上，构建了一个完整的诗学理论体系。在纵向上，诗由"情""辞""术"三个相互联系的基本层面构成，以情为内质，以辞为形式，以术为中介；在横向上，"情"由命旨、神思、理、解、悟，"辞"由声、调、格律、句、字、典物、风华，"术"由神、气、才、法等不同范畴构成，每一层面的各个范畴之间也构成多维辩证的关系。以"情""辞""术"三个层面研究其诗学理论体系，是研究陈氏诗学的逻辑起点。

　　从目前的研究状况看，当代学者或论述情、辞、术在陈氏诗学中的意义，如张健《清代诗学研究》①；或研究情、辞、术的某一方面，如景献力《陈祚明诗论的"泛情化"倾向》②、陈斌《论清初陈祚明

---

① 张健：《清代诗学研究》，第 213 页。
② 景献力：《陈祚明诗论的"泛情化"倾向》，《福州大学学报》（哲学社会科学版）2007 年第 4 期。

对〈古诗十九首〉抒情艺术的发微》①等，但是对情、辞、术所涉及诗学范畴的内涵界定，以及三者辩证关系的研究，尚少有涉及。笔者认为，厘清陈氏诗学范畴的理论内涵，从纵向和横向两个维度上，探讨三个层面以及诸范畴之间的多维辩证关系，才能对陈氏诗学理论体系作出合乎诗学语境的阐释。

第一节 "情" ——诗之核心层

一 诗者，思也

"情"，是传统诗学的重要范畴。《诗大序》中就出现了"吟咏情性"之说，情感在诗歌创作中的作用就被人们认识和把握了，但是《诗大序》同时提出"发乎情，止乎礼义"，其所言之情，具有合乎"温柔敦厚"的情感状态的"中和"之美。真正将"情"作为诗歌美感的核心因素来张扬的是西晋陆机《文赋》提出的"诗缘情而绮靡"说，虽然《文赋》不是专门论诗的著作，但是"诗缘情"说对后世诗论的影响是巨大的，第一次明确提出了诗因"缘情"而美的主张，将"缘情"和"绮靡"结合而说，揭示了情感本身的美的品质，是一次诗美的重大发现和有力张扬。刘勰《文心雕龙·明诗》曰："诗者，持也，持人情性。"钟嵘《诗品·序》曰："嘉会寄诗以亲，离群讬诗以怨。至于楚臣去境，汉妾辞宫；或骨横朔野，魂逐飞蓬；或负戈外戍，杀气雄边，塞客衣单，孀闺泪尽；或士有解佩出朝，一去忘返；女有扬蛾入宠，再盼倾国。凡斯种种，感荡心灵，非陈诗何以展其义；非长歌何以骋其情？"其中所言种种，也是重"情"。陈祚明论诗，同

---

① 陈斌：《论清初陈祚明对〈古诗十九首〉抒情艺术的发微》，《中国韵文学刊》2006 年第 4 期。

样重"情"。在陈氏诗学理论体系中，"情"是"诗之大旨"之一，是其诗学理论体系的核心层面。《采菽堂古诗选·凡例》曰：

> 夫诗者，思也，惟其情之是以。夫无忧者不叹，无欣者不听。己实无情而喋喋焉，繁称多词，支支蔓蔓，是夫何为者？故言诗不准诸情，取靡丽谓修辞，厥要弊，使人矜强记，採摭剽窃古人陈言，徒涂饰字句，怀来郁不吐，志不可见，失其本矣。[①]

陈祚明说"诗者，思也"，与明公安派有承继之处。他明确反对没有"情"的喋喋不休，反对无病呻吟，情寡词繁，枝枝蔓蔓。诗歌不准诸情，不见乎志，惟修其辞，则失其本。"本"，也就是情，情乃诗之本。同时他还注意到了诗歌之"情"与生活之"情"的区分，他说："夫诗所取乎情者，非曰吾有悲有喜而吾能言之，人亦孰无悲喜者？人不能已于情而有言，即悲喜孰不能自言者？吾言吾之悲，使闻者愀乎其亦悲。吾言吾之喜，使闻者畅乎如将同吾之喜。"[②] 诗之情必使闻之者动心，从而产生情感上的共鸣。

如他评曹植《门有万里客》云："直序不加一语，悲情深至。人赏子建诗以其才藻，不知爱其清真。如此篇与《吁嗟篇》纵笔直写，有何华腴耶？然固情至之上作也。"[③] 又评曹植《名都篇》云："此无所寄托，直是修词之章矣。然观'驰骋未及半'一段，形容僄轻之状，生动如睹。'白日'四句，感慨有情，其可取仍不在词。"[④] 曹植的才资，为历来的研究者称道，徐公持先生认为：

---

① 陈祚明评选，李金松点校《采菽堂古诗选》（凡例），第1页。
② 陈祚明评选，李金松点校《采菽堂古诗选》（凡例），第4页。
③ 陈祚明评选，李金松点校《采菽堂古诗选》（卷六），第160页。
④ 陈祚明评选，李金松点校《采菽堂古诗选》（卷六），第165页。

曹植作为诗歌史上第一流的诗人，在诗歌意境、诗歌语言以及章句形式方面，显示了诗歌技艺的综合才力，谢灵运"天下才有一石，曹子建独占八斗"之论，语虽夸大，亦有以也。①

而陈祚明却对谢灵运的看法颇有微词，他认为欣赏曹子建诗，把过多的眼光集中于"才藻""词章"等技艺的层面，是不应该的；曹子建诗最可取的地方，仍然在于其"悲情深至"，在于"情至"，在于"感慨有情"。

他总评潘岳的诗歌：

> 安仁情深之子，每一涉笔，淋漓倾注，宛转侧折，旁写曲诉，剌剌不能自休。夫诗以道情，未有情深而语不佳者。所嫌弊端繁冗，不能裁节，有逊乐府古诗含蓄不尽之妙耳。安仁过情，士衡不及情；安仁任天真，士衡准古法。夫诗以道情，天真既优，而以古法绳之，曰未尽善，可也。盖古人之能用古法者，中亦以天真为本也。情则不及，而曰吾能用古法。无实而袭其形，何益乎？故安仁有诗，而士衡无诗。钟嵘惟以声格论诗，曾未窥见诗旨。其所云陆深而芜，潘浅而净，互易评之，恰合不谬矣。不知所见何以颠倒至此？②

陆潘二人都是两晋文学史上的重要作家，钟嵘在《诗品》里将二人均置于上品，但是在具体的评论上，却以声格为上，以为陆机诗优于潘岳诗。但是，陈祚明从情感优先的立场出发，批评了钟嵘的经典

---

① 徐公持编著《魏晋文学史》，人民文学出版社，1999，第95页。
② 陈祚明评选，李金松点校《采菽堂古诗选》（卷十一），第332页。

评论，认为陆机诗"准古法"，在情感表现上不及潘岳；而潘岳诗则淋漓倾注，虽然有烦冗之弊，但是从情感优先的立场看，基于对作品的具体考察，而得出"安仁有诗，而士衡无诗"的评价，是能够令人信服的。

其实，陈祚明也是将"以言情为本"的审美理念作为选诗标准。《采菽堂古诗选》选庾信诗最多（232首），占庾信存诗的90%以上，《凡例》中七处提及庾信，可见其对庾信的推崇。陈祚明认为庾信诗是"情辞并重"的典范，并从诗品与人品方面就历代对庾信的批评给予辩解。在论杜甫与庾信的继承关系中，强调庾信"前代之师"的地位，甚至认为杜对庾之五言"亦趋亦步"。① 同时的其他选本往往对庾信的评价并不是很高，如陆时雍《古诗镜》云："诗情浅薄，不乏俊句，然无远韵远神。清练不及肩吾甚远"②，认为庾信远不及他的父亲庾肩吾。而陈祚明将这些诗歌大量入选，并且大多数诗歌都是有点评的，并无一处贬损之语，大多是着眼于"情"的，认为庾信诗是情辞并重的典范。他总评庾信《拟咏怀二十七首》说：

> 二十七首并是孤愤之诗，于中得二句："昏昏如坐雾，漫漫疑行海"，乃子山此时情境。蕴蓄于中，倾吐而出，曾不自知。语之工拙，都所不计，但取情深。③

庾信这二十七首诗虽然非一时一地所作，但大都是身世之感和黍离之悲。陈祚明以为这二十七首诗都是孤愤之诗，是庾信情感的自然

---

① 黄妍、徐国荣：《论〈采菽堂古诗选〉对庾信的推崇》，《安徽大学学报》（哲学社会科学版）2014年第1期。
② （明）陆时雍：《古诗镜》，《文渊阁四库全书》第471册，第319页。
③ 陈祚明评选，李金松点校《采菽堂古诗选》（卷三十三），第1096页。

流露，因此，表达上的工拙已不是其考虑的重点，其"情感优先"的立场可见一斑。他又评其《和王少保遥伤周处士》云："一起先迸汪洋之泪，然后细数哭之，全是性情。一气乘流，无复构思之迹。"① 庾信入北以后，羁旅之愁和亡国之痛成为其作品的主要内容，他在作品中抒发生不如死的矛盾和痛苦的心理，当是其诗歌最能感人的地方，也就是其诗歌之"神"。抓住这一点赏鉴庾信的诗歌，就抓住了其诗歌的根本。

他评论《子夜歌三十首》，更是很明确地张扬了"以情为本"的观念：

> 读子夜歌，以其言情之至，知其造响之哀。爱则真爱，猜则真猜，怨则真怨，缠绵诘曲，并抒由衷之诚。结想如斯，而声不哀苦者，未之有也。夫人生投合，唯是此情耳。真诚至是，无论君臣、朋友间，有之则为至性；若夫妇相依，钟爱果尔，则岂有二心？之死靡它，勿乖同穴矣。览之亦足以讽，不必目为之淫词，概从删削也。②

的确，南朝乐府民歌最能打动人的地方，就在于感情上的大胆、炽烈、坦率和执着，即使是描写欢声笑语，也纯真、朴素，别有一番情致。

可以说，在"以情为本"的立场上，陈祚明是吸收了明竟陵派的诗学观念，从他对《子夜歌》的评论也可以看出，他推崇《子夜歌》，纯粹是因为这些诗歌是"爱则真爱、怨则真怨"，毫无矫饰之迹。但

---

① 陈祚明评选，李金松点校《采菽堂古诗选》（卷三十三），第 1115 页。
② 陈祚明评选，李金松点校《采菽堂古诗选》（卷十三），第 443 页。

是陈祚明的可贵之处，就在于他不会在一个立场上流于极端，他的情感优先的立场，说到底，只是一种"优先"，而没有忽视诗歌其他方面的审美特性，他是重情而不废辞的。由此他批评了竟陵派"崇情刊辞"的偏狭观念。因为纯粹的"崇情"而不顾及辞采的华美，就会偏离"雅"的审美标准，这样反而会破坏"情"的表现。这从他对陶渊明和谢灵运诗歌的处理上就可以看出。陶谢二人，各有所长，无论从诗歌的艺术成就还是从其在诗歌史上的地位来看，其重要性是任何文学史家都不能忽略的。《采菽堂古诗选》入选陶诗160首，入选谢诗72首，数量还是相当多的，可见在共同推崇的大家方面，陈祚明的眼光还是很客观公正的。从以情为本的立场，160首陶诗入选，仅次于庾信；入选谢诗的总量不及陶诗，这并不为怪。但是，陈祚明对陶诗的点评，一般是寥寥几字；而关于谢诗的点评却远远多于陶诗，他不厌其烦地对谢诗的艺术表现特点一说再说，粗略估计约有六千字①，规模可谓庞大。而且这些评点大都是对谢灵运诗歌的艺术特色及其对后世影响的细致探讨，这在后文中还有详细分析。而仅从评点数量来看，也可见陈祚明并不仅仅是重情的选评家。

二 "情"之内涵

关于"情"的内涵，陈祚明解释曰："曰命旨，曰神思，曰理，曰解，曰悟，皆情也。"② 这五个范畴，既有特定的理论内涵，又互相包容；既分属不同的子层次，又构成完整的核心层面。其中以神思为手段，以命旨为目的，从而表现主体对客观物象的理、解、悟等。因此，他说的"情"就不仅仅就性情而言，也不是传统诗学的"志"所

---

① 陈祚明评选，李金松点校《采菽堂古诗选》（卷十七），第518页。
② 陈祚明评选，李金松点校《采菽堂古诗选》（凡例），第1页。

能涵盖，而是将"义理"甚至佛教所言之"解悟"都收揽在内了，这已经大大超越了传统诗学"情"的范畴，而是将"意境"也包括在内了。

所谓命旨，又曰"命意""作意""炼意""用意""言志""寄旨"。第一，指诗歌命意的原则，评李密《赐饯东堂诏令赋诗》曰："诗可以怨，怨生于忠爱，虽沉痛言之可也。怨生于己私，虽委屈隐抑，欲掩弥彰。故诗言志，志无不立见于诗，性情得正之为贵。"① 诗主性情，然以言志为旨归，方得性情之正。第二，指诗歌表达的主旨，其评陶渊明《时运》"欣在春华，慨因代变。黄农之想，旨寄西山。命意独深，非仅闲适"②。陈祚明评陶渊明诗重在揭示其慨想、寄旨、命意，强调表达主旨的独特性，正是其论诗的着眼点。

所谓神思，第一，指构思之想象。一方面，"广之山川、时序、鸟兽、草木者，各有取而也"③，想象是以表象运动为内容；另一方面，"诗者，思也，惟其情之是以"④，想象以情感渗透为表象运动的纽带。与《文心雕龙·神思》"神与物游"，"志气统其关键"，内涵近之。第二，指文本之意象。或是"状是事，图是景"⑤，写景叙事以传情；或是"鸟兽草木，比兴之旨"⑥，比兴寄托以言志。存在于文本中的神思，以物象为内容，以情感为生命表征。

所谓理，第一，指文本内在的义理，是诗歌的骨干，即"理主辞，辞显理"⑦，与陆机《文赋》"理扶质以立干"意义差近；第二，

① 陈祚明评选，李金松点校《采菽堂古诗选》（补遗·卷一），第1352页。
② 陈祚明评选，李金松点校《采菽堂古诗选》（卷十三），第390页。
③ 陈祚明评选，李金松点校《采菽堂古诗选》（凡例），第5页。
④ 陈祚明评选，李金松点校《采菽堂古诗选》（凡例），第4页。
⑤ 陈祚明评选，李金松点校《采菽堂古诗选》（凡例），第5页。
⑥ 陈祚明评选，李金松点校《采菽堂古诗选》（凡例），第7页。
⑦ 陈祚明评选，李金松点校《采菽堂古诗选》（凡例），第7页。

指事物的自然之性，"夫理，调理也。如析薪然，循其理，则离；至于族，则格"①，强调诗歌创作如庄子之"庖丁解牛"，因乎自然，表达事物的本然之性；第三，指宇宙人生的哲理。其评《平调曲·君子行》曰："古人作理语，自觉古雅"②，就是指此。

所谓解、悟，是指文本中所表现的创作主体对物理人情的理解与感悟。这以总评嵇康诗为代表。陈祚明说：

> 叔夜情至之人，托于老庄忘情，此愤激之怀，非其本也。详竹林沉冥，并寻所寄。典午阴鸷，摧残何、夏，惟图事权，不惜名彦。如斯之举，贤者叹之，非必于魏恩深，实亦丑晋事鄙。阮公渊渊，犹不宣露。叔夜婞直，所触即形。集中诸篇，多抒感愤。召祸之故，乃亦缘兹。夫尽言刺讥，一览易识，在平时犹不可，况猜忌如仲达父子者哉！叔夜衷怀既然，文笔亦尔。径遂直陈，有言必尽，无复含吐之致。故知诗诚关乎性情。婞直之人，必不能为婉转之调，审矣！③

诗关乎性情，嵇康的诗被钟嵘置于中品，评之曰"过为峻切，讦直露才，伤渊雅之致。然讬喻清远，良有鉴裁，亦未失高流矣"，陈祚明对此却有不同看法，认为嵇康乃"情至之人"，只是叔夜所言之情，"径遂直陈，有言必尽，无复含吐之致"，这正是特殊的社会背景和心理压力下，诗人应有的情怀。在这一点上，嵇康有别于阮籍的"渊渊""不宣露"。"志有独感"，为解、为悟，"予所屡赞诸家以工

---

① 陈祚明评选，李金松点校《采菽堂古诗选》（凡例），第7页。
② 陈祚明评选，李金松点校《采菽堂古诗选》（卷二），第116页。
③ 陈祚明评选，李金松点校《采菽堂古诗选》（卷八），第218页。

言情，此其志皆有独感，形诸声，盖万态矣"①。"留连景物"，亦为解、为悟，"志非有独感，作而不深于情，乃工拟古，不则留连景物，语嫣然，此亦情也"②。所谓"志有独感"，是指对现实人生的独特理解与体悟；而"志非有独感"，不是心无所动，而是指在流连自然之中发现独特的审美体验。前者感于人情，因情布辞；后者感于物理，因辞达情。然解与悟，亦有细微区别。解，偏重于理性分析；悟，偏重于感性直觉。

析而言之，"情"的五个诗学范畴可分为三个子层次，其间有显明的逻辑关系：以"命旨"为核心，以"神思"为中介，以理、解、悟为表达。命旨之"旨"，本质就是创作主体对审美对象的理、解、悟，是"情"在诗中的命意安排。而这种命意安排，是通过神思而清晰化、条理化，最后以理、解、悟的生命内容定格于诗中，成为表达的主旨。值得注意的是：理、解、悟也存在着不可分割的层次关系。解与悟具有强烈的主体性色彩，而理则具有强烈的客观性色彩；解与悟是理的生成过程，是达于理的基本途径，也最终以理的形式存在于诗中。

概括言之，陈氏所言之情，又是情、志、理的统一。第一，情与志相生，"怀来郁不吐，志不可见，失其本矣"③。心怀郁结则为情。吐郁结而见志，则可见情志相生。第二，情与理共振，如评陶渊明《拟挽歌辞》曰："言理极尽，故言哀极深。"④ 陶诗言有生必死之理，说理愈透彻，表达的人生悲哀就愈深厚，情与理振荡共生。第三，志与理共存，评曹操《短歌行》是"言志之作"，"所尚理忌显言，杂引

---

① 陈祚明评选，李金松点校《采菽堂古诗选》（凡例），第 8 页。
② 陈祚明评选，李金松点校《采菽堂古诗选》（凡例），第 8 页。
③ 陈祚明评选，李金松点校《采菽堂古诗选》（凡例），第 2 页。
④ 陈祚明评选，李金松点校《采菽堂古诗选》（卷十四），第435 页。

《三百篇》，故谬其旨"。① 曹诗既言牢笼人才之志，又寓人才择主而依之理，引《诗经》成句，言志与说理共存于一体。简言之，情、志、理圆融共生，是诗歌抒情的基本特征，这就与"诗缘情"说有本质的不同。

陈氏论诗之情，"以言情为本"是其基本的审美标准。如评曹植《门有万里客》云："直序不加一语，悲情深至。人赏子建诗以其才藻，不知爱其清真。如此篇与《吁嗟篇》，有何华腴耶?"② 曹植才藻，历来为人称道，而陈氏则赏其"纵笔直写"而"悲情深至"。"归于雅正"是其基本的审美归趣。如评秦嘉《述昏诗》："言之郑重，用意轨于雅正。"③ 他明确反对"无所择，不轨于雅正，疾文采如仇雠"④。陈氏又从三点上诠释"雅正"：在性情上，本于"至性"而归于正。评曹植《吁嗟篇》与"'煮豆'之诗"皆为"至性"⑤，赞赏左思《招隐诗》"颓心任之，言志爽朗"⑥，而"性情得正之为贵"⑦，则为诗写至性的前提。在命意上，贵"作意"而尚"意圆"。评刘桢《公宴诗》曰："凡言有作意者，写景写事，须与寻常不同。天下事物与寻常不同者，始堪歌咏，故诗以有作意为贵。"⑧ 诗贵命意，不唯取材避俗尚雅，而且须炼意圆融，浑然一气。或是由反入正，言理圆融，如评《古绝句四首》曰："意炼则圆，圆则语警。所谓炼者，但知理有正反，从反得正，便圆。"⑨ 或是理至情随，情理圆融。如评陆机《饮

---

① 陈祚明评选，李金松点校《采菽堂古诗选》（卷五），第128页。
② 陈祚明评选，李金松点校《采菽堂古诗选》（卷六），第160页。
③ 陈祚明评选，李金松点校《采菽堂古诗选》（卷四），第107页。
④ 陈祚明评选，李金松点校《采菽堂古诗选》（凡例），第2页。
⑤ 陈祚明评选，李金松点校《采菽堂古诗选》（卷六），第157页。
⑥ 陈祚明评选，李金松点校《采菽堂古诗选》（卷十一），第347页。
⑦ 陈祚明评选，李金松点校《采菽堂古诗选》（卷十一），第347页。
⑧ 陈祚明评选，李金松点校《采菽堂古诗选》（卷七），第203页。
⑨ 陈祚明评选，李金松点校《采菽堂古诗选》（卷四），第121页。

马长城窟行》曰："凡诗语理至到者，情亦至到，便成名言，不可易，但贵炼令圆耳。"① 或是融情入景，情境圆融。如评谢灵运《邻里相送至方山》："触境自怡，而意能圆琢。"② 在诗旨上，情止于理，温柔敦厚。因为孙楚《除妇服诗》"发乎情，止乎礼义"，故称之为"雅音"③；评《庭中有奇树》是"风雅温柔敦厚之遗"④。止乎礼义，温柔敦厚，是诗歌言情的基本准则。陈氏认为，诗本于情，生于境，止于礼。情与境、志与理，圆融统一，乃言情之上乘。

由上所论，"以情为本"是陈祚明诗学理论体系的核心，具体表现在立意、想象、义理、理解、顿悟之中。在创作中，由象而悟，而解，归之于理；在文本中，由象见悟，见解，见理，归之命意。既与传统的"言志"说、"缘情"说有明显的传承关系，然强调归于雅正，则又超越了前代诗学。从理论上说，既取儒家诗论，又融合宋人以禅论诗而主顿悟、追求理趣统一的佛理禅思，强调主体对表现对象的生命观照；从时代上说，本于至性，归于雅正，理性与直觉并重，既与明公安派"独抒性灵"有或隐或显的联系，又以传统诗学修正公安派的偏颇，对前代诗学有整合，亦有超越。

第二节 "辞"—— 诗之表现层

"辞"则是诗美之表现。用辞之美，表现为声调格律之和谐、遣词造句之流畅、典章名物之浑融以及风采之华美。其中，以字句为表达手段，也是构成"辞"的最基本要素；以典章名物为表达内容，以

① 陈祚明评选，李金松点校《采菽堂古诗选》（卷十），第299页。
② 陈祚明评选，李金松点校《采菽堂古诗选》（卷十七），第524页。
③ 陈祚明评选，李金松点校《采菽堂古诗选》（卷十二），第359页。
④ 陈祚明评选，李金松点校《采菽堂古诗选》（卷三），第84页。

声调格律之美、整体风格之华美为审美标准。

一　"辞"之内涵

"辞"是陈祚明论"诗之大旨"之二，是其诗学理论体系的形式层面。《凡例》曰："曰声，曰调，曰格律，曰句，曰字，曰典物，曰风华，皆辞也。"[①] 这一层面的七大范畴内涵有别，既共同指向诗歌的语言功能，又构成诗歌形式的不同子层次。

所谓声，指诗歌音乐性。古代音声有别，所谓"情动于中，故形于声，声成文，谓之音"[②]。然陈氏所论，音声为一，既指辞的音节，如陈祚明评阴铿《新成安乐宫》曰："平头上尾，八病咸除；切声浮响，五音并协"[③]；又指文辞组合而形成的音乐功能，如总评苏武曰："一唱三叹，然得宫商之正声"[④]。所以，陈氏论诗，音声对举，内涵一致，如评庾肩吾："庾义阳诗如车子喉转，不乏幽咽之音，而调叶声谐，自然流畅。"[⑤] 然而，诗之声并非独立存在的物理形式，而是声情合一，故评鲍照曰："夫诗惟情与辞，情辞合而成声。鲍之雄浑，在声，沉挚在辞。"[⑥]

所谓调，一是指声音组合而形成的乐感，如评张华《杂诗》曰"音调悠扬"[⑦]，评陆厥"情合响臻，颇擅绕梁之韵"[⑧]。二是指诗歌的格调，如评王粲《从军诗》曰"立言得体，调并苍劲"[⑨]。

---

①　陈祚明评选，李金松点校《采菽堂古诗选》（凡例），第 1 页。
②　《礼记·乐记》，见孙希旦《礼记集解》，中华书局，1989，第 978 页。
③　陈祚明评选，李金松点校《采菽堂古诗选》（卷二十九），第 950 页。
④　陈祚明评选，李金松点校《采菽堂古诗选》（卷三），第 71 页。
⑤　陈祚明评选，李金松点校《采菽堂古诗选》（卷二十五），第 807 页。
⑥　陈祚明评选，李金松点校《采菽堂古诗选》（卷十八），第563 页。
⑦　陈祚明评选，李金松点校《采菽堂古诗选》（卷九），第274 页。
⑧　陈祚明评选，李金松点校《采菽堂古诗选》（卷二十一），第 672 页。
⑨　陈祚明评选，李金松点校《采菽堂古诗选》（卷七），第193 页。

所谓格律，首先亦指格调，如评谢灵运曰："详谢诗格调，深得三百篇旨趣，取泽于《离骚》《九歌》。"① 二是指体格，既指诗歌体制，如《凡例》曰："其或辩古今声调，揆体格……中晚唐之后为宋元，宋元之工者诗馀，诗馀转为南北曲，南北曲为今之吴歌小曲。"② 所论体格之变，实是诗歌体制之变；又指诗韵风格，如《凡例》曰："夫体格之分也，何直古今？生同时，习同风，而各趋其所近。故颜谢异势，元亮与颜谢又以殊途。梁简文好新声，为靡靡之响，而响者如沈休文，独清切，罔事雕刻；江文通则又步趋绳尺，间师魏晋，分镳别轸，非一格；庾肩吾曼声华腴，其子子山乃沉雄宕逸，匠心而独运。"③ 简文新声靡靡，沈约响亮清切，庾肩吾曼声华腴，庾信沉雄宕逸，均因声韵之别而形成不同的风格。

所谓句，指句式的组织与表达。陈氏反对"累句"，认为"理"是句式组织的基本原则，如评张率《短歌行》："凡诗中累句，生涩其一，然顾不伤；平弱次之，全首果佳，亦从姑恕。无理则不可。"④ 而句式组织与表达的基本审美要求，一是生动而不纤弱，如评蔡邕《翠鸟》："'回顾'二语，极生动，然不纤。"⑤ 二是隽致而有意态，如评嵇康《赠秀才入军》其二："'布叶'句，'顾俦'句，并有隽致。"⑥ 三是细致而入微妙，如评何逊《望新月示同羁》："'的的'二句，确是新月与满月不同。古人体物之妙如此。"⑦

所谓字，即炼字。其基本要求，一是准确精当，如评左思《招隐

---

① 陈祚明评选，李金松点校《采菽堂古诗选》（卷十七），第519页。
② 陈祚明评选，李金松点校《采菽堂古诗选》（凡例），第2页。
③ 陈祚明评选，李金松点校《采菽堂古诗选》（凡例），第3页。
④ 陈祚明评选，李金松点校《采菽堂古诗选》（卷二十五），第800页。
⑤ 陈祚明评选，李金松点校《采菽堂古诗选》（卷四），第102页。
⑥ 陈祚明评选，李金松点校《采菽堂古诗选》（卷八），第225页。
⑦ 陈祚明评选，李金松点校《采菽堂古诗选》（卷二十六），第849页。

诗》："字确则能警，后人用字多不警，只缘不确"①，评何逊《同虞记室诸人咏扇》："咏扇及歌曲者，多未有如此句'掩'字之当。"② 二是简洁而无虚语，如评徐干《情诗》："亦复极意摹写，无一二虚语。"③ 三是虚字须健，如评徐干《答刘公干诗》："句中多用虚字作健，非魏人不能。以能役虚字作转语，每句动折，故健也。"④

所谓典物，指诗之用典、使事、名物。典物运用的整体原则是合于诗歌之理，如评曹植《美女篇》："学必博，故驱使而不穷，情必深，故填缀而多风。力有所不及，就所见所知，强吾之意以就典物，强古人之一二事，以就我之所言，而不甚合于理，当于情，是温、李之华也矣！"⑤ 勉强用典使事，则不合诗理；须博学而运之以才，情深而缀之以风，则词意相称，前后相属。因此，用典的基本要求，须贴切生动，忌雷同堆砌。如评任昉《答到建安饷杖》："用典须极切，切则生动。"⑥ 评谢灵运《初去郡》："后人作诗好使事，要皆填缀耳，遂致撼实不灵。""凡景物典故，句法、字法，一篇之内，切忌雷同。"⑦ 贴切则意象生动，堆砌则失其灵气，雷同则伤其气格。使事须运思使气，方臻于安雅，如评鲍照《拟古》其三："使事中有壮气，如此使事，是以我运古者。"⑧ 总评谢朓曰："大抵运思使事，状物选词，亦雅亦安，无放无累，篇篇可诵，蔚为大家。"⑨

所谓风华，指风采华美。概而言之，如评阴铿《侯司空宅咏妓》

① 陈祚明评选，李金松点校《采菽堂古诗选》（卷二十五），第347页。
② 陈祚明评选，李金松点校《采菽堂古诗选》（卷二十六），第849页。
③ 陈祚明评选，李金松点校《采菽堂古诗选》（卷七），第200页。
④ 陈祚明评选，李金松点校《采菽堂古诗选》（卷七），第199页。
⑤ 陈祚明评选，李金松点校《采菽堂古诗选》（卷六），第166页。
⑥ 陈祚明评选，李金松点校《采菽堂古诗选》（卷二十五），第788页。
⑦ 陈祚明评选，李金松点校《采菽堂古诗选》（卷十七），第536页。
⑧ 陈祚明评选，李金松点校《采菽堂古诗选》（卷十九），第593页。
⑨ 陈祚明评选，李金松点校《采菽堂古诗选》（卷二十），第635页。

所谓"流丽自然"①、评陶渊明《答庞参军》所谓"隽逸轻清"②、评嵇康《酒会诗》所谓"淡宕有致"③、评谢灵运《悲哉行》所谓"轻倩"④，均就风华而言。别而言之，或论风格，如总评徐陵："孝穆乐府，风华老练。"⑤ 或论情致，如评汉乐府："即如西京乐府，亦擅风华。《子侯》《妖娆》，庐江小妇，陆离繁艳，讵不蝉连？"或言风度，如评阮籍《咏怀·独坐空堂上》："其风度抑扬，文采工炼。"⑥ 或将风格、情致合而论之。如谢朓《入朝曲》："风调高华，句成浑丽。"⑦ 论风格强调"黼黻天成，朴在藻中，浑余词外"⑧ 的自然浑成、文质彬彬之美；论情致则重视"风情流丽"⑨、"感人之心"⑩ 的美感；论风度则强调"抑扬"、"宛转"⑪、"高古"的风致神韵。

以上七个范畴，依据审美指向的不同，亦可分为三个子层次：声、调、格律，是辞的音乐功能；字、句、典物，是辞的达意功能；风华，是辞的审美效果。就音乐功能而言，声生调，调生格律；就达意功能而言，组字而成句，选择典物而炼句；两种功能的妙合无垠，就形成了风华。故以达意功能为核心，以音乐功能为审美特质，以风采华美为审美归趣。创作中，注意字词的选择与组织，使之符合声、调、格律的要求；恰当运用典章名物，增加诗歌的意蕴与想象空间；语词风采华美，符合雅化的标准。在作品中，通过语词的排列，

---

① 陈祚明评选，李金松点校《采菽堂古诗选》（卷二十九），第955页。
② 陈祚明评选，李金松点校《采菽堂古诗选》（卷十三），第396页。
③ 陈祚明评选，李金松点校《采菽堂古诗选》（卷八），第227页。
④ 陈祚明评选，李金松点校《采菽堂古诗选》（卷十七），第520页。
⑤ 陈祚明评选，李金松点校《采菽堂古诗选》（卷二十九），第957页。
⑥ 陈祚明评选，李金松点校《采菽堂古诗选》（卷八），第243页。
⑦ 陈祚明评选，李金松点校《采菽堂古诗选》（卷二十），第636页。
⑧ 陈祚明评选，李金松点校《采菽堂古诗选》（卷二十二），第694页。
⑨ 陈祚明评选，李金松点校《采菽堂古诗选》（卷六），第171页。
⑩ 陈祚明评选，李金松点校《采菽堂古诗选》（卷八），第237页。
⑪ 陈祚明评选，李金松点校《采菽堂古诗选》（卷八），第246页。

在历时性上，凸显语词声、调、格律的审美特点；在共时性上，拓展语词的意蕴想象——象外之象，味外之旨；从而使整体上显现出雅正的风华之美。因此，三组范畴既有逻辑层次的区分，又构成这一个层面的浑然整体。

陈祚明论辞，在修辞观念上，强调"致其情而已"，反对"无情而喋喋"的无病呻吟，情寡词繁，"不准诸情"而"徒饰字句"①的唯修辞观。在艺术表达上，他将辞分为"以言言者"和"以不言言者"②两类。"以言言者"为"秀"，言在意内，表达淋漓酣畅，言尚其尽；"以不言言者"为"隐"，或曲折以达情，或寄意于言外，言尚其不尽。如评谢灵运《郡东山望溟海诗》所谓"以言写不言之隐"③，即是艺术表达的佳境，这与《文心雕龙·隐秀》异曲同工。在审美范式上，强调"立言贵雅"④而"尚其清"，反对"崇情刊辞""鄙陋卑下"而"不轨于雅正"。在审美风格上，在清、雅审美范式的前提下，提倡"华""苍""古""亮""壮""俊""秀""警"并重，"顺适自然"⑤与"华缛飘荡"并重，以"自然之华"⑥为艺术之至境。

由上所论，陈氏论辞，注重辞作为情感载体的达意功能以及音乐特征，注意辞与表达对象之间的辩证关系以及辞与风格之间的内在联系，表现出对传统诗学的继承。然而，陈氏的修辞观念、审美范式、艺术表达，以及对语言独立审美功能的强调，对梁陈诗歌形式美的肯定，都突破了传统诗学对辞研究的藩篱，在诗学史上有重要意义。

---

① 陈祚明评选，李金松点校《采菽堂古诗选》（凡例），第 1 页。
② 陈祚明评选，李金松点校《采菽堂古诗选》（凡例），第 4 页。
③ 陈祚明评选，李金松点校《采菽堂古诗选》（卷十七），第 532 页。
④ 陈祚明评选，李金松点校《采菽堂古诗选》（卷六），第 171 页。
⑤ 陈祚明评选，李金松点校《采菽堂古诗选》（卷二），第 32 页。
⑥ 陈祚明评选，李金松点校《采菽堂古诗选》（卷六），第 171 页。

二 "辞"之表现——"华""清"归雅的审美旨趣

陈祚明在诗歌内容上尚情，在表现方式上兼容并包，在审美风格上则是以"华""清"为主。而且，他在推尊华清之美的同时，划定了汉魏之清与齐梁之清的界限，划定了六朝之华与晚唐之华的界限。在区别中有共同推举的美学特征，也有分其轩轾的审美取向，其中有许多不同于以往文论家的自身特色。

（一）华

由于陈祚明在表现手法上不排斥使事用典，不排斥发表议论，又讲究章法、讲究修辞，因此他在审美取向上也是崇尚"华丽"的。"华"，是他的审美价值观里一个很重要的概念。而且，"华"往往是与"雅"字紧密联系在一起的，他崇尚的"华"是以"雅"为铺垫的，他排斥那些"华而不雅"的诗歌。

他评曹植《美女篇》曰：

夫华腴亦非细事也，诗质而能古，非老手不能。质而不古，俚率不足观矣。无宁遁而饰于华。要之立言贵雅。质亦有雅，华亦有不雅。汉魏诗，质而雅者也；温李诗，华而不雅者也。自然而华，则雅也；强凑而华，则不雅也。……世有不喜六朝之华，而反喜温李之华者，何也？非性与人殊也，讳其所不能，而折以就其所能也。夫自然之华，诚不易及也。学必博，故驱使而不穷；情必深，故填缀而多风。力有所不及，就所见所知，强吾之意以就其典物，强古人之一二事，以就我之所言，而不甚合于理，当于情，是温李之华也矣！况不及温李者哉？又有不为温李之华，而其词亦不雅者，止此数十典故，数见不鲜，无才情以运之，前后不属，词意不称，此亦不足谓之"华"也。①

他认为诗歌发展到六朝，汉魏诗歌体现的那种慷慨多气、风骨与华采兼备的风貌已经是六朝诗人难以臻及的高峰，六朝诗人如果想要在诗歌史上占有一席之地，就必须在建安诗人的疆域之外开拓属于自己的小宇宙。既然古质之"雅"失去了赖以存在的社会土壤，那还不如追求"华腴之雅"。而要能够华腴而雅，并不是一件容易的事。因为雅就要自然，雕饰的东西往往了无灵气，就像木雕泥塑徒有华丽的外表。六朝诗人的创作实践证明，他们做到了"自然而华清"。他这样分析了六朝诗歌的审美风格之后，自然将六朝之华与晚唐之华划定了一个不可逾越的界限，那就是"自然"。他认为六朝诗是自然之华丽，以温庭筠和李商隐为代表的晚唐诗人的作品是强凑之华丽，因此他尚六朝而贬晚唐。这种划分也为陈祚明与其他崇尚晚唐诗的诗论家划定了一个界限，对崇尚晚唐者以严厉的批评。他认为，崇尚晚唐者是因为他们的才力有限，因自然而华需要有广博的学问为支撑，需要有敏锐的思维来应对，还必须要有深情为内蕴。感情深挚，思维敏捷，运用词藻典故如韩信将兵，多多益善，这样雕琢出来的华丽显然是不见雕琢之痕的"自然而华清"。而多数崇尚晚唐诗者学问不博，运用典物故实生拉硬凑，使之合乎自己首先厘定的诗歌旨趣，致使自己写的诗歌支离破碎，有典物而无风华，填缀堆砌，诗不复成诗了。

（二）清

"清"，在诗学的历史语境中，它既是构成性概念，又是审美性概念。当人们从本质论的角度来谈论"清"时，它是诗之所以成立的基

---

① 陈祚明评选，李金松点校《采菽堂古诗选》（卷六），第166页。

本条件。而当人们从创作论的角度来谈论"清"时，它又是诗人必备素质之一，所谓"诗之作，非得夫天地之清气者不能也"。"清"受到广泛关注始于魏晋南北朝时期，较早使用此词的是曹丕。他在《典论·论文》中说："气之清浊有体，不可力强而致。"这里，"清"指俊爽超迈的阳刚之气，"浊"指凝重沉郁的阴柔之气。二者之间，并无优劣之分。将"清"作为一个表达特定审美感受的概念来大量使用，大约始于南朝宋临川王刘义庆编撰的《世说新语》。"清"意味着"远"，意味着纯净，意味着空灵的胸襟；"清"意味着"简"，与繁琐相对；意味着"通"，与滞碍相对；"清"意味着"美"，意味着高爽，意味着一个冰清玉洁、日朗月明的境界。刘勰《文心雕龙》有"风骨清俊""文洁而体清"等说法。钟嵘《诗品》用"清"的地方多达十余处，如评古诗：清音独远；评嵇康：托喻清远；评刘琨：自有清拔之气；评陶渊明：风华清靡；评鲍照：不避危仄，颇伤清雅之调；评范云诗：清便婉转，如流风回雪；评沈约：长于清怨；评戴逵诗：有清上之句；评谢庄诗：气候清雅；评鲍令晖诗：崭绝清巧；评江佑诗：清润；评虞羲诗：奇句清拔。在这些例句中，"清"大致可以区分为三种含义：一指清刚劲拔，如"清拔之气"；二指纯净，如"清音""清怨"；三指清新，如"清上""清润"。

古代文论史上，曹丕首先提出了"文以气为主。气之清浊有体，不可力强而至"（《典论·论文》）的文气论，虽然他所说的气与审美风格尚有很大的距离；陆机在《文赋》中也多次使用了"清"作为审美概念，如论文体曰："箴顿挫而清壮"；论辞美曰"藻思绮合，清丽千眠"；论辞简洁曰"或清虚以婉约"等。在《文心雕龙》中，更是大量使用了"清"的审美概念，如《才略》篇称曹丕"乐府清越"；《时序》篇称简文帝曰："简文勃兴，渊乎清峻"；"嵇旨清峻，阮旨遥深"；《明诗》曰："四言正体，则雅润为本；五言流调，清丽居宗"
等。稍后的钟嵘《诗品》也多次用"清"来评诗。这些诗论都表明了
六朝时期以清为美的诗学倾向。

　　"清"，是中国古代的哲学概念也是美学概念，它被广泛地用于人
物品评也用于文学批评，学界对"清"这个概念本身的认识和研究成
果颇丰。例如，杨合林的《清——中古文化与诗学的一个重要概念》
结合汉晋之际社会历史运动的背景，讨论了"清"这一文化和诗学概
念的生成及演变。[1] 蒋寅《古典诗学的现代诠释》讨论了"清"作为
古典诗歌美学的核心范畴在古典诗学中的位置，通过对传统审美趣味
的"清"和作为诗学概念的"清"的分析，大致归纳出了"清"的
美学内涵，表现了广阔的视野和深刻的理论认识。蒋寅在论述中征引
清代焦袁熙对"清"的认识，并进一步认为，他的论述从另一个角度
切入"清"的内核，显示出了相当自觉的理论认识。而且，"这样的
论文沉睡在文献中的还有很多，有待研究者去发现"[2]。

　　"清"也是陈祚明诗学体系中一个重要概念，它散见于《采菽堂
古诗选》的评点之中，但是条分缕析可以发现，陈祚明的"清"论，
是和他的诗歌构成论紧密联系的，表现了对传统"清"论的继承，同
时又有相当大的开拓。当今学界对此还少有涉及，所以这个话题还有
进一步探讨的必要。

　　陈祚明在《凡例》中还彰显了自己以清为美的审美旨趣。他说：

　　　　夫关关呦呦之云者，辞之善也。子建之辞也华，康乐之辞也
　　　　苍，元亮之辞也古，元晖之辞也亮，明远之辞也壮，子山之辞也

---

① 　杨合林：《清——中古文化与诗学的一个重要概念》，《学术月刊》2004 年第 12 期。
② 　蒋寅：《古典诗学的现代诠释》，中华书局，2004，第 73 页。

俊，子坚、仲言之辞也秀，休文、彦昇之辞也警，尚其清也。晋宋以上之清，人犹知也。昭明选以是也。梁陈以下，微诸大家，即简文、后主、张正见、江总、王褒、无弗清者，人不知也。夫雅者，因俗而命之也，清尤要矣。①

这里，他列举了自己在诗选中屡屡称赞的诗人，曹植、谢灵运、陶渊明、谢朓、鲍照、庾信、阴铿、沈约以及梁陈以下的诗人简文帝，等等，这些诗人入选的诗作约占了整个《采菽堂古诗选》的 1/3，虽然各个诗人风格不一，或"华"或"苍"，或"古"或"亮"，但是无论是汉魏还是六朝，这些诗作有一个共同的审美特征，那就是"清"。

他在对诗人的评点里，也频繁以"清"论诗，并且细致区分开了一些相关的概念，如"丽""华"。在"清"与"丽"之间，陈祚明是更尚"清"的。比如，他总评陈后主云：

后主才情飘逸，态度便妍，固是一时之隽。人才思各有所寄，就其一时之体，充极分量亦擅一长。况清丽如六朝者乎？六朝体以清丽兼擅，故佳。丽而不清，则板；清而不丽，则俚。人以六朝为丽，吾尤赏其清也。②

清，文气也；丽，文辞也。前者是外在的"象"，后者是可见的"形"，而诗歌之美在象不在形。陈叔宝的作品，在历来的选本中较少选录，恐怕主要是"因人废言"。陈祚明选录了他的一些作品，并且

---

① 陈祚明评选，李金松点校《采菽堂古诗选》（凡例），第 7 页。
② 陈祚明评选，李金松点校《采菽堂古诗选》（卷二十九），第 940 页。

评为"才情飘逸，态度便妍"，又说他诗的特色是"清丽"，应该说是切中肯綮的。六朝诗歌不仅有华丽的词藻，又有洒脱的清气，而后者是陈祚明推尊六朝诗歌的最主要原因，也是六朝诗歌最根本的诗美所在。再如，评卢思道《听鸣蝉篇》云：

> 此诗为一时所推，而不过赏其词意清切。可见六朝诗惟重有清气，非贵其骈俪也。骈俪中正是清耳。余所选，皆以此意为去取，非修词家所知。①

卢思道此诗以北人的质性融合了南朝清丽之气，而脱去了南朝诗歌柔弱的一面，因此为一时所推。

他评曹植《赠丁仪》曰："清新"；评《赠王粲》曰："清婉"②；总评何逊曰："生乎骈俪之时，摆脱填缀之习，清机自引，天怀独流。"③ 他认为何逊诗歌的妙处在于，虽然他处在大量创作宫体艳丽诗歌的氛围，但却与这种氛围格格不入。他摆脱了当时的填缀之习，不事用典，写情状景，宛转清幽，使诗歌达到了"自然之华"。

第三节　"术"——诗之中介层

一　"术"之内涵

"术"是陈氏论诗要旨之三，是诗学理论体系的中介层面。《凡例》曰："曰神，曰气，曰才，曰法，此居情辞之间。取诸其怀而术

---

① 陈祚明评选，李金松点校《采菽堂古诗选》（卷三十五），第 1171 页。
② 陈祚明评选，李金松点校《采菽堂古诗选》（卷六），第 180 页。
③ 陈祚明评选，李金松点校《采菽堂古诗选》（卷二十六），第 830 页。

宣之，致其工之路也。"① "术"是通过语言载体将主体之情转化诗歌文本的基本途径和技巧。"术"的四个范畴，内涵不同，逻辑层次有别，从而具有不同的诗歌批评意义。

所谓神，指诗人性情的文本投射。《凡例》曰："夫所由致于工之路，盖有神明焉。"② 陈氏强调诗之工，不唯尚辞，亦最重神。在文本中，神亦指审美对象的风神韵致。写人"肖其声情"③ 为神，状物写其"神气"④ 为神，写景描述其"气色声光"⑤ 亦为神。神，是主体与客体的统一、性情与技巧的统一。

所谓气，第一，指诗歌的生命本原。《凡例》曰："诗所由致于工之路，使人亦悲亦喜者，神也。往复而不可穷，迁变而不滞；举大而力不诎，入微而旨不晦；零杂兼并而不乱，繁称博引，典核而洒如不纷，非气孰能胜之？"⑥ 感乎人心是诗歌的基本审美要求，神则是感乎人心的核心元素。神，因气而行；气，因神而生。气在作品中的特点：循环往复，流动变化；举大若轻，烛照幽微；简而驭繁，博而不纷。无气则滞，则诎，则晦，则乱，则纷，可见，气是艺术生命的本原。方东树所言"凡诗文书画，以精神为主。精神者，气之华也"⑦，则由此而引申。第二，指诗歌的美感力量。如总评刘桢诗曰："比晋有气，有气故高。如翠峰插空，高云曳壁，秀而不近。本无浩荡之势，颇饶顾盼之姿。"⑧ 评刘桢诗"笔气隽逸"⑨，评曹植《斗鸡篇》"不觉纤且

---

① 陈祚明评选，李金松点校《采菽堂古诗选》（凡例），第 1 页。
② 陈祚明评选，李金松点校《采菽堂古诗选》（凡例），第 5 页。
③ 陈祚明评选，李金松点校《采菽堂古诗选》（卷二），第 47 页。
④ 陈祚明评选，李金松点校《采菽堂古诗选》（卷一），第 8 页。
⑤ 陈祚明评选，李金松点校《采菽堂古诗选》（卷十七），第526页。
⑥ 陈祚明评选，李金松点校《采菽堂古诗选》（凡例），第 5 页。
⑦ （清）方东树：《昭昧詹言》，人民文学出版社，1961，第 30 页。
⑧ 陈祚明评选，李金松点校《采菽堂古诗选》（卷七），第202页。
⑨ 陈祚明评选，李金松点校《采菽堂古诗选》（卷七），第202页。

轻"、"通篇气厚"①，曹、刘之诗，或隽逸有气，或因气厚，都有动人的美感力量。如评何逊《入东经诸暨县下浙江作》所谓"一气清泄"②、评庾信《伤王司徒褒》所谓"一气盘礴"③，均就此而言。如果从不同角度考察，气又可分为不同类型。从美感力量上分，气有雄厚、清洁之别，"气雄则厚，气清则洁"④；从主体、客体上分，气有主体之气与客体之气之别。主体之气影响客体之气，如评支遁《八关斋诗》："道气闲静，逌然自远。"⑤ 心气入道而静，诗境自远；客体之气又具有独立审美价值，如评杨素《赠薛播州十四章》"词气颖拔"⑥，评息夫躬《绝命辞》曰"文气振宕"⑦。词气新颖峻拔，文气振扬停宕，都给人独特的美感。刘勰将孟子"养气说"由道德本体论引入审美心境论⑧，而陈祚明又将气直接引入诗歌本体。

在创作中，神、气与主体的运思密切关联，而运思之拙与巧，又关涉作者之才。

所谓才，从创作主体而言，主要指内在的资质——才能、思维、学识、文学修养。评曹植曰：

> 古学之不兴也，以纂绣组织者为才，此非古人所谓才也。夫才者，能也，其心敏，其笔快，能道人不易道之情，状人不易状

---

① 陈祚明评选，李金松点校《采菽堂古诗选》（卷六），第169页。
② 陈祚明评选，李金松点校《采菽堂古诗选》（卷二十六），第839页。
③ 陈祚明评选，李金松点校《采菽堂古诗选》（卷三十四），第1116页。
④ 陈祚明评选，李金松点校《采菽堂古诗选》（凡例），第5页。
⑤ 陈祚明评选，李金松点校《采菽堂古诗选》（补遗·二），第1382页。
⑥ 陈祚明评选，李金松点校《采菽堂古诗选》（卷三十五），第1161页。
⑦ 陈祚明评选，李金松点校《采菽堂古诗选》（卷三），第78页。
⑧ 《文心雕龙·养气》认为，养气的目的是获得自由舒畅的审美心境，"调畅其气""务盈守气"，指审美创造时须有虚静空明的审美心理状态。见范文澜《文心雕龙注》，人民文学出版社，1958，第647页。

之景。左驰右骋，一纵一横，畅达淋漓，俯仰自得，是之谓才。得之于天，不可强也。若多识古今，博于故实，此尽人可以及之。且夫纂绣组织，非其多之为贵。五色之丝，锦绮之具也，散陈而未合，不足为华；经纬而织之矣，条理错彩，色不匀称，九章紊乱，颠倒天吴，可谓之华乎？宫商和而成音，丹碧错而成锦。前沉则后扬，外缛而中朗。有条递之绪以引之，则不棼；有清越之语以间之，则不沓；有超旷之旨以运之，则不滞；有宛转之笔以回翔、播荡之，则不板。故绣以能纂为文，组以善织为美。多识博览，顾所用之何如，此才子之所以异于恒人也。①

才是能的综合体现，思维敏捷，下笔畅达，纵横自如，俯仰自得，则可以"状难写之景如在目前，含不尽之意见于言外"②。从本质上说，才是"得之于天"的自然禀赋和天分，与后天的学习无关，不可力强而致。从创作客体而言，"善言"与善"纂绣组织"，则是才的标志，这将在下文论述。而"善言"、善"纂绣组织"，实际上是以"法"的形式表现"才"的内质。

所谓法，概括言之，就是辞与情的组合规律。《凡例》曰："言有绪者，取诸其不乱也；言有则者，取诸其不渎也；言益明者，取诸其先后审也；言扼要者，取诸其详略宜也。言使人若伤若畏者，取诸其敷陈切也；言使人若忙若倾者，取诸其缓急得所也；言使人若思者，取诸其蕴蓄不易穷也。谁令致之？则法之不可以已也。法有循之以为谨，有化之以为变，有忘之以为神。"③ 言有序、言有则——语言的规

---

① 陈祚明评选，李金松点校《采菽堂古诗选》（卷六），第154页。
② （宋）欧阳修《六一诗话》引梅尧臣语，人民文学出版社，1962，第9页。
③ 陈祚明评选，李金松点校《采菽堂古诗选》（凡例），第6页。

范与结构的逻辑；言益明、言扼要——表达的清晰与叙述的精要，是语言运用的四大审美原则。"若伤若畏""若伫若倾""若思"，既涉及辞也涉及情：敷陈剀切，使人心动；节奏张弛有致，能使人与作品节奏产生共同的生命律动；表达含蓄蕴藉，又给人丰富联想，这是表达技巧的三大审美原则。而"循之以为谨""化之以为变""忘之以为神"，则是诗法运用的三种境界。

术之神、气、才、法四大范畴，在逻辑上是递进关系。"神"是诗歌的灵魂；"气"是诗歌的生命；"才"是诗歌之法的前提；"法"是诗人之才的呈现。从范畴意义上看，又构成两个基本层面，神与气、才与法，均是二元一体。前者偏重于主体施之客体的艺术生命，后者偏重于客体所呈现的主体生命色调。

从情与辞两个方面品评诗歌之法，是陈氏作家作品论最重要的内容。然而从整体上观照诗境、诗法、诗艺，则是其最为深刻处。在诗境上，一是以缘境独赏为佳，评谢灵运《从斤竹涧越岭溪行》曰："游乎动静之间，审乎往来之介。"① 强调缘境所接，所见洲渚回复、川流潆转之态，心游乎动静往来之间，"即境引情"，别有会心，此即独赏。二是以寓情于景为法，评陆机《悲哉行》曰："言情于景物之中，情乃流动不滞也，但如此已足……诗以含蕴有余，令人徘徊为妙，写尽乃最忌"②，指出寓情于景，情则不滞，意余言外，则令人徘徊。三是造境适情为美，评谢灵运《从游京口北固应诏》曰："以我揽物，以物会心，则造境皆以适情，抒吐自无凝滞，更得秀笔，弥见姿态。"③ 又强调以我观物，物与心会，境与情偕，情无所滞，而物见姿

---

① 陈祚明评选，李金松点校《采菽堂古诗选》（卷十七），第541页。
② 陈祚明评选，李金松点校《采菽堂古诗选》（卷十），第301页。
③ 陈祚明评选，李金松点校《采菽堂古诗选》（卷十七），第524页。

态。在诗法上，组诗推重"绾合""自然"①，绾合则"章法细密"，自然则"前后整如"②。在诗艺上，陈氏尤重三组对应关系，一是虚与实，如评何逊《刘博士江丞朱从事同顾不值》："前段所写，觉同梦境，如此曲曲入想，方知此际不值，懊怅倍深。善结虚界，用抒实怀。"③ 怀想之情是实，觉同梦境则虚；访遇不值是实，假设谈宴之乐则虚，以虚写实，则显"结撰之妙"。二是正与变，如评谢灵运《初去郡》："四语排比者，必须变化，此正法也。四语排比，而中一字虚字偏用，一例不嫌其同，此变法也。"④ "发端使事，中段、后段，不宜复使事，此正法也。发端使事，而中段复使事，且叠用古人，至于四语之多，此变法也。"⑤ 排比须有变化，使事不可重叠，此正法；用典不避其同，使事不避叠用，则变法。虽同而"字面各异""用意各别"，则变在同中。三是隐与秀，如评潘岳《在怀县作》："投外之怨，深蓄于中，反言见谓得体，然弥为宣露。独喜其情真语迫，能故作婉笔，意极佳。"⑥ 以婉笔写情真语迫，"以言写不言之隐"，使隐与秀有机统一。

简言之，陈氏论术，第一，注重从主体与客体、情与辞的关系上，揭示术的构成、作用与意义，与李梦阳片面强调"法式"有别。第二，注重诗境的生成方式、诗法的转承起结、诗艺的辩证统一，整合了谢榛关于情与景、虚与实、奇与正以及公安派的诗学理论。第三，论神与气、才与法，始终抓住两者表里相依的二元关系，又整合了王世贞"才、思、格、调"和"主气主意，各有所至"的诗学理论，同

---

① 陈祚明评选，李金松点校《采菽堂古诗选》（卷十七），第544页。
② 陈祚明评选，李金松点校《采菽堂古诗选》（卷三十五），第1161页。
③ 陈祚明评选，李金松点校《采菽堂古诗选》（卷二十六），第843页。
④ 陈祚明评选，李金松点校《采菽堂古诗选》（卷十七），第536页。
⑤ 陈祚明评选，李金松点校《采菽堂古诗选》（卷十七），第536页。
⑥ 陈祚明评选，李金松点校《采菽堂古诗选》（卷十一），第338页。

样是整合与超越并存。

二　"法"——陈祚明诗歌艺术论

"法"，是与"神、气、才"共同构成"术"的一个二级诗学范畴。所谓"法"，主要指诗歌的辞与情在结构、抒情、表达上的艺术技巧，具体有三：句法与章法、"善言"与"不善言"、"以言言者"与"以不言言者"。可见，陈祚明所论之"法"，实为完整的诗歌艺术论，在清代诗学理论的发展中有重要意义。

（一）句法与章法

从文本构成的角度，陈祚明论诗强调诗歌结构之法，而诗歌结构又包含句法结构与章法结构两个方面。句法结构是指语言在历时性与共时性两个方面的结构原则，章法结构是指诗歌抒情、使事、描述的章法安排与变化。

先言句法结构。陈祚明认为，诗歌语言必须遵循一定的结构原则，才能产生感人的艺术效果。其《凡例》曰："言有绪者，取诸其不乱也；言有则者，取诸其不渎也；言益明者，取诸其先后审也；言扼要者，取诸其详略宜也。言使人若伤若畏者，取诸其敷陈切也；言使人若仁若倾者，取诸其缓急得所也；言使人若思者，取诸其蕴蓄不易穷也。谁令致之？则法之不可以已也。"[①] 诗歌语言结构首先必须遵循"有绪、有则、益明、扼要"的审美原则。所谓"有绪、有则"，强调语言的规范与结构的逻辑；"益明、扼要"，强调表达的清晰与叙述的精要。唯此，才能产生使人"若伤若畏""若仁若倾""若思"的审美效果。所谓"若伤若畏"，要求抒情必须敷陈剀切，使人心动；"若

---

① 陈祚明评选，李金松点校《采菽堂古诗选》（凡例），第 6 页。

仁若倾",要求叙述节奏必须缓急得体,可使读者产生共同的生命律动;"若思",则又要求表达意旨含蓄不尽,使人产生丰富联想。语言结构的审美法则,主要凸显语言历时性特点,而语言表达的审美效果,则主要凸显语言共时性特点。陈祚明论辞,实际上也是强调通过语词的排列,在历时性上凸现语词声、调、格律的审美特点;通过语词的选择,在共时性上拓展语词的意蕴想象。与其论语言结构在逻辑上完全一致。

再言章法结构。《凡例》专门论述诗歌的章法结构:"夫文上下相承,首尾相应,即有所振宕纵横。离为远,合为近,然故委曲以宣,心中逶迤蜿蟺如贯也,如缫丝然,绪相引而不断。今首尾衡决,上下不属,绪中断而无以引之,则废。"① 诗歌的结构,既要"上下相承,首尾相应",又须"振宕纵横";婉曲如蜿蟺之连贯,丝绪之相连,方可表达心中的逶迤之情。否则,即废于诗。因此,陈祚明评点诗歌,特别注重诗歌结构的原则与变化。(1) 诗歌抒情叙述,应注意章法结构的绾接与变化,如评嵇康《幽愤诗》曰:"长篇诗须段落清楚,一气潆洄之中,有顿有起,方成节次。……有顿乃有转,有转乃有起,必无以泻直下,不生波折者。"② 从整体上说,结构须"段落清楚,一气潆洄",妥溜而无挂碍;从局部上说,又须有顿有起,有转有折,变化而产生情致。(2) 诗歌用典使事须当、巧、神,忌疏、拙,甚至削足适履。评谢灵运《初去郡》云:"使事如将兵,以我运事者,神;以事合我者,巧;事与我切者,当;事与我离者,疏;强事就我者,拙;强我就事者,不复成诗矣。"③ 他将用典使事分为六种情况,前三

---

① 陈祚明评选,李金松点校《采菽堂古诗选》(凡例),第 7 页。
② 陈祚明评选,李金松点校《采菽堂古诗选》(卷八),第221页。
③ 陈祚明评选,李金松点校《采菽堂古诗选》(卷十七),第536页。

种情与事交融，上境为神，次之为巧，再次为当；后三种情与事不切，
或疏或拙，或不复成诗。为此，他特别论述了用典使事的"正法"与
"反法"之间的艺术辩证关系，强调诗歌既须遵循结构之法而又须变
化，评谢灵运《初去郡》曰：

> 诗不可犯。凡景物典故，句法、字法，一篇之内，切忌雷同。
> 然大家名笔，偏以能犯见魄力，四语排比者，必须变化，此正法
> 也。四语排比，而中一字虚字偏用，一例不嫌其同，此变法也。
> 细而味之，一句各自一意。尚子、邴生，虽相似，而一举其毕娶，
> 一举其薄游。字面各异，何尝无变化乎？发端使事，中段、后段，
> 不宜复使事，此正法也。发端使事，而中段复使事，且叠用古人，
> 至于四语之多，此变法也。细而味之，发端是以我论古人，此四
> 句是以古人形我，用意各别，何尝无变化乎？故能犯者……迹似
> 犯而神格不伤，然后可耳。①

就局部而言，字句结构避免雷同，排比而有变化，此为正法；而
"无庸妨周任"四句用事，句法结构相同，所用虚字亦同，但其句意
有别，故曰变法。就全篇而言，每段不可重复使事，此为正法；但此
诗发端与中段均是使事，因发端用事评古人之优劣，中段用事描写自
己的生活状态，故用意有别，变在其中，故曰变法。可见，陈祚明强
调诗歌结构之法，并非一味主张因循，也包含通变的思想。
陈祚明在《凡例》中将诗歌之法的运用分为三类："法有循之以
为谨，有化之以为变，有忘之以为神，无无法者。"② 或谨严，或变

---

① 陈祚明评选，李金松点校《采菽堂古诗选》（卷十七），第536页。
② 陈祚明评选，李金松点校《采菽堂古诗选》（凡例），第6页。

化，或神化无迹，然皆有法度可依。从后文列举的诗人看，陈祚明是以"忘之以为神"的古诗十九首、古乐府为运用诗歌之法的最高境界。这显然受王世贞所言"篇法之妙，有不见句法者；句法之妙，有不见字法者，此是法极无迹"①的影响。此外，《凡例》还强调辞达气畅，又与《人间词话》所说"不隔"，意旨近似。

强调语言结构之法，始自《周易·艮》之"言有序"，后来司马迁称赞孔子《春秋》"约其辞文，去其烦重，以制义法"②，正式提出文章之法。论诗法则起于宋，李东阳《麓堂诗话》曰："唐人不言诗法，诗法多出宋。"③ 严羽《沧浪诗话》专列《诗法》，明前后七子论诗，都主格调、讲法度。王世贞《艺苑卮言》说得更明确："首尾开阖，繁简奇正，各极其度，篇法也；抑扬顿挫，长短节奏，各极其致，句法也；点缀关键，金石绮彩，各极其造，字法也。"④ 而谢榛论诗法奇与正："发言平易而循乎绳墨，法之正也；发言隽伟而不拘乎绳墨，法之奇也。"⑤ 这些都与陈祚明论诗法有因缘关系，然陈祚明纬之以情，约之以辞，表现出对明代诗学的发展。

（二）"善言"与"不善言"

从创作主体的角度，陈祚明把诗歌语言分为"善言"与"不善言"。所谓善言者，辞以达情而感动人心；所谓不善言者，辞不达情而意旨不明。陈祚明认为，辞达情而归于雅，是诗歌语言艺术的最高境界。

"善言"而达情，是诗歌语言的表达要求。语言是诗歌抒情的物

---

① （明）王世贞：《艺苑卮言》，见丁福保《历代诗话续编》，中华书局，1983，第960页。
② （西汉）司马迁：《史记》，中华书局，1959，第509页。
③ （明）李东阳：《麓堂诗话》，见丁福保《历代诗话续编》，第1371页。
④ （明）王世贞：《艺苑卮言》，见丁福保《历代诗话续编》，第963页。
⑤ （明）谢榛：《四溟诗话》，见丁福保《历代诗话续编》，第1169页。

质载体，在诗歌中，情与辞相生相成，互相依存。《凡例》曰："夫辞，所以达情也。情藏不可见，言以宣之。其言善，聿使人歌咏流连，而不能已已。"① 情藏于心，不借助语言则情无以宣之。善言者，辞以达情，故可以"使人歌咏流连"。而"不善言"者有二：第一，情真若不能以言辞宣之，则无法感动人心，如"赤子悲则号，喜则笑，情庸渠不真，非其母莫喻者，不善言也"②。第二，情真语至，因语言俚俗，也缺乏动人的力量，如"田夫野老，怀抱一言当言，故至言也，抗手而前，植杖而谈，语未竟，而人哑然笑之"③。前者强调辞是情的载体，无辞则情不宣；后者突出语言修辞的力量，辞不美也不可警动人心。因此，陈祚明突出诗歌语言的独立审美价值，反对诗歌语言的"卑陋俚下"。"夫有情而不善言之，则如不言。有情而言之卑陋俚下而无所择，取消百世，则如默焉。故尚辞失之情，犹不失为辞也；尚情失之辞，则情并失。"④

"善言"以达"雅"，是诗歌语言的审美要求。陈祚明以"温文尔雅"作为"善言"的基本审美要求。如上所论，陈祚明强调修辞的重要性，明确指出雅、俗与善言、不善言之间的关系："故言之不文，行之不远。乖于雅者之言情也，则不善言其情者也。"⑤ 不善言为俗，善言则为雅。虽善言情而"乖于雅"，则亦属于"不善言"者。在陈氏看来，善言而雅，主要表现在语言的声调、风华两个方面："鸟之鸣，呜呜，牛之鸣，哂哂，人莫爱闻者。黄鸟睍睆其音，则听者乐焉。故雅俗之相去也，远矣。草木之华同，色与香艳者贵；布帛之度同，

---

① 陈祚明评选，李金松点校《采菽堂古诗选》（凡例），第 3 页。
② 陈祚明评选，李金松点校《采菽堂古诗选》（凡例），第 3 页。
③ 陈祚明评选，李金松点校《采菽堂古诗选》（凡例），第 3 页。
④ 陈祚明评选，李金松点校《采菽堂古诗选》（凡例），第 4 页。
⑤ 陈祚明评选，李金松点校《采菽堂古诗选》（凡例），第 4 页。

五采彰、经纬密者珍。"① 从声调上说，音声清扬和谐则为雅；从风华上说，色香之艳、华采细密则为雅。所以，论音韵，或揭示诗中音韵显隐的关系，如总评苏武云："苏李诗虽如朱弦疏越，一唱三叹，然得宫商之正声，虽希而韵不绝。翻觉嘈嘈杂奏者，一往易尽，正缘调高，乃实情深。"② 苏李诗的音调之美，既表现于调在意先，未播之管弦而得宫商之声；又表现于调在韵外，寓繁音于希声之中，故读来翻觉五音繁汇，一往情深。或揭示同一诗人音韵的差异，如评谢朓："诗如雅歌比竹，音节和愉。当其高调偶扬，不乏裂云之响。"③ 指出小谢诗歌音调或委婉和谐，或响遏行云。论风华，除重色泽外，还重姿致，重气韵，如评刘桢曰："笔气隽逸，善于琢句，古而有韵，比汉多姿，多姿故近。……如翠峰插空，高云曳壁，秀而不近。"④ 刘桢诗气韵隽逸古朴，色泽秀美而高远，且"颇饶顾盼之姿"。而论梁陈诗，则又将音韵与风华合而言之。既赞赏其"丝竹柔曼""可以悦耳"的音韵之美，"丹碧辉煌""可以娱目"的风华之美，又批评其如简文帝的"摭实者多，摇曳者少"⑤ 的质实而少姿致的弊病。

　　概括言之，从功能上说，"善言"与"不善言"的区别在于是否"达情"；从修辞上说，"善言"与"不善言"的区别在于是否归于"雅"。因言达意，以雅达情，具有艺术感染力，是"善言"的基本标准。

　　"善言"在不同类型的诗歌中表现也有差别。在叙事性作品中，叙事写人，逼肖其声口，为善言。如评《古诗为焦仲卿妻作》云：

① 陈祚明评选，李金松点校《采菽堂古诗选》（凡例），第 3 页。
② 陈祚明评选，李金松点校《采菽堂古诗选》（卷三），第 71 页。
③ 陈祚明评选，李金松点校《采菽堂古诗选》（卷二十），第 635 页。
④ 陈祚明评选，李金松点校《采菽堂古诗选》（卷七），第 202 页。
⑤ 陈祚明评选，李金松点校《采菽堂古诗选》（卷二十二），第 694 页。

"长篇淋漓古致，华采纵横，所不俟言。佳处在历述十许人口中语，各各肖其声情，神化之笔也。"① 叙事淋漓，辞采华美，描摹人物声口，逼肖声情，雅致而动人，可谓之善言。在抒情性作品中，善言者首先在于达情。如评《古诗十九首》曰："《十九首》所以为千古至文者，以能言人同有之情也。……此诗所以为性情之物，而同有之情，人人各具，则人人本自有诗也。但人人有情而不能言，即能言而言不能尽，故特推《十九首》以为至极。"② 他推崇《十九首》"善言情"，一方面因为《十九首》所抒之情具有人性的普遍性，具有强烈的艺术感染力；另一方面又因为人人有情而不能言，或能言而不能尽达其情，《十九首》言情而能尽达其情，故其"善言情"，而"以为至极"。

陈氏所论"善言"，强调因言达意，以雅达情，前人多有论述。《论语》即有"辞达"之说，魏晋六朝尤重诗歌语言，尤其是《文心雕龙》专列《情采》《声律》《丽辞》《比兴》等篇章，对文学语言的表达功能进行了细致论述。然至明代后期，论诗多"崇情刊辞"，陈祚明强调辞的独立审美特征，即有针砭时弊的意义。而且明人论情，既有公安派标举"独抒性灵"，钟惺、谭元春强调"深幽孤峭"的个人之情，也有李贽《童心说》"一念之本心"的人性之情，陈祚明所论"善言情"，则是个人之情与人性之情的整合；突出辞以达情而归于雅，则是陈氏诗学的特出之处。

（三）"以言言者"与"以不言言者"

从文本生成的角度，陈祚明又把诗歌语言分为"以言言者"与"以不言言者"。其《凡例》曰："盖有以言言者矣，有以不言言者矣。

---

① 陈祚明评选，李金松点校《采菽堂古诗选》（卷一），第47页。
② 陈祚明评选，李金松点校《采菽堂古诗选》（卷三），第80页。

以言言者，言尚其尽；以不言言者，言尚其不尽。"① 实际上又揭示了诗歌语言表达功能的二元特征：达于情而尽于情，言不尽而情不尽。前者强调言可尽意，后者突出意余言外。从语言的组合关系看，言是情感的物质载体，故言可尽情；从语言的聚合关系看，言是联想的物质媒介，故情余言外。这就进一步扩展了"善言"的理论内涵。

"以言言者"，是指直言之而意在辞中，即言尚其尽，使诗歌畅快淋漓地表达情感。其《凡例》云：

> 尚尽者，独不为善言乎哉？今使同抱是情，而一白于人，一不白于人，工拙异矣；同白于人，而人一感一不感，能否殊矣；同状一物，而一肖其形一不肖其形，得失判矣；同咏其事，而一谨详其事，一详其事而其事之故亦传，浅深别矣。故写物者若绘之，虽然犹未如生也；形人者若将睹之，虽然犹未闻其啼与笑也。状是事，图是景，曰似之矣，无稍溢焉，并所似而失之矣。故言取其过甚，溢所见以踰其分，致其情而已矣：此则尽言之得也。②

以言言者，以辞达情，贵在其"尽"，是"善言"的一种形式。言尚其尽亦有"工拙""能否""得失""浅深"之别。从达意角度说，意明则"工"，意晦则"拙"；从抒情角度说，感染人为"能"，不感染人为"否"；从状物角度说，逼肖其形则"得"，不肖其形则"失"；从叙事角度说，唯详其事则"浅"，详其事且明其事因则"深"。状物若绘图而有生气，写人如所见而肖声口，叙事写景求其形似而形象丰满。一言以蔽之，言尚其尽，淋漓尽致地表达其情。

---

① 陈祚明评选，李金松点校《采菽堂古诗选》（凡例），第 4 页。
② 陈祚明评选，李金松点校《采菽堂古诗选》（凡例），第 5 页。

"以不言言者"，是指曲其辞而意在言外，即言尚其不尽，使诗歌宛曲地表达情感。"以不言言者"的形成有两种原因：第一，从表达内容上看，主文谲谏，以表达诗人的意旨。《凡例》亦云："夫言尚其不尽，非不欲尽也。臣子而或不得于君父，怀抱志义而遇或非其时，有所欲而期得之，不言则不可已，言之则近于贪。见人之不善，而思规之，规之召怨，不规非道，于是反复低徊，故谬其辞，反其旨。"① 诗人所要表达的内容不宜径直言之，如怀抱志义而君臣不遇，直言之而近于贪婪，不言之则愿望无所表达；规谏人之不善，直言之而易招怨恨，不言之则有违道义。于是诗人"谬其辞，反其旨"，低徊反复，主文谲谏。第二，从表达效果上看，意味深幽，诱发读者的想象。如评《十九首》曰："言情能尽者，非尽言之为尽也。尽言之则一览无遗。惟含蓄不尽，故反言之，乃足使人思。……《十九首》善言情，惟是不使情为径直之物，而必取其宛曲者以写之，故言不尽，而情则无不尽。"② 言情虽须淋漓，用辞则须含蓄，若"反言之"，则可使人沉思。《十九首》言情，"取其宛曲者以写之，故言不尽，而情则无不尽"，故宛曲回环，意味悠长。陈祚明评阮籍《咏怀诗》明确指出："直遂之语，无足耽思；隐曲之文，足供绅绎。"若"浅夫尽言，索然无余味矣"③，唯有意寓言中，方可使人"耽思""绅绎"，而产生丰富联想。

陈祚明所言之"隐秀"，实际上是对"以言言者"与"以不言言者"外延的扩展。其《凡例》曰："夫言有隐有秀：隐者，融微之谓也；秀者，姿致之谓也。融微者，言不尽；姿致者，言无不尽。"④ 隐

① 陈祚明评选，李金松点校《采菽堂古诗选》（凡例），第 4 页。
② 陈祚明评选，李金松点校《采菽堂古诗选》（卷三），第 80 页。
③ 陈祚明评选，李金松点校《采菽堂古诗选》（卷三），第 84 页。
④ 陈祚明评选，李金松点校《采菽堂古诗选》（卷三），第 5 页。

秀之说，源于刘勰《文心雕龙·隐秀》[①]。然而，陈氏所言，与刘勰微有不同。"以言言者"即为秀，姿致玲珑，意随言出，贵在淋漓；"以不言言者"即为隐，融微不显，意余言外，贵在含蓄。从时代上论，陈祚明认为汉魏以上多"融微之音"，而梁陈以后则姿致外露。从诗歌体制上，又认为言情须隐，述事须秀，如评《十五从军征》曰："言情不欲尽，尽则思不长；言事欲尽，不尽则哀不深。"[②] 在创作中，"言"与"不言"、"隐"与"秀"二者之间又相互转化、相互依存。如评谢灵运《郡东山望溟海诗》："不写海而写望海之人，因不写人而写销忧之物，此正取神情，遗形迹也。……此非写销忧，正写忧也。以言写不言之隐，至矣哉。"[③] 诗人写望海之景，正是试图摆脱内心的忧愁，语言之表"非写销忧"，而语言之外则"正写忧"。这就是"以言写不言之隐"的范例。再如评《古诗十九首·驱车上东门》："此诗感慨激切，甚矣。然通篇不露正意一字，盖其意所愿，据要路，树功名，光旂常，颂竹帛，而度不可得……不如放意娱乐，勿复念此。其勿复念此者，正不能不念也。……愈淋漓，愈含蓄。"[④] 诗人愈是淋漓尽致地描写及时行乐，愈是在追求而不得中表现出对功名的执着。这就揭示了对立统一的艺术辩证法。

　　虽然，论直露与含蓄、隐与秀，论文内之旨与言外之意，属于传统诗学经典常谈的问题，但是大多诗学理论家着眼于诗歌语言的表层义与深层义的差异，或诗歌文本风格及其构成，而陈祚明则主要着眼于在诗歌文本的生成过程中，语言表达功能的差异，其研究诗歌的视角是大不相同的。

---

① 范文澜：《文心雕龙注》，人民文学出版社，1958，第633页。
② 陈祚明评选，李金松点校《采菽堂古诗选》（卷三），第90页。
③ 陈祚明评选，李金松点校《采菽堂古诗选》（卷十七），第532页。
④ 陈祚明评选，李金松点校《采菽堂古诗选》（卷三），第86页。

第四节　情、辞、术的辩证关系

古代文论家向来注意情辞关系，刘勰曰："然则志足而言文，情信而辞巧，乃含章之玉牒，秉文之金科矣"，"义既极乎性情，辞亦匠于文理，故能开学养正，昭明有融"，认为只有情志充足了才可以发而成文，有情有辞才是好文章。陈祚明虽然重情，但是在情、辞、术的关系上，却是不偏废一方的。以上从横向上分别论述了构成情、辞、术的各范畴之内涵及相互联系，如果从纵向上考察，情、辞、术是诗歌构成的三个基本层面：以情为内质，以辞为形式，以术为中介；情、辞、术之间亦构成多维辩证的关系。

一　情与辞的辩证关系

张健《清代诗学研究》将陈祚明"以言情为本"① 的思想称之为"情感优先"的立场②，是相当有见地的。"优先"二字比较确当地描述了陈氏诗学思想的包容性特征：重情而不废辞。具体的，还有以下几个方面值得探究。

首先，情是诗歌之根本，情依靠辞来体现，辞制约着情的感染力。

陈氏以情为诗之核心的观念在前文已有表述，在此不再重复。他说："夫辞，所以达情也。情藏不可见，言以宣之。"③ 这里无疑是对辞的作用的极大肯定，并且他用很多的语言阐释了辞对情的感染作用

---

① 陈祚明评选，李金松点校《采菽堂古诗选》（凡例），第 4 页。
② 张健：《清代诗学研究》，第 215 页。
③ 陈祚明评选，李金松点校《采菽堂古诗选》（凡例），第 3 页。

的制约性特征。

陈祚明说："其所谓择辞而归雅者，大较以言情为本。"① 陈祚明的这句话曾被很多研究者引用，并无一例外地将此作为陈氏以情为本的诗学主张之证明，这固然没有问题。但是仔细研究这句话就可看出，"以言情为本"之重心，不应该落在"情"字上，而应该落在"言"字上。因为他在前文分析了"善言"与"不善言"之区别，紧接着又分析了"言"与"不言"的差异，都是围绕着"言"进行的论述。因此，这句话并不指向"情"的核心地位，而在于突出"言"的制约作用。

他张扬了自己心目中的"善言"主张：

> 乖于雅者之言情也，则不善言其情者也。夫有情而不善言之，则如不言。有情而言之卑陋俚下而无所择，取诮百世，则如默焉。……故情，古今人所同也；辞，亦古今人所不独异。古今人之善为诗者，体格不同而同于情，辞不同而同于雅。②

从这段话我们可以认为：第一，陈氏以"雅"为审美典范。所谓"善言"与"不善言"，其本质区分在于"雅"与"俗"之别，故曰"古今人之善为诗者，体格不同而同于情，辞不同而同于雅"。第二，陈氏所言之"雅"与"情"的艺术感染力密切相关，而"言"决定着诗歌感染力的外发力度的强弱，故曰："乖于雅者言情也，则不善言其情者也。"第三，他从"言"的角度将主体分为三个层次，即善言者、不善言者、不能言者。善言者，情真而淋漓；不善言者，达意

---

① 陈祚明评选，李金松点校《采菽堂古诗选》（凡例），第 2 页。
② 陈祚明评选，李金松点校《采菽堂古诗选》（凡例），第 4 页。

而不雅，则后世无传，如田夫野老；不能言者则人不"喻"，如婴儿。可见，陈之所言之"善言"，一须因言达意，二须雅以达情。

其次，辞具有相对独立的审美特征。

无论从《凡例》还是从评点文字来看，陈祚明都不仅仅是重情的批评家，相反，他不仅重视了辞对于情的制约性作用，而且突出了辞相对独立的审美特征。他说："故尚辞失之情，犹不失为辞也。尚情失之辞，则情并失。"① 情与辞是诗美两个不可缺少的方面，而单就作品而言，辞又有相对独立的审美特征。

由此，从表现方式的层面，他进一步将辞分为"以言言者"和"以不言言者"两类。他这样指出："盖有以言言者矣，有以不言言者矣。以言言者，言尚其尽；以不言言者，言尚其不尽。夫言尚其不尽，非不欲尽也。"② 以言言者，言在意内，表达淋漓酣畅，言尚其尽；以不言言者，或曲折以达情，或寄意于言外，言尚其不尽。"言"与"不言"都是陈祚明推崇的"善言"的方式，并无优劣之别。

最后，情与辞互相依存，二元相生。

需要指出的是，在陈祚明的诗学体系里，他将理引进了情的范畴，所以在此谈情辞关系，自然会涉及理与辞的关系；确切地说，理与辞的关系亦属情辞关系。因理属情的范畴，故不再谈情与理的关系，一般诗学意义上情与理的关系，在陈氏诗学体系中当是情与法的关系，即属前文指出的核心层与中介层之关系的一个分支，这里不讨论。简言之，情与辞、理与辞的关系都是内容与形式的关系。陈氏不仅明确了情与辞相互依存的关系，尤其强调了其"二元相生"的关系。

---

① 陈祚明评选，李金松点校《采菽堂古诗选》（凡例），第4页。
② 陈祚明评选，李金松点校《采菽堂古诗选》（凡例），第4页。

他说："夫诗者，思也，惟其情之以。今失情而崇辞，辞无所附；失辞而并失情，情又无由宣。诗之亡在此二族矣。"① 情乃诗之本，辞以达情，情辞相互依存，这与传统之情辞观并无太大的差别。重要的是，陈氏以更大的力度论述了情辞二元相生的关系，如：

> 予所屡赞诸家以工言情，此其志皆有独感，形诸声，盖万态矣。志非有独感，莫强作也。然作，斯有志矣。休文、彦昇是也。志非有独感，作而不深于情，乃工拟古，不则留连景物，语嫣然，此亦情也。夫抱独感者，情生辞；不者，辞亦生情。夫生情之辞，辞乃善矣。……夫辞不能生情，如土木偶，虽被文绣，何以"惑阳城，迷下蔡"？故尚辞失之情，终亦未得云辞也。②

陈氏将情分成两个等次，即"有独感"和"非有独感"，并以"有独感"者为上。有独感者，"深于情"；非有独感者，"留连景物"，有嫣然之语，"亦情也"。陈氏以"志有独感，形诸声"之诗为最上，但并没有彻底否定"志非有独感"之诗。"志有独感"者，"情生辞"；"留连景物"者，"辞生情"，情辞二元相生的观念很明确地体现了出来。对于"志非有独感"的诗歌而言，若辞不能生情，则没有任何诗美可言。从另一个侧面看，这也是对"辞"的独立性的极大肯定。

他还用大量的文字论及了理与辞的关系。比如："夫理，调理也。如析薪然，循其理，则离；至于族，则格。夫辞贵达，格于一二，言之弗顺，不揆文势所宜，使览者寻其辞，究其旨，卒中顿而不可

---

① 陈祚明评选，李金松点校《采菽堂古诗选》（凡例），第4页。
② 陈祚明评选，李金松点校《采菽堂古诗选》（凡例），第8页。

下。……夫理主辞，辞显理。……夫理甚有条而不紊，故变化生焉。"① 可见，他言及理与辞的关系与情与辞的关系，其论旨并无二致：第一，以理为本，以辞为用，二者既有主次，即"理主辞，辞显理"；第二，辞制约着理的贯通性，文理中断者，失之命意，主旨不明则杂，杂则上下不连贯，意绪中断——即"由后之弊"；用辞不达而至于"格"者，乃用辞不循其理，不揆文势——即"由前之弊"，文理必相贯而成势；第三，二者又相互依存，二元一体，即"今少陵所取者，以理而不以辞，盖理精而后辞工，宁可二之乎……知尚理之为修辞，夫道一而已矣"②。所以，辞与理、"辞之变化，理之变化"，"理甚有条而不紊，故变化生焉"也。

虽然"理"与"辞"的关系亦属于情辞关系范畴，但是，陈祚明是将理与辞的关系单独来谈的。如果要对此作出一个相对合理的解释，应该说是因为陈祚明是在有意识地将理引入情的范畴，分别而论以凸显其意义。

综上所述，陈祚明在传统情辞观的基础上进一步扩大了情与辞的内容，在研究范畴和研究视角上都体现了对传统的突破，丰富了情辞理论。他将"理"引入"情"的范畴，把"术"的概念作为"情"与"辞"的中介引入诗歌结构，并以诗歌结构观为坐标建立了一个独特的诗歌理论体系。在审美旨趣上，他通过对六朝诗歌与晚唐诗歌的比较，将"华""清"与"雅"联系在一起，并明确了二者在"雅"的构造上的重要意义，彰显了自己崇尚六朝诗歌的审美主张。

二　术与情、辞的关系

在术与情、辞的关系上，陈氏突出术的中介作用。在创作中，

---

① 陈祚明评选，李金松点校《采菽堂古诗选》（凡例），第 7 页。
② 陈祚明评选，李金松点校《采菽堂古诗选》（凡例），第 8 页。

"取诸其怀而术宣之"，术是主体之情外化为客体之情的中介；在文本中，术"居情辞之间"，是连接情与辞的中介。而术之神、气、才、法四个范畴，又分别与情、辞的不同范畴之间构成多维辩证的关系。

首先，论术之才、法与情、辞的关系。才与法是偏重于主体施之客体的表达技巧，主要表现在两个方面：第一，有才者"善言"。《凡例》曰："夫吾与人共言之，人不能言吾所言，则才异量也。……人善言则无为，贵能言者矣。吾与人共言之，而吾能言人所不能言。"①"善言"与"不善言"，是才量不同的标志；所谓"善言"，既"能言人所不能言"，贵在创新；又以言为情感载体，表达人人心中所共有而他人笔下之所无的情感，贵在情真。可见，"善言"不唯是语言选择的艺术，其本质也是情感抒发的艺术。才、法与情、辞，通过语言选择构成多维辩证的关系。第二，有才者善"纂绣组织"。"且夫纂绣组织，非其多之为贵。五色之丝，锦绮之具也，散陈而未合，不足为华；经纬而织之矣，条理错彩，色不匀称，九章紊乱，颠倒天吴，可谓之华乎？宫商和而成音，丹碧错而成锦。前沉而后扬，外缛而中朗。有条递之绪以引之，则不棼；有清越之语以间之，则不沓；有超旷之旨以运之，则不滞；有宛转之笔以回翔、播荡之，则不板，故绣以能纂为文，组以善织为美。……才不才之分，以此。"② 陈氏以织锦纂绣为喻，谓不善织者，色彩紊乱，图案颠倒错杂；善织者纂绣以为文，织组以为美。唯此，则宫商和谐，音调顿挫，色泽华美，缛而清朗；如果再引之以"条递之绪"，间之以"清越之语"，运之以"超旷之旨"，回荡以"宛转之笔"，则可使之"不棼""不沓""不板""不滞"。这既涉及辞之声、调、格律、典物、风华，又关乎情之命旨、

---

① 陈祚明评选，李金松点校《采菽堂古诗选》（凡例），第6页。
② 陈祚明评选，李金松点校《采菽堂古诗选》（卷六），第154页。

神思、理、解、悟。可见，"纂绣组织"，既是诗歌语言、意象、情感、结构的综合显现，也是文本组合关系和聚合关系的综合显现。才、法与情、辞，通过组织艺术而构成典型的多维辩证的关系。

其次，论术之神、气与情、辞的关系。神与气是偏重于主体施之客体的主体色调，是连接情与辞的生命本原。陈氏论诗，强调神、气与情、辞，相辅相生，浑融一体，如评傅玄曰："休奕乐府力摹汉魏，神到之语，往往情长。"① 以辞传神，则情长。评陶渊明《和刘柴桑》曰："真率淋漓。以爽笔抒达旨，此陶公所为擅场。"② 真率淋漓，则气畅而意圆，笔爽而旨达。但他又特别强调神、气与情、辞的表里、主次之别，如总评沈约云："休文诗体全宗康乐，以命意为先，以炼气为主。辞随意运，态以气流。故华而不浮，隽而不靡。《诗品》以为宪章明远，源流既讹，独谓工丽见长，品题并谬。要其据胜，特在含毫之先。命旨既超，匠心独造，浑沦跌宕，具以神行。句字之间，不妨率直。所未逮康乐者，意虽远而不曲，气虽厚而不幽。"③ 就创作而言，命意为先，炼气为主，"气"为里，为主；"意"为表，为次。就文本而言，辞随意而运，态因气而动。"态"是诗歌呈现的外在审美形态，其内质则是"神"。可见，陈氏认为，神主气，气主意，意主辞，故曰"命旨既超，匠心独造，浑沦跌宕，具以神行"，"神"乃诗歌文本的灵魂。陈氏批评沈约"意虽远而不曲，气虽厚而不幽"，也正以此为出发点。他接着指出："意之不曲，非意之咎，乃辞乏低徊也；气之不幽，非气之故，乃态未要眇也。……夫辞虽乏于低徊，而运以意，则必警；态虽未臻要眇，而流于气者必超。骤而咏之，飒

---

① 陈祚明评选，李金松点校《采菽堂古诗选》（卷九），第275页。
② 陈祚明评选，李金松点校《采菽堂古诗选》（卷十三），第399页。
③ 陈祚明评选，李金松点校《采菽堂古诗选》（卷二十三），第720页。

汎可爱；细而味之，悠悠不穷。"① 辞之低徊，乃指文辞萦绕回荡；态之要眇，乃指态之妙达几微。而萦绕回荡，妙达几微，其内质是神，其运化是气。故陈氏指出，辞乏低徊，以气运意，则警策；态未要眇，神偕气行，则超拔。唯此，情调婉转悠扬，诗味悠悠不尽。可见，情、辞是诗歌构成的审美形态，而神、气则是诗歌构成的生命本原，二者有显明的表里、主次之别。

简言之，陈祚明论情、辞、术，始终以创作主体与客体的关系为基点，以三个层面之间的辩证关系为重点。既从创作上揭示诗歌的生成，也从文本上揭示诗歌的构成。而论诗歌之构成，既在横向上揭示每一层次各构成范畴之间的逻辑关系，也在纵向上揭示三个层面之间的辩证关系。情辞观是中国诗学的传统命题之一。到了清代，这个命题经过前贤不断阐释，从理论建构到批评实践均已呈现了较为成熟的面貌。而陈氏"情辞观"的提出，仍然具有深刻的理论意义。

从"情"的角度看，第一，打破了言志与缘情的分畛；第二，把理引入诗学理论，不再是与情相对的诗学概念，而是情的组成内容；第三，强调主体对表现对象的生命观照，自觉地在情的层面阐释意境。从辞的角度看，第一，凸显了字、句的传统表达功能及其音乐性特征，明确了声调、格律对整体诗美构建的意义；第二，凸显了辞的运用对表达内容的典雅性与外在风格的华美性的影响。无论在辞的分类上还是在范围上打破了传统的辞的研究的藩篱。从整体来看，他把术的概念引入诗学理论体系，并将之置于中介的重要地位加以阐述，实质上是建立了一个完整的诗学理论体系，而不是单纯地就诗歌创作或鉴赏的某一方面而言。

---

① 陈祚明评选，李金松点校《采菽堂古诗选》（卷二十三），第720页。

第三章
陈祚明的诗歌美学思想和
《采菽堂古诗选》的编选标准

    陈祚明的诗歌美学思想，散见于《采菽堂古诗选·凡例》及诗歌评点中。概括言之，强调以言情为本，推崇清雅之美，崇尚多元审美取向，是其美学思想的基本特征。虽然陈祚明并没有提出带有质变性的诗学范畴，但是他拓展了传统诗学范畴的理论内涵与外延，并表现出了融通的批评个性，从而对有清一代的诗学理论和诗歌创作产生了深刻影响。

    另外，从选本批评的意义上看，陈祚明《采菽堂古诗选》之编选，与他在《凡例》中宣称的"以言情为本"的选诗标准并不完全符合。通过对陈祚明提出的诗学思想和《采菽堂古诗选》诗歌选目的详细考察，可以发现《采菽堂古诗选》之编选，还存在着与此相矛盾的隐形标准——实际上该选本并不仅仅以指导后学为目的，也不纯粹以体现选者的兴趣、识力为目的，而是以呈现汉魏六朝诗歌的总体风貌为宗旨，体现了编选者宏大的诗史眼光。

第一节　陈祚明的诗歌美学思想

一　内容：崇尚"以言情为本"

在审美内容上，陈祚明强调"以言情为本"。张健将陈祚明"以言情为本"的诗学思想概括为"情感优先"的立场。① 《凡例》开篇就宣称："夫诗者，思也，惟其情之是以。"相对而言，陈祚明所言之"情"包蕴更为深广的意义："曰命旨，曰神思，曰理，曰解，曰悟，皆情也。"因此，陈氏所言之情，既包括情感、性情以及传统诗学的"志"，也将"义理"甚至严羽及明人以禅论诗的"解、悟"都收揽其中，既超越了传统诗学"缘情""言志"的范畴，也是对明代重情理论的整合。

注重诗歌情感和性情，是陈祚明评点诗歌的主要着眼点，如评曹植《门有万里客》云："直序不加一语，悲情深至。人赏子建诗以其才藻，不知爱其清真。如此篇与《吁嗟篇》纵笔直写，有何华腴耶？然固情至之上作也。"② 又评《名都篇》云："此无所寄托，直是修词之章矣。然观'驰骋未及半'一段，形容漂清之状，生动如睹。'白日'四句，感慨有情，其可取仍不在词。"③ 曹植诗"辞采华茂"，历来为研究者所称道。但陈祚明却认为，在赏其"才藻""词章"等诗艺的同时，更应该欣赏其"悲情深至""情至""感慨有情"以及"清真"性情。正是以此为出发点，他重潘岳而轻陆机："安仁过情，士衡不及情。安仁任天真，士衡准古法。夫诗以道情，天真既优，而

① 张健：《清代诗学研究》，第 215 页。
② 陈祚明评选，李金松点校《采菽堂古诗选》（卷六），第160 页。
③ 陈祚明评选，李金松点校《采菽堂古诗选》（卷六），第165 页。

以古法绳之，曰未尽善，可也。盖古人之能用古法者，中亦以天真为本也。情则不及，而曰吾能用古法。无实而袭其形，何益乎？故安仁有诗，而士衡无诗。"① 潘、陆是两晋文学史上的重要作家，钟嵘《诗品》皆置于上品，但是在具体评论上却从"才高辞赡，举体华美"的角度，认为陆机诗优于潘岳。而陈祚明却认为陆机"准古法"，"安仁任天真"，在情感与性情上不及潘岳，故得出"安仁有诗，而士衡无诗"的评价。

陈祚明选评诗歌虽重"辞"重"法"，但是情与性情却是最核心的标准。《采菽堂古诗选》选庾信诗最多，达 232 首，是因为"并是孤愤之诗……乃子山此时情境，蕴蓄于中，倾吐而出，曾不自知。语之工拙，都所不计，但取情深"②。其《拟咏怀》二十七首，虽非一时一地所作，但并是庾信"孤愤"之情的自然流露，因此表达的工拙已不再重要。他评价庾信《和王少保遥伤周处士》，特别指出"全是性情，一气乘流"的个性特点，"一起先进汪洋之泪，然后细数哭之，全是性情，一气乘流，无复构思之迹"③。此诗中"虽言同生死，同是不归人"，所表达的羁旅之愁和亡国之痛的独特情感体验，最能显现诗人的真性情，其"构思之迹"已退隐诗外，因而推崇备至。

因为陈祚明重情并不排斥志、理，因此在重情的同时，亦重言志、说理与议论。他认为，在诗境上，如果炼意圆融，"理至到者"则"情亦至到"，如评陆机《饮马长城窟行》曰："凡诗语理至到者，情亦至到，便成名言，不可易，但贵炼令圆耳。"④ 在语言上，言志尚理，若语隐意丰，则为佳作，如评曹操《短歌行》曰："此是孟德言

---

① 陈祚明评选，李金松点校《采菽堂古诗选》（卷十一），第332页。
② 陈祚明评选，李金松点校《采菽堂古诗选》（卷三十三），第1096页。
③ 陈祚明评选，李金松点校《采菽堂古诗选》（卷三十三），第1115页。
④ 陈祚明评选，李金松点校《采菽堂古诗选》（卷十），第299页。

志之作。……所尚理忌显言，杂引《三百篇》，故谬其旨。比之《离骚》繁称，令人不易测识耳。"① 说理忌显露，显露则无诗味，故须曲折其旨，如《离骚》之言近旨远。但是，他也不排斥议论质直之语，如评《安世房中歌》其六曰："此章最流宕。短节质语中议论振宕，有长篇之势。"② 此诗结句"民何贵，贵有德"，纯粹议论，用语质直，点明题旨，却因能够振宕全篇，蓄有长篇之势，故亦为佳构。

由此可见，陈祚明张扬"以情为本"的诗歌美学，虽然在理论建构上并没有提出与传统迥异的诗学范畴，但是在习见的诗学范畴中，却蕴含了与前人不同的理论内涵。从表层意义上看，陈祚明强调以情为本，推崇《子夜歌》"爱则真爱、怨则真怨"，毫无矫饰之迹，直接吸收了明公安、竟陵派"崇情"的诗学观念。然而，一方面陈祚明崇情，并没有忽视诗歌形式的审美属性，而主张情辞并重，与竟陵派"崇情刊辞"的偏狭诗学观念有本质区别。在一定程度上表现出对明前七子论诗主张"辞意并重"③ 的回归。另一方面，陈祚明的诗歌美学思想与当时有宗宋倾向的诗论家如王士祯、叶燮、吴之振、朱彝尊等有千丝万缕的联系，这不仅在于《采菽堂古诗选》中屡屡言及宋诗中表现较为突出的"理与情""理与辞"的关系，而且在具体诗歌评点中，褒扬以理入诗，以议论入诗，则带有明显的宗宋倾向。因此，陈祚明的诗歌美学观念具有很强的融通性。

二　风格："好尚清雅"

在审美风格上，推崇清雅之美。他推崇六朝，因为"六朝体以清

---

① 陈祚明评选，李金松点校《采菽堂古诗选》（卷五），第128页。
② 陈祚明评选，李金松点校《采菽堂古诗选》（卷一），第10页。
③ 如何景明《海叟诗集序》认为，作诗不能传于后世的原因是或亡其辞，或亡其意，"辞意并亡，而斯道废矣"。

丽兼擅，故佳。丽而不清，则板；清而不丽，则俚”①；《凡例》批评
竟陵诗派，“因崇情刊辞，即卑陋俚下；无所择，不轨于雅正，疾文
采如仇雠”②。这种审美导向，既渗透于带有诗学思想宣言性质的《凡
例》中，亦贯穿于诗歌评点中。

　　先言清。在《凡例》中，陈祚明特别彰显以清为美的审美旨趣：
“子建之辞也华，康乐之辞也苍，元亮之辞也古，元晖之辞也亮，明
远之辞也壮，子山之辞也俊，子坚、仲言之辞也秀，休文、彦升之辞
也警，尚其清也。晋宋以上之清，人犹知也。……梁陈以下，微诸大
家，即简文、后主、张正见、江总、王褒无弗清者，人不知也。夫雅
者，因俗而命之也，清尤要矣。”③ 他所列举的这些诗人，入选的诗作
约占整个《采菽堂古诗选》的1/3。无论是汉魏还是六朝诗人，虽然
风格各异，或华或苍，或古或亮，或壮或俊，或秀或警，但都有一个
共同的审美特征：“清”。“清尤要矣”，不仅是对诗人风格的概括，也
是陈祚明审美旨趣的表现。《采菽堂古诗选》对诗人的品评，关于
“清”的审美风格，处处表现了喜爱之情，简单举数例：

　　　　人才思各有所寄，就其一时之体，充极分量，亦擅一长，况
　　清丽如六朝者乎？六朝体以清丽兼擅，故佳。丽而不清，则板；
　　清而不丽，则俚。人以六朝为丽，吾尤赏其清也。④

　　　　又丽采所矜，尚其大雅。副紫磨之金，烛银之锡，非不粲然
　　也。然商周彝鼎，光色更殊者，年古质高，有浑然之气。即如西
　　京乐府，亦擅风华。《子侯》《妖娆》，庐江小妇，陆离繁艳，诇

----

① 陈祚明评选，李金松点校《采菽堂古诗选》（卷二十九），第940页。
② 陈祚明评选，李金松点校《采菽堂古诗选》（凡例），第2页。
③ 陈祚明评选，李金松点校《采菽堂古诗选》（凡例），第7页。
④ 陈祚明评选，李金松点校《采菽堂古诗选》（卷二十九），第940页。

不蝉连？而章法因仍，清机徐引。及其措语，萧散天成，朴在藻中，浑余词外。六朝雕镂，填砌枝骈，摘句揣音，判殊古调，此气格之异，又其一端也。①

阴子坚诗声调既亮，无齐梁晦涩之习，而琢句抽丝，务极新隽。寻常景物，亦必摇曳出之，务使穷态极妍，不肯直率。此种清思，更能运以亮笔，一洗玉台之陋，顿开沈宋之风。且觉比玉台则特妍，校沈、宋则犹媚。六朝不沦于晚唐者，全赖有此大雅君子振起而维挽之。宜乎太白仰赞，少陵推许。榛途之辟，此功不小也。②

何仲言诗，经营匠心，惟取神会。生乎骈丽之时，摆脱填缀之习。清机自引，天怀独流。状景必幽，吐情能尽。故应前服休文，后钦子美。后人不详旨趣，动以骈丽少六朝，抑知六朝诗文，本饶清绪。纵复取青妃白，中含宛转之情；况多濯粉涤朱，独表清扬之质。③

以上，陈祚明评陈后主曰"清丽"；评简文帝曰"清机徐引"；评阴铿曰"清思"，评何逊曰"清绪"，虽然都是"清"，但又各有区分。《采菽堂古诗选》以"清"为词素而构成的审美范畴多达34个，而在这些范畴中，陈祚明又以"气清"为主格。《凡例》曰："气雄则厚，气清则洁。……夫乐府之气雄，古诗之气清，然无不兼擅者。诚有气，则清非弱之云，雄非浊之论。"④ 清则简淡，简淡容易流于格调纤弱，故运之气，使简淡中寓有醇厚。故其评诗，也常将"气"与

① 陈祚明评选，李金松点校《采菽堂古诗选》（卷二十二），第695页。
② 陈祚明评选，李金松点校《采菽堂古诗选》（卷二十九），第948页。
③ 陈祚明评选，李金松点校《采菽堂古诗选》（卷二十六），第830页。
④ 陈祚明评选，李金松点校《采菽堂古诗选》（凡例），第6页。

"清"连用，如评江总诗"特有清气"①，何逊《咏早梅》"清气奕奕"②。就诗人而言，气清亦为情性，即所谓"清真"；形之以构思，则为"清思""清绪"；渗透于情感，则是"清怨""清婉"。就文本而言，气清也是气格，即所谓"清机"；投映于语辞，则为"清警""清扬"；聚合为命旨，则为"清姿""清旨"；表现于诗境，则为"清泚""清幽"；形之以风格，则表现为"清越""清迥"。如此等等，不胜枚举。

再论雅。陈祚明论诗，以情、辞为核心，以雅为归趣。《凡例》曰："其所谓择辞而归雅者，大较以言情为本。"③ 因此，以辞为载体，而归之于意旨的雅正则是其诗学思想的核心之一，杭世骏《采菽堂古诗选·序》曰："其论诗大旨，曰情、曰辞、而总归于雅。"④ 故其论秦嘉《述昏诗》："言之郑重，用意轨于雅正。"⑤ 傅玄《艳歌行有女篇》："托意雅正。"⑥ 然而，由于陈祚明所言之情与辞，大大拓展了传统情与辞概念的理论内涵，因此，其所言之"雅"则是一个在理论内涵上比"清"更为宽泛的诗学范畴。

具体地说，陈祚明所言之雅，有炼字造语之雅，如评《迢迢牵牛星》曰："远而不相知，不若近而不相得之悲更切也。人惟有情而不能语，故咏叹以传之。近矣可以传矣，而不能传，于是嗟叹太息，宛转而陈，其词乃愈哀也。'脉脉'者，有条有绪，若呼吸相通，寻之有端，而即之殊远。二字含蓄无尽，'心有灵犀一点通'即此意，而雅俗霄

---

① 陈祚明评选，李金松点校《采菽堂古诗选》（卷三十），第984页。
② 陈祚明评选，李金松点校《采菽堂古诗选》（卷二十六），第845页。
③ 陈祚明评选，李金松点校《采菽堂古诗选》（凡例），第2页。
④ 陈祚明：《稽留山人古诗评选》（杭世骏序），乾隆十三年刻本。
⑤ 陈祚明评选，李金松点校《采菽堂古诗选》（卷四），第107页。
⑥ 陈祚明评选，李金松点校《采菽堂古诗选》（卷九），第276页。

壤。"① 古诗雅而李诗俗，全在于造语炼字，一含蓄，一直白。有状物写景之雅，如评简文帝《坏桥》之篇则以"雅"而概括之；评刘删《赋松上轻萝》："'风劲''影垂'，语颇缥萧。五、六句俊致，结雅有远情。"②《坏桥》以"斜梁悬水迹，画柱脱轻朱"摹写坏桥，神似而语雅；《赋松上轻萝》以"属于松风动，时将薜影垂"③ 摹写轻萝，清隽而雅远。还有典物、风华之雅，如评王僧孺《赠顾仓曹》："'三乘睫'，摘字新雅。'玉台体'可传者，惟是新雅可爱耳"④；评庾信《方泽歌》："典雅春容，风华掩映，可名作者"⑤。前诗用典，新雅可爱；后诗颂赞，风华掩映，故皆以雅称。此外，论诗体、诗法、诗格、诗境，皆有以雅论之者，例多不赘。在《采菽堂古诗选》中以雅为词素而构成的审美范畴也多达 32 个。有着眼于审美风格，或指体格"风雅""古雅"，或指情调"闲雅""高雅"；也有着眼于情辞风格，或指辞之"庄雅""工雅"，或指调之"和雅""平雅"，或指意之"雅切""雅远"等。简言之，所谓雅，从源头上说，以《诗经》之辞为雅；从修辞上说，以比兴之辞为雅；从风格上说，以辞清为雅。

从渊源而论，陈祚明论清雅之美，取资汉魏六朝的审美观念。气清之说，源于曹丕《典论·论文》。陆机、陆云又将其引入审美范畴，陆机《文赋》提出"清壮""清丽""清虚"等，陆云《与兄平原书》又进一步提出"清工""清美""清利""清绝""清省""清约""清新""清妙"等。《文心雕龙》也将"清越""清峻""清丽"等审美范畴运用于文学批评。明人论诗亦重清，胡应麟论唐诗云："清者，

① 陈祚明评选，李金松点校《采菽堂古诗选》（卷三），第 85 页。
② 陈祚明评选，李金松点校《采菽堂古诗选》（卷三十），第 1005 页。
③ 陈祚明评选，李金松点校《采菽堂古诗选》（卷三十），第 1005 页。
④ 陈祚明评选，李金松点校《采菽堂古诗选》（卷二十五），第 793 页。
⑤ 陈祚明评选，李金松点校《采菽堂古诗选》（卷三十三），第 1080 页。

超凡脱俗之谓，非专于枯寂闲淡之谓也。"又云："诗最可贵者清，然有格清，有调清，有思清，有才清。"① 自尊《诗》为经之后，"雅"也成为一条重要的审美标准，曹丕明确提出"奏议宜雅"（《典论·论文》），赞赏徐干《中论》"辞义典雅"。此后，以雅为审美标准，广泛运用于文学、音乐、绘画批评以及人物品藻之中。但是，论清，陈祚明重在气格，胡应麟重在品格，二人有所不同；论雅，又在汲取魏晋南北朝审美观念的同时，融入唐宋诗派的诗学主张，更为广泛地运用于诗学批评的各个层面。可见，其清雅诗论是对前人诗歌美学的整合与融通。

三　审美取向："通诸家之弊而折衷"

在审美取向上，崇尚多元。因《采菽堂古诗选》的编选乃为纠正李攀龙《古今诗删》与钟惺、谭元春《古诗归》选诗之弊，故表现出与二家不同的审美取向。《古今诗删》取"以能工于辞，不悖其体而已"，《古诗归》："大旨以纤诡幽渺为宗"②，审美取向比较单一。而《采菽堂古诗选》："会王李、钟谭两家之说，通其弊，折衷焉"③，表现出鲜明的崇尚多元的审美取向。

语言选择上，质与华并重。"尚辞"是陈祚明诗歌美学的特点之一。《凡例》曰："故尚辞失之情，犹不失为辞也；尚情失之辞，则情并失。"④ 然其尚辞，重华腴又不废古质。如评曹植《美女篇》："夫华腴亦非细事也，诗质而能古，非老手不能。质而不古，俚率不足观矣，无宁遁而饰于华。要之，立言贵雅，质亦有雅，华亦有不雅。汉魏诗

---

① （明）胡应麟：《诗薮》，上海古籍出版社，1979，第 185 页。
② 永瑢：《四库全书总目提要》，中华书局，1997，第 2706 页。
③ 陈祚明评选，李金松点校《采菽堂古诗选》（凡例），第 1 页。
④ 陈祚明评选，李金松点校《采菽堂古诗选》（凡例），第 2 页。

质而雅者也，温李诗华而不雅者也。自然而华则雅也，强凑而华则不
雅也。"① 他以雅为审美标准论述质与华的辩证关系。认为，有"质而
雅"者，质而能古，不坠于俚率，如汉魏之诗则雅；有"华亦不雅"
者，华而强凑，如温李之诗则不雅。陈氏坚持"自然而华则雅"的审
美标准，故认为，若华腴而自然，寓朴质于藻饰，则是语言之美的至
境。其论西京乐府，"及其措语，藟黻天成，朴在藻中，浑余词外"②。
从这一标准出发，一方面他强调王粲《从军诗》"古质"，谢朓《和江
丞北戍琅琊城》"殊合古调"③；另一方面又强调华腴而有情致，如辛延
年《羽林郎》："华缛易得痴，定须作致。前段华缛，中著'两鬟'四
句，缥缈流逸，大佳。"④ 语言华腴而无情致则流于痴肥，故须作情致。
此诗前段华缛，然能以"缥缈流逸"之语澹荡其中，则情致生矣。

　　艺术表现上，隐与秀并重。《凡例》曰："夫言有隐有秀：隐者，
融微之谓也；秀者，姿致之谓也。融微者，言不尽；姿致者，言无不
尽。"⑤ 隐秀之说源于《文心雕龙·隐秀》："隐也者，文外之重旨者
也；秀也者，篇中之独拔者也。"范文澜注："重旨者，辞约而义富，
含味无穷，陆士衡云'文外曲致'，此隐之谓也。独拔者，即士衡所
云'一篇之警策也'。"⑥ 然而，陈氏所言与刘勰有所不同。所谓融微，
指意余言外，贵在含蓄；所谓姿致，指意随言出，贵在淋漓。隐与秀，
是诗歌不同的艺术表达方式，二者并无轩轾，所以陈祚明既欣赏如左
思《招隐诗二首》的"言志爽朗"⑦，如陶渊明《咏贫士》的"写志

---

① 陈祚明评选，李金松点校《采菽堂古诗选》（卷六），第160页。
② 陈祚明评选，李金松点校《采菽堂古诗选》（卷二十二），第694页。
③ 陈祚明评选，李金松点校《采菽堂古诗选》（卷二十一），第663页。
④ 陈祚明评选，李金松点校《采菽堂古诗选》（卷四），第111页。
⑤ 陈祚明评选，李金松点校《采菽堂古诗选》（凡例），第5页。
⑥ 范文澜：《文心雕龙注》，第633页。
⑦ 陈祚明评选，李金松点校《采菽堂古诗选》（卷十一），第347页。

明切"①，如曹丕《大墙上蒿行》的"淋漓铺叙"②，又强调如谢瞻
《于安城答灵运》的"质言清泚，旨蕴深长，味之蔼然"③。而在具体
作家作品中，隐与秀既可二者并存，如《凡例》曰："汉魏以上，
多融微之音矣。然孟德之沉雄，子建之流宕，曷常不务尽乎哉？梁
陈而后，作者尚姿致矣。然阴子坚、何仲言之流，语亦有深者，且
如咏怀一也。"④ 亦即隐与秀辩证统一，隐者有尽其意者，如孟德、
子建；秀者亦有语深含蓄者，如阴铿、何逊；也可互相转化，如评
《驱车上东门》曰："此诗感慨激切，甚矣。然通篇不露正意一字……
愈淋漓，愈含蓄。"⑤ 其一般原则是，言情须隐，述事须秀，"言情不
欲尽，尽则思不长；言事欲尽，不尽则哀不深"⑥。而其所说的"以言
言者，言尚其尽；以不言言者，言尚其不尽"，本质也属于隐秀的
关系。

整体风格上，多元并重。陈祚明反对选本"多挟持己意，豫有所
爱憎"，宣称自己坚持"有美必录"。这种诗学观念，不仅贯穿于诗歌
选目的编选态度中，也表现在论诗歌风格多元并重的批评态度中。在
具体品评中，他虽特别注重作家风格比较，然而或从文学史发展的眼
光，揭示其发展；或者从审美的视角，揭示其特点，故其评价客观理
性，而非随意褒此抑彼。如评嵇康《述志诗》曰："推原此种诗，其
格本于汉人赵壹、仲长之流，亦《小雅》之遗音也。……晋太冲之杰
气类此，而长在跌宕；元亮之古质类此，而长在舒徐，不似叔夜之直

---

① 陈祚明评选，李金松点校《采菽堂古诗选》（卷十四），第431页。
② 陈祚明评选，李金松点校《采菽堂古诗选》（卷五），第143页。
③ 陈祚明评选，李金松点校《采菽堂古诗选》（卷十八），第556页。
④ 陈祚明评选，李金松点校《采菽堂古诗选》（凡例），第5页。
⑤ 陈祚明评选，李金松点校《采菽堂古诗选》（卷三），第86页。
⑥ 陈祚明评选，李金松点校《采菽堂古诗选》（卷三），第90页。

致也。然风气固殊，二家命语终觉渐趋于近，又不能及叔夜之高苍矣。"① 既从诗歌史的眼光揭示了这种诗格的渊源，以及在诗歌史上发展变化，又揭示了诗人风格形成的时代原因。虽有轩轾之评，却无褒贬之意。即使两种迥然不同的风格，也不偏于私爱，随加抑扬。如评阮籍："阮公渊渊，犹不宣露"，"旨高思远，气厚调圆，故能远溯汉人，后式百代"。评嵇康："叔夜倖直，所触即形"，"如独流之泉，临高赴下，其势一往必达，不作曲折萦回，然固澄澈可鉴"。二人性情不同，诗风迥异，嵇诗疏放清峻，阮诗委曲遥深，各有其美，难分伯仲。特别是对隋炀帝这类诗人，也不因人废言，不仅揭示其在七律体发展中的地位，也指出其作品中所显现的"夸示千古"（评《云中受突厥主朝宴席赋诗》）的壮美诗风。曹道衡先生说："真正在气格上可以作为宏丽壮阔的唐音前奏，还只能是这个昏暴之君的作品。"② 陈祚明这种理性求真的批评态度，其意义已经超越了诗学思想的本身。

陈祚明崇尚多元的审美取向，既有"救时之苦心"，也是博取诸家，自成体系。明杨慎认为，"唐人诗主情"，"宋人诗主理"③。陈氏强调情理并重，则是对宗唐与宗宋的折中调和；而谢榛"作诗虽贵古淡，而富丽不可无"④ 之说，也为陈祚明吸取并加以改造；同时还扬弃了明代前后七子、公安诗派、古诗归派对诗歌审美风格的偏执一隅的弊端。因此，陈祚明的诗学思想在明末清初的诗学发展中具有承上启下的过渡意义。

---

① 陈祚明评选，李金松点校《采菽堂古诗选》（卷八），第231页。
② 曹道衡、沈玉成：《南北朝文学史》，人民文学出版社，1991，第478页。
③ 丁福保：《历代诗话续编》，第799页。
④ 丁福保：《历代诗话续编》，第1139页。

第二节 《采菽堂古诗选》编选之隐形标准

目前学界对这一重要选本已有了相当的关注，在文献整理、诗学思想的探讨、陈祚明生平事迹等方面都有不少很有价值的成果出现，充分注意到了该选本的文献学价值和批评史意义。总体来说，研究者主要是从《凡例》和散见其中的评点文字出发的，而选本本身的批评功能往往被忽视。故在此以选本的批评功能为切入点，通过比较明清几部重要的古诗选本，论述其审美取向及审美精神，并由此进一步论述陈祚明的诗歌史观。

一　选本的批评功能

早在 20 世纪 30 年代，方孝岳先生就指出：

> 研究文学批评学的人，往往只理会那些诗话文话，而忽略了那些重要的总集了。其实许多诗话文话，都是前人随便当作闲谈而写的，至于严立各人批评的规模，往往都是在选录诗文的时候，才锱铢称量出来。①

现代学者对选本的批评价值有了进一步的关注和重视，如邹云湖有专著论选本的批评意义，当代学者樊宝英也指出：

> 在中国古代，可以说没有专门的文学史著作，其文学史观念主要集中在文论著作或"选本"（包括序、跋、评点）之中。因

---

① 方孝岳：《中国文学批评史》，三联书店，1986，第 5 页。

此，"选本"或"选集"满足古人讲述文学史的渴望。由于每个选者在面对历代文学作品时都是以自己的眼光加以筛汰和选择，其过程必然融入选者不同的文学见解。这种见解既包含着对作者的定位，又包含着对作品的品鉴，同时还包含着对文学发展的看法，即文学史观念。具体而言，包含三个层面：重读者接受的文学史观、具有文体意识的文学史体例、重当下意识的文学史理念。①

充分认识了选本的批评功能，主要是着眼于选家的文学史观念。建构自己心目中的文学史，确实是选本的重要功能，但选本的批评功能，并不仅限于选家的文学史观念，同样体现着选家的美学观念。

胡大雷说："中国古代虽然没有文学史著作，但是却有文学史观，选本就是其表现之一。"② 这充分显示了选本的批评功能和文学史意义。的确，古人也常常以作品为文学史，文学批评史上确立文学史观的第一篇文学专论，应该说是自沈约《宋书·谢灵运传论》③ 开始的。

---

① 樊宝英：《选本批评与古人的文学史观念》，《文学评论》2005 年第 2 期。
② 胡大雷：《中国古代选本类型及其文学史意义》，《学术月刊》1991 年第 5 期。
③ 《宋书·谢灵运传论》曰："民禀天地之灵，含五常之德，刚柔迭用，喜愠分情。夫志动于中，则歌咏外发，六义所因，四始攸系，升降讴谣，纷披风什。虽虞夏以前，遗文不睹，禀气怀灵，理或无异。然则歌咏所兴，宜自生民始也。周室既衰，风流弥著，屈平宋玉导清源于前，贾谊相如振芳尘于后，英辞润金石，高义薄云天。自兹以降，情志愈广。王褒刘向杨班崔蔡之徒，异轨同奔，递相师祖。然清辞丽曲，时发乎篇，而芜音累气，固亦多矣。若夫平子艳发，文以情变，绝唱高踪，久无嗣响。至于建安，曹氏基命，三祖陈王，咸蓄盛藻，甫乃以情纬文，以文被质。自汉至魏，四百余年，辞人才子，文体三变。相如工为形似之言，二班长于情理之说，子建仲宣以气质为体。并摽能擅美，独映当时。是以一世之士，各相慕习，源其飙流所始，莫不同祖风骚。徒以赏好异情，故意制相诡。降及元康，潘陆特秀，律异班贾，体变曹王，缛旨星稠，繁文绮合。缀平台之逸响，采南皮之高韵，遗风余烈，事极江右。在晋中兴，玄风独扇，为学穷于柱下，博物止乎七篇。驰骋文辞，义殚乎此。自建武暨于义熙，历载将百，虽比响联辞，波属云委，莫不寄言上德，托意玄珠，遒丽之辞，无闻焉尔。仲文始革孙许之风，叔源大变太元之气。爰逮宋氏，颜谢腾声，灵运之兴会摽举，延年之体裁明密，并方轨前秀，垂范后昆。若夫敷衽论心，商榷前藻，工拙之数，如有可言。夫五色相宣，八音　（转下页注）

他追溯了诗歌的源头，并且勾勒了自先秦至刘宋的文学发展轨迹，"史"的意味已十分浓烈。他称魏晋时代优秀诗人的优秀诗作"直举胸臆，非傍诗史"，这里的"诗史"有指前人作品的意思。如果一个文学批评家不了解文学的历史，那么他的批评是没有根基的，"他将搞不清楚哪些作品是创新的，哪些是师承前人的；而且，由于不了解历史上的情况，他将常常误解许多具体的文学艺术作品"①。因此，文学史观对文学批评非常重要。选本的文学史意义之所以屡屡被提及，是因为在我国古代诗文选本里的确有了文学史的意味，《文选》《玉台新咏》等被历来研究者充分重视的选本自不待言，《采菽堂古诗选》在这一方面也并不逊色。

陈祚明《采菽堂古诗选·凡例》开篇即批评了当时各选家选诗的局限，说明《采菽堂古诗选》的编选，也有着强烈的现实针对性。进而他提出了自己的标准："是故于是选，无尚旨，有美必录。"② 而陈氏心目中的诗"美"是什么呢？如前所述，他说："予之此选，会王李、钟谭两家之说，通其蔽而折衷焉。所谓择辞而归雅者，大较以言情为本。"当今研究者多依据这一条观点鲜明的论断，将陈祚明的编选标准视为"以言情为本"。这当然没有问题，选本本身就是张扬选家自己审美主张的产物，但笔者认为这一观点，尚有一些未尽问题，有进一步讨论的必要。

（接上页注③）协畅，由乎玄黄律吕，各适物宜。欲使宫羽相变，低昂舛节，若前有浮声，则后须切响。一简之内，音韵尽殊；两句之中，轻重悉异。妙达此旨，始可言文。至于先士茂制，讽高历赏，子建函京之作，仲宣灞岸之篇，子荆零雨之章，正长朔风之句，并直举胸臆，非傍诗史，正以音律调韵，取高前式。自灵均以来，多历年代，虽文体稍精，而此秘未睹。至于高言妙句，音韵天成，皆暗与理合，匪由思至。张蔡曹王，曾无先觉，潘陆颜谢，去之弥远。世之知音者，有以得之，此言非谬。如曰不然，请待来哲。"

① 〔美〕勒内·韦勒克，〔美〕奥斯汀·沃伦：《文学理论》，刘象愚、邢培明、陈圣生等译，凤凰出版集团，2006，第 39 页。

② 陈祚明评选，李金松点校《采菽堂古诗选》（凡例），第 1 页。

二 《采菽堂古诗选》与其他重要古诗选本选目比较

《采菽堂古诗选》是在明清古诗选本兴盛的背景下出现的，它的编选，不能不受当时学术风气的影响。如果比较不同选本中各个时期的选诗比例，则可以反映出各个选家选诗宗旨的差异。因此，通过《采菽堂古诗选》与明清其他重要古诗选本选诗比例的差异，能够对陈祚明的编选标准和诗学倾向有更加深入的认识。本书选择李攀龙《古今诗删》，钟惺、谭元春合编《古诗归》，王夫之《古诗评选》，王士禛编、闻人倓笺注《古诗笺》、沈德潜《古诗源》，张玉谷《古诗赏析》六个有代表性的选本，与《采菽堂古诗选》比较如表 3 - 1。

表 3 -1 《采菽堂古诗选》与其他重要古诗选本选目对照①

		汉	魏	晋	宋	齐	梁	陈	北朝	隋	总计
《古今诗删》	数量	87	66	177	63	51	91	15	14	8	572
	占比（%）	15	12	31	11	9	17	2	2	1	
《古诗归》	数量	144	40	170	108	35	87	20	14	17	635
	占比（%）	22	7	25	17	5	14	4	3	3	
《古诗评选》	数量	69	118	172	122	65	152	47	53	42	840
	占比（%）	8	14	20	15	8	18	6	6	5	
《古诗笺》	数量	54	65	107	107	56	149	19	35	29	621
	占比（%）	9	10	17	17	9	24	3	6	5	

---

① 统计结果分别据：李攀龙编选《古今诗删》，《文渊阁四库全书》；钟惺、谭元春合编《古诗归》，《续修四库全书》；王夫之评选、张国星点校《古诗评选》，文化艺术出版社，1997；王士禛编选、闻人倓笺《古诗笺》，上海古籍出版社，1980；沈德潜编选《古诗源》，中华书局，1963；张玉谷评选、许逸民点校《古诗赏析》，上海古籍出版社，2000；陈祚明评选、李金松点校《采菽堂古诗选》。

续表

		汉	魏	晋	宋	齐	梁	陈	北朝	隋	总计
《古诗源》	数量	138	66	139	99	43	86	22	40	28	661
	占比（%）	21	10	21	15	7	13	3	6	4	
《古诗赏析》	数量	124	81	178	85	36	76	14	23	35	652
	占比（%）	19	12	27	13	6	12	2	4	5	
《采菽堂古诗选》	数量	257	341	846	447	192	897	252	420	183	3835
	占比（%）	7	9	22	12	5	23	6	11	5	

注：各诗选所选的汉魏六朝以外的部分，没有统计在内。古逸诗、谣谚，因不能确定时代，也没有统计在内。表中数据百分比，取约数。

从表3-1可以看出，李攀龙论古诗虽以汉魏为尊，但在《古今诗删》中他并未对汉魏诗给予特别的重视，选汉魏诗总量占27%。虽然这个比例不算太小，但是相对于朝代较短的宋、齐、梁三代37%的比例来说，则显得不多，可见李攀龙选诗仍然比较注重南朝具有清新流丽风格的诗作，在具体的选诗过程中，并未完全贯彻其理论主张。《古诗归》中选诗最多的朝代是晋代，占了总量的25%。而梁陈诗歌总计也不足20%。可见，竟陵派对古诗的评价基准是以晋代诗人陶渊明为准则。

如果单就整个南北朝诗歌在选本中的比例来看，南北朝诗歌在《古今诗删》和《古诗归》中的比例分别为41%和43%；在《古诗评选》《古诗笺》《古诗源》和《古诗赏析》中的比例分别为53%、59%、44%和37%，从总体趋势可以看出明清之际六朝诗歌地位的逐渐上升。陈祚明的《采菽堂古诗选》中南北朝诗歌占了整部诗选的57%，总体来看，与《古诗笺》的比例相当，但是远远大于其他五部诗选。

此外，还有两种情况需要注意：第一，兼选古诗与唐宋近体诗的选本，其选诗的重点都不在汉魏六朝诗上，他们推举的古诗审美典范，是唐诗，而不是汉魏六朝诗。具体来说，李攀龙《古今诗删》共选诗2178 首，其中选唐诗 738 首，而选汉魏六朝诗歌 572 首，仅占总数的26.3%；钟惺和谭元春选编的《诗归》，分为《古诗归》和《唐诗归》两大类，其中《古诗归》只有十五卷，而《唐诗归》却有皇皇三十六卷之多；王士禛选编的《古诗笺》所选七言歌行部分，基本是唐宋诗，而且占了整部诗选的约 60%。第二，与《采菽堂古诗选》相同的是，王夫之《古诗评选》、沈德潜《古诗源》和张玉谷《古诗赏析》也是专门收录唐前诗歌的选本。然而，王夫之除了《古诗评选》之外，还有《唐诗评选》和《明诗评选》。虽然，王夫之也崇尚汉魏六朝的审美传统，《古诗评选》的编选，与传统的"诗教说"选诗标准有很大的背离，不能以一般的眼光来评判这部诗选，他所选的唐诗是以符合汉魏六朝审美传统为标准，并不能全面反映唐诗的审美风貌，但是王夫之选诗所表现的崇尚汉魏六朝的诗学观念，本为纠正七子之弊，反而又表现出矫枉过正的另一种偏狭。沈德潜除《古诗源》外，还有《唐诗别裁集》《明诗别裁集》《清诗别裁集》，他的诗歌史体系是以唐诗为中心建立起来的，他的眼光是着眼于整个诗歌发展史，而不是专宗汉魏六朝的。因为前面也说过，沈德潜是性情与格调之争的总结者和终结者，他的诗学带有儒家诗学的理想主义精神。而《采菽堂古诗选》不仅专选汉魏六朝诗歌，而且摆脱了明代诗坛围绕前后七子而引起的诗学主张的意气之争，试图以全景式的选目，表现出汉魏六朝诗歌的全貌。所以综观《采菽堂古诗选》，可以清晰看出选者推尊汉魏六朝诗歌尤其是六朝诗歌的总体趋向。

三　陈祚明所推崇的审美精神

以上较宏观地比较了各选本选诗的大体状况。但宏观研究不能解释一些微观问题，因此，还是通过列表方式，将各诗选入选诗作最多的前几位作家作一比较，以补充说明上述观点，见表3－2。

表3－2　几个重要古诗选本选诗最多的前六位诗人对照

		一	二	三	四	五	六
《古今诗删》	诗人	谢朓	陶渊明	鲍照	曹植	陆机	谢灵运
	数量	34	24	19	19	17	16
	朝代	齐	东晋	宋	魏	西晋	宋
《古诗归》	诗人	陶渊明	谢灵运	谢朓	鲍照	颜延之	简文帝
	数量	51	25	22	18	14	13
	朝代	东晋	宋	齐	宋	宋	梁
《古诗评选》	诗人	鲍照	陆云	谢灵运	陶渊明	谢朓	曹丕
	数量	36	35	33	30	27	27
	朝代	宋	西晋	宋	东晋	齐	魏
《古诗笺》	诗人	陶渊明	谢朓	鲍照	何逊	江淹	阮籍
	数量	71	47	39	37	33	32
	朝代	东晋	齐	宋	梁	梁	魏
《古诗源》	诗人	陶渊明	谢朓	鲍照	曹植	谢灵运	庾信
	数量	56	33	28	25	25	15
	朝代	东晋	齐	宋	魏	宋	北周
《古诗赏析》	诗人	陶渊明	曹植	鲍照	谢朓	谢灵运	阮籍
	数量	75	34	28	24	14	12
	朝代	东晋	魏	宋	齐	宋	魏
《采菽堂古诗选》	诗人	庾信	陶渊明	鲍照	谢朓	沈约	陆机
	数量	232	160	128	118	96	95
	朝代	北周	东晋	宋	齐	梁	西晋

注：《古今诗删》的统计包括了古诗和乐府，如果以古诗为计，则位次稍有变动：谢朓32首，陶渊明24首，谢灵运16首，鲍照15首，陆机13首，王融、何逊均12首。因其他选本没有将古诗与乐府截然分开，故将乐府也统计进去。

总体来看，在推举大家的问题上，各位选家似乎没太大分歧，如陶渊明、谢朓、鲍照在每一选本里都占重要地位，只是位次稍有变动。但是，值得注意的是"大同"中的"小异"。

七个选本里面只有《采菽堂古诗选》几乎各个朝代都有选家所推举的诗人，而其他几个选本则有将大家集中于某朝某代的现象。如《古诗归》入选诗作最多的六位作家里，仅刘宋诗人就占了一半；《古诗评选》则有四位诗人都在晋宋两代；另外几个选本也在不同程度上存在这种倾向。如果将统计标准放宽，选出数量在前十位的诗人，《采菽堂古诗选》排在稍后的四位分别是：阮籍82首、曹植80首；简文帝萧纲73首；何逊71首，他们分别属于魏、梁、陈三代。可见，入选诗作最多的作家，几乎均匀分布了从曹魏至北朝的每个朝代。其原因固然是这些诗歌符合陈祚明的审美标准，但更主要的原因，则是陈祚明认为他们是最能代表当时诗风的作家。比如，在排在前六位的作家里面，可以肯定的是，陈祚明并不喜欢鲍照和陆机的诗风，但是他却将二者的诗歌大量入选，唯一合理的解释大概就是陈祚明从诗歌史的角度，肯定了二者的重要地位。这种眼光是其他几位选家所不具备的，或者说其他几位选家没有从这个角度对待自己的选诗工作。比如，《古诗归》是竟陵派的诗论纲领，它体现着竟陵派"幽深孤峭"的审美风尚，因陆机诗歌不符合他们的标准，陆机这样的大家，仅有两首诗歌入选。《古诗评选》中选了陆云的诗歌共35首，仅次于陶渊明，而历来诗论家公认的诗歌史上的大家，如曹植、陆机、庾信等并没有入选太多。陆云独具一格的诗风和地位固然是值得肯定的，而相对于诗人本身的创作数量和在诗史上的地位，这种选录实践虽然有很大胆的不同流俗的意义，但也的确是有失公正。

无论从诗歌的总量还是从推举的重要作家来看，《古今诗删》在汉魏与六朝的选择上，数量上都没有太大的差别，唯齐以后的诗作入选较少。可见，李攀龙倡导复古所批判的六朝诗歌，基本是指梁陈诗歌，而对宋齐两代，他更多的是溢美之词和推崇之举。李攀龙选谢朓诗居首位，因为谢诗兼具清新之美和流动之声韵。《古今诗删》选唐诗部分最为后来研究者重视，谢朓诗歌的审美精神开唐诗风气之先。因此，李攀龙并没有过多地选汉魏诗，如曹植诗也仅入选了 6 首，可见，李攀龙心目中的审美价值典范，是唐诗传统而不是汉魏传统。这是分析《古今诗删》得出的结论。故唯一严格体现汉魏六朝审美精神并从文学史的角度着眼唯有《采菽堂古诗选》。

四　陈祚明的诗歌史观

陈祚明对六朝诗人的评价，完全突破了陈子昂以来至明七子对六朝诗的一概否定："时各有体，体各有妙，况六朝介于古、近体之间，风格相承、神爽变换，中有至理。不尽心于此，则作律不由古诗而入，自多僿率凡近，乏于温厚之音。故梁陈之诗，不可不读。读梁陈之诗，尤当识其正宗，则子坚集其称首也……夏造殷因，不可指周文而笑夏质，执夏质以废周文也。"[①] 他认为，"周文"与"夏质"都是不可偏废的，六朝诗歌与汉魏诗歌不能相提并论，但是在整个诗歌发展史上，可以说没有齐梁之华靡，就没有盛唐之气象。陈祚明在《凡例》中也表明了其评选古诗的用意：

> 古诗自汉迄隋代远矣，大抵多五言，齐、梁稍趋之律。学者盖目为古诗，与近体判然，是近体之源也。今为近体，如不读古诗，见不高，取材也狭隘，坐下僿。初盛唐密迩六朝，人各有所宗法，如陶、谢、庾、鲍、阴、何，自太白、少陵叠叠于兹，故

---

① 　陈祚明评选，李金松点校《采菽堂古诗选》（卷二十九），第 949 页。

所诣卓。中、晚之衰也，即奉唐人为典型，故调益靡。①

陈氏选择古诗加以评选不是出于个人趣味，而是基于他对中国诗歌发展史的理解。审视汉唐近千年的诗歌历史，古诗不仅是唐人诗体与律诗相对的一种，而且存在于自汉代到隋代的八百余年，代表着先唐国人的性情和思想。自严羽主张师法盛唐，后人主要尊奉唐体，汉魏古诗渐被遗忘。但唐诗并非空穴来风，律体孕育于齐梁时代，但齐梁诗也是从汉魏五言诗中孕育出来的。李杜为代表的盛唐诗人的杰出成就，就是在取法六朝的基础上取得的。而后人只知道学盛唐诗，却淡忘了盛唐诗的来源出处，必然导致见解低下，取材偏狭，思路僵化。宋人诗歌不及盛唐的原因即在其仅奉唐人为典范，而遗忘了先唐八百年的古诗传统。中晚唐及盛唐诗人在批判前人的同时，却"身处他们的庇荫而浑然不觉"。②

《采菽堂古诗选》共选取陆机诗歌 95 首（正集 74 首，补遗 21首）。但是陈祚明在审美旨趣上并不推崇陆机诗歌。无论对诗歌总评还是对陆机诗歌的单篇评论，我们都可以得出这样的结论。他总评陆机云："士衡诗束身奉古，亦步亦趋，在法必安，选言亦雅，思无越畔，语无溢幅，造情既浅，抒响不高。拟古乐府稍见萧森，追步十九首，便伤平浅，至于述志、赠答皆不及情。"③ 评《短歌行》云："有亮节而无雄气，有调节而无变响，士衡诗大抵如此。"评《赴洛二首》云："起二句士衡常调，故自矜琢，通首情非不真，述叙平平耳。"④ ……对陆机诗歌的直接批评比比皆是。谭献云："按检《采菽

① 陈祚明评选，李金松点校《采菽堂古诗选》（凡例），第 9 页。
② 〔美〕哈罗德·布鲁姆：《影响的焦虑》，徐文博译，江苏教育出版社，2006，第 43 页。
③ 陈祚明评选，李金松点校《采菽堂古诗选》（卷十），第 293 页。
④ 陈祚明评选，李金松点校《采菽堂古诗选》（卷十），第 313 页。

堂古诗选》，论陆士衡语稍苛，后来包慎伯又称之太过。"① 陆机诗歌本身的艺术价值之高下暂且不论，现在要说的是，陈氏不推崇陆机诗歌，选陆诗何以多达95首？钟嵘《诗品》云："陆机诗，其源出于陈思。才高词赡，举体华美，气少于公干，文劣于仲宣，尚规矩，不贵绮错，有伤直致之奇。然其咀嚼英华，厌饫膏泽，文章之渊泉也。张公叹其大才，信矣！"钟嵘对陆机的评价也不够高，但是一位诗人的艺术成就与他在诗歌史上的地位是不能等同的。从某种意义上说，陆机是中古诗歌史上最具影响力的一位诗人。虽然，钟嵘《诗品序》云："昔曹刘殆文章之盛，陆谢为体二之才"，从汉代到梁代的五百年诗歌发展史上，钟嵘只标举四人，而陆机为其中之一。可见，陆机诗歌在诗歌史上的"大家"地位是不会动摇的。从钟嵘到现今的陆机诗歌研究领域，对陆机诗歌艺术形式的不满和对他在诗歌发展史上地位的推崇往往共存。陈祚明之所以在艺术表现上贬损陆机的诗歌，而又在选诗实践上表现出对陆机诗歌的推崇，体现了与钟嵘同样的矛盾性，就说明他并没有单纯以自己的诗美理想而抹杀一位诗人在诗歌演进史上的重要地位。

然而，选本总是以辑录优秀文学作品的面貌出现的，就这个意义而言，选本的生命力要远远超过文学史著作。因为文学史写得再好，总是受一定时代的思潮的影响，甚至说一切文学史都只是"当代文学史"，它总会有时代的局限，随着时代的变迁，也会出现适应新的时代要求的文学史。然而，一部好的选本，人们就是从作品本身去了解文学史的，其中固然充溢着编者的文学史观，但是，相对文学史的写作，选本有着更大的说服力。对于以上矛盾，陈祚明采取了一种变通的方法。他在《凡例》中开宗明义地表明了自己的诗美理想，而在选

---

① （清）谭献：《复堂日记》，第294页。

诗实践上又有与个人审美理想不甚符合的状况出现。他选录这些自己认为不美的诗歌的时候，都作了相应的说明和评论，使读者不至于读到入选的作品而误解自己的审美标准。

综上所述，入选《采菽堂古诗选》的许多诗歌，已经不再是一般意义上的褒与贬，而是以诗史的宏大眼光，强调一位作家或者一种诗风在诗歌发展史上的意义。古今选者多不能有这样包容的选诗胸怀，于是造成了历代选本不足以"观变尽众长"。这都证明陈祚明在选诗方面的另一个标准，即《采菽堂古诗选》不纯粹以指导后学为目的，也不纯粹以体现选者的兴趣、识力为目的，而是以呈现汉魏六朝诗歌的总体风貌为宗旨。甚至可以说这是与他在开篇推出的"以言情为本""有美必录"的选诗标准相矛盾的地方。然而，这种矛盾性正体现了这位严谨而敏锐的诗歌选家的良苦用心。

第四章
《采菽堂古诗选》的诗歌评点与诗人品评

  选本的批注和评点部分是指选本中附属于具体入选作品的选者有关该作品的一切文字。《采菽堂古诗选》和明、清两代的许多其他文学选本一样，附有编者的评点，这与明清时期评点文学的兴盛有着密切的关系。因此，《采菽堂古诗选》的意义不仅在于为创作者提供了一个很好的学习范本，其评点的价值也是很值得重视的。《采菽堂古诗选》的评点分为两个部分：一是对诗人的总评，附在诗人简介之后；一是对具体诗作篇什的分析和评论，其内容包括诗歌的内容、意旨以及艺术特色等诸多方面。对于文学史研究和文学批评史研究而言，《采菽堂古诗选》最有价值的或者说最精彩的当是陈祚明对诗人诗作的分析。这部分内容在《采菽堂古诗选》中有十万多字，如同无数零珠碎玉，嵌布于皇皇四十二卷诗选之中。这部分评点的价值，已经引起了部分学者的关注，但是，就目前的研究状况来看，大多还局限于对一些名家名作的分析，有很多很有价值的评点还没有进入研究者的视野。关于《采菽堂古诗选》的创作方法论、修辞理论和评点特色，关于它在文学批评史和清代诗学上的地位等，都尚有进一步挖掘的余地。

第一节　《采菽堂古诗选》诗歌评点体现的创作方法论

以下所论述的话题：创作方法和语言章法，都是和陈祚明诗学范畴中的"辞"密切相关的，这是"辞"的两个主要方面。这两个方面有一个共同的目标，用陈祚明的话说就是"温文而尔雅"。他说：

> 夫辞，所以达情也，情藏不可见，言以宣之。其言善，聿使人歌咏，流连而不能已已。赤子悲则号，喜则笑，情庸渠不真？非其母莫喻者，不善言也。田夫野老，怀抱一言当言，故至言也。抗手而前，植杖而谈，语未竟，而人哑然笑之。即不为人所笑，而过三家无相传述者。吐于学士大夫之口，温文而尔雅，天下诵之，后世称之。言者同，而所以言者，善不善异矣。①

可见，要达到"温文而尔雅"的标准，就要求"言者"善言。善言，就是要灵活运用创作的方法，诸如比兴、虚实、隐秀等。以下分别论之。

一　比兴

关于赋、比、兴在诗歌表现中的作用，历来以比兴论诗的诗论家有不同的看法。归纳起来主要有三类：其一，怀疑比兴和赋的作用，这种观点以钟嵘为代表。《诗品序》云："若专用比兴，则患在意深；意深则词踬。若但用赋体，则患在意浮；意浮则文散。嬉成流移，文

---

① 陈祚明评选，李金松点校《采菽堂古诗选》（凡例），第 3 页。

无止泊，有芜漫之累矣。"① 他指出"意深"和"词踬"是比兴的毛病。在比兴与赋之间，并没有明确的褒此贬彼的取向，而是要"酌而用之"。同时的刘勰《文心雕龙·比兴》也有类似的观点，他说："义取其贞，无从于夷禽；德贵其别，不嫌于鸷鸟：明尔未融，故发注而后见也。"② 这里说的是"兴"，兴使诗句隐微不显，要依靠注解来发挥。其二，将"比兴"的价值置于"赋"之上。比如，唐初陈子昂云："仆尝暇观齐梁间诗，彩丽竞繁，而兴寄都绝，每以咏叹。"③ 他所追慕的，是有兴寄有感发的诗美，这无疑是对"比兴"的推崇。其三，将"赋"的作用置于"比兴"之上。黄侃《文心雕龙札记·比兴》云："若乃兴义深婉，不明诗人本所以作，而辄事探求，则穿凿之弊固将滋多于此矣。"④ 不过，这里批评"比兴"是着眼于人们穿凿附会的解诗方式来说的。总体来看，中国文学所秉承的是儒家诗教精神，特别是"风雅比兴"，中国文学大体上说是一种抒情文学，尤其是对正统文学——诗歌来说，"崇比兴而斥赋法"是中国文学的一贯传统，而"赋"是一种叙述手法，所以中国文学批评重点探讨的是"比兴"。

在陈祚明的诗学体系里，他把古诗十九首推为"善言情"的典范。他说：

> "十九首"所以为千古至文者，以能言人同有之情也。人情莫不思得志，而得志者有几，虽处富贵，慊慊犹有不足，况贫贱乎？志不可得而年命如流，谁不感慨？人情于所爱莫不欲终身相

① 周振甫：《诗品译注》，中华书局，1998，第 19 页。
② 陆侃如、牟世金：《文心雕龙译注》，齐鲁书社，1995，第 445 页。
③ 《陈拾遗集》（卷一），《文渊阁四库全书·集部·别集类》。
④ 黄侃：《文心雕龙札记》，中华书局，2006，第 217 页。

守，然谁不有别离？以我之怀思，猜彼之见弃，亦其常也。夫终身相守者，不知有愁，亦复不知其乐。乍一别离，则此愁难已。逐臣弃妻，与朋友阔绝，皆同此旨。故"十九首"唯此二意，而低回反复，人人读之，皆若伤我心者，此诗所以为性情之物，而同有之情，人人各具，则人人本自有诗也。但人有情而不能言，即能言而言不能尽，故特推"十九首"以为至极。言情能尽者，非尽言之为尽也。尽言之则一览无遗。惟含蓄不尽，故反言之，乃使人足思。盖人情本曲，思心至不能自已之处，徘徊度量，常作万万不然之想。今若决绝，一言则已矣，不必再思矣。故彼弃之矣，必曰"亮不弃"也；见无期矣，必曰"终相见"也。有此不自决绝之念，所以有思，所以不能已于言也。"十九首"善言情，惟是不使情为径直之物，而必取其宛曲者以写之。故言不尽而情则无不尽。后人不知，但谓"十九首"以自然为贵，乃其经营惨淡，则莫能寻之矣。①

他认为"十九首"之所以成为"千古之至文"，一方面是因其"情真"，它所表达的是人生而共有之情；另一方面，也必须因其"经营惨淡"，倘若没有惨淡的经营之功，古诗十九首的"千古之至情"亦难以传达。人所共有之情是最不易传达的，因人人可以共感之，若以赋法言之，则一览无遗，索然无味；古诗十九首采取了反言、悬想等方式，将共有之情表现得宛曲回环，意味悠长。他批评了历来众多汉魏诗歌批评家把"自然天成"神秘化的观点，表述了自己对打着"自然"的旗帜而放弃对"十九首"的艺术特色进行探究的强烈不满。而"十九首"之所以成为陈祚明诗美理想的典范，则在于"取其宛曲

---

① 　陈祚明评选，李金松点校《采菽堂古诗选》（卷三），第80页。

者以写之，故言不尽而情则无不尽"，用比兴的方式言情，正是一种
"宛曲"的表达方式，因此陈祚明是崇比兴而斥赋法的。

他评曹植《矫志诗》云："段段用比语起。别成一格。都不法三
百篇。语矫健奇劲，自饶古致。"① 陈祚明评诗以符合传统为美，他所
强调的"古"也是如此。以比语而起，言情自然"宛曲"，而这种方
式正符合情感本身的特点，可以使情感的表现淋漓尽致，因此屡屡为
他所称道。又，他评曹丕《善哉行二首》曰："诗所以贵比兴者，质
言之不足，比兴言之，则婉转详尽。'延颈鼓翼'，写辗转反侧之状至
矣。"② 认为比兴的意义在于能够使要表达的情感婉转详尽。又如他评
阮籍《咏怀》五十二云：

　　　　《咏怀》之妙，在于不为赋体，比兴意多，诘曲回翔，情旨
　　错出。传世千余年，人犹不得其解，是知用心深隐，不易骤窥在
　　心之愤，既抒尚口之祸，乃免古人居邦不非。大夫立言之体，自
　　应若尔。况直遂之语，无足耽思；隐曲之文，足供绅绎。使人反
　　复之而不厌者，必非浅露之词可知也。要而评之，旨高思远，气
　　厚调圆，故能远溯汉人，后式百代。浅夫不察，好为尽言。既足
　　贾祸一时，又难垂讽异日。材高识寡，太白所以讥正平者，诚至
　　论也。③

《咏怀》之妙，就在于用比兴而不用赋法，诗歌蕴藉。当然，一
般来说，诗旨模糊，内容晦涩，让读者读来不知所云的诗歌是不能称

① 陈祚明评选，李金松点校《采菽堂古诗选》（卷六），第178页。
② 陈祚明评选，李金松点校《采菽堂古诗选》（卷五），第138页。
③ 陈祚明评选，李金松点校《采菽堂古诗选》（卷八），第253页。

之为美的。阮籍的诗，虽千载而下，无人能晓，但却与一般的晦涩之诗不能等同。因为，被阮籍文字遮蔽了的部分，是处于当时的环境下，他不便直言或者不能直言的部分，即使诗中具体实事不可探求，仍不妨碍人们感受其中传达出来的情绪，而且使读者愈解愈新，有不尽的诗味。而对诗歌来说，能够达情，便已经足够了，因为诗歌毕竟不是纪传体的史书，它的旨意是传情的，而不是言事的。这些情感，如果用赋的方式铺陈而出，便没有让人徘徊难抑的想象空间，诗歌也就没有耐人咀嚼的滋味了。

二 "言"与"不言"

陈祚明论诗，有"善言"与"不善言"的区分，又有"言"与"不言"的界限。"善言"与"不善言"，是就创作主体的表达能力来说的；而"言"与"不言"，则是就诗人的表现方式来说的。

他这样指出：

> 夫诗所取乎情者，非曰吾有悲有喜而吾能言之。人亦孰无悲喜者？人不能已于情而有言，即悲喜孰不能自言者？吾言吾之悲，使闻者愀乎其亦悲。吾言吾之喜，使闻者畅乎如将同吾之喜。盖有以言言者矣，有以不言言者矣。以言言者，言尚其尽；以不言言者，言尚其不尽。夫言尚其不尽，非不欲尽也，臣子而或不得于君父，怀抱志义，而遇或非其时，有所欲而期得之，不言则不可已，言之则近于贪。①

其实，"言"与"不言"都是陈祚明"善言"的方式，其区分只

---

① 陈祚明评选，李金松点校《采菽堂古诗选》（凡例），第4页。

是在于什么时候应"以言言者"，什么情况下又应"以不言言者"。诗歌需要畅快淋漓地表达情感，那么就"以言言者"，言尚其尽；诗歌需要宛曲地表达情感，则应"以不言言者"，言尚其不尽。如他评陆机《悲哉行》云："诗以含蕴有余令人徘徊为妙，写尽乃最忌。"① 而"尚其不尽"，并不是"不欲尽"，而是以这种方式表现，抒情不至于一泻无余，写景不至于应接不暇，使读者读完之后了无余兴。正如他评价《古诗十九首》："言情能尽者，非尽言之为尽也。尽言之则一览无遗。惟含蓄不尽，故反言之，乃使人足思。"② 而应该通过"不言"的方式，给读者以无限广阔的空间和时间，使人"足思"，引起丰富的联想和沉思。

刘勰《文心雕龙·隐秀》云：

> 是以文之英蕤，有秀有隐。隐也者，文外之重旨也；秀也者，篇中之独拔者也。隐以复意为工，秀以卓绝为巧：斯乃旧章之懿绩，才情之嘉会也。③

刘勰所说的"隐"，要有"文外之重旨"，这和"意在言外"相近，但是还不够，"隐"不仅要求有言外之意，而且"以复意为工"，即要有丰富的含蓄不尽的含义，类似"言近意远"的要求。所谓"秀"，就是"篇中之独拔"的句子，类似一篇中的警句、点题句，如万绿丛中一点红。所谓"隐"，是要求文学作品含蓄有言外之意；所谓"秀"，是要求作品写得形象鲜明，有警策动人的佳句，"秀"是一

---

① 陈祚明评选，李金松点校《采菽堂古诗选》（卷十），第301页。
② 陈祚明评选，李金松点校《采菽堂古诗选》（卷三），第83页。
③ 陆侃如、牟世金：《文心雕龙译注》，第482页。

种有深厚功底并自然流露的文采，而不是表面化的从外面涂上去的花样。王钟陵先生曾高度评价刘勰"隐秀"观提出的意义，他说："它根植于同时也往往高于一个特定历史阶段具体的文学创作一个特定历史阶段审美理想的萌发，同其时社会风气中所含蕴的人们的感受方式密切相关……审美理想之从'真美'向'隐秀'的转化，则表示了文艺从魏晋南北朝隋代向下一个历史时期的推移。"① 这未免有把"隐秀"观提出的意义估计得过高之嫌，② 但是清代诗学家陈祚明正是借用刘勰的诗学概念，将这两种言情的方式也表述为"隐"与"秀"，因此，两位诗论家的"隐秀"观，并不是在同一个层面上的意义。陈祚明说的"隐秀"，大体相当于刘勰之"隐秀"的产生方式；前者是从诗歌的创作手法即表达方式层面而言，后者则是从鉴赏的角度出发，是指诗歌的表现效果。陈祚明说：

> 夫言有隐有秀：隐者，融微之谓也；秀者，姿致之谓也。融微者，言不尽；姿致者，言无不尽。汉魏以上，多融微之音矣。然孟德之沉雄，子建之流宕，曷常不务尽乎哉？梁陈而后，作者尚姿致矣。③

他将"以言言者"称为"秀"，姿致玲珑；将"以不言言者"称为"隐"，融微不显。从时代上论，陈祚明以此划分了两个时代，即汉魏以上多"融微之音"，而梁陈以后作者则姿致外露。从汉魏六朝诗歌史来看，这种看法也是颇有见地的。而且，陈祚明又认为这两种

---

① 王钟陵：《中国中古诗歌史》，江苏教育出版社，1986，第23页。
② 参见顾农《就"隐秀"问题与王钟陵先生商榷》，《学习与探索》1992年第5期。
③ 陈祚明评选，李金松点校《采菽堂古诗选》（凡例），第5页。

表现方式不能论其孰优孰劣，关键是看创作者运用的是不是合理到位，即能够使诗歌达到"感人"的效果即可。这样，就不会因为"姿致外显"而否认齐梁至唐初诗歌的审美价值，也为其推尊六朝诗歌提供了理论依据。

三 虚与实

"虚实"是中国古代文论中的一个核心范畴，含义极其丰富，影响也比较深远。叶长海曾说："虚与实是中国古代美学文艺学中使用宽泛的一对基本概念。其涵义涉及有形与无形、客观与主观、直接与间接、有限与无限、思想与形象等等，总之，涉及确定性与不确定性关系的许多问题。"① 所以中国古代文艺理论里的"虚实关系"，是一个比较复杂和包罗多样的概念。比如，以情景关系言，景为实而情为虚；以情境关系言，境为实而情为虚；以形神关系言，形为实而神为虚；以言意关系言，言为实而意为虚；在绘画技法上，则近为实而远为虚；在描写方式上，直接描写为实，间接描写为虚、详写为实，略写为虚，等等。因此以上诸种关系都能以"虚实关系"概括之，其中以情景关系为最典型的代表。范晞文《对床夜语》引《四虚序》云："不以虚为虚，而以实为虚，化景物为情思，从首至尾，自然如行云流水，此其难也。"② 说的正是将诗人的性情与客观外景融化在一起，达到虚实相生的境界。在审美标准上，诗歌往往以这种虚实相间、虚实相生、虚实互融的境界为妙。

陈祚明的评点，也多次谈到了虚实关系。他评曹植《赠白马王

---

① 叶长海：《中国艺术虚实论》，《戏剧艺术》2001 年第 6 期。
② （宋）范晞文：《对床夜语》，见吴文治主编《宋诗话全编》，江苏古籍出版社，1998，第9292 页。

彪》云："首章虚写景，事便宛转不淡。分章者，首节定须虚起……景中有情，甚佳。凡言情至者，须入景。方得动宕若一，于言情但觉絮絮反无味矣。"① 虚实关系能否处理得当，不仅关系抒情效果，而且在整个文章的结构上，也要注意虚实相间。他认为，如果诗歌分章，则首节一定要虚起而不可实作。他推崇情景交融的诗歌，情景交融的意象具有虚实相生、意伏象外的艺术效果时，诗就可以通过意象的奇妙组合而生成意境。陈祚明评张协诗，正是从情景关系的角度肯定其艺术成就的，他说："诗非写景即缀词，此中神气，自分生死。情蕴于胸，感物而动，以我运物，则风云山川草木鸟兽，莫不动宕。修词亦然。天地间惟此一情，情动而不滞者也。于情不深，则出语咸滞。三复景阳之诗，观其所写景物，慨然有当于予心。"② 张协的诗，景中含情，以情运物，则风云山川草木鸟兽无不动宕。另外，从他对陆机诗歌的评论里可以看出他是不喜欢陆机的诗歌的，而他评论陆机《赴洛道中作》曰："稍见凄切，景中有情。"③ 在众多陆诗里面，拈出能够为陈祚明稍稍称赞的诗歌，乃是因其"景中有情"。

再比如，他评谢灵运《富春渚》曰：

> 康乐宦情不浅，请郡之行，殊未满志。前诺宿心，云情螯意，皆有慨而发也。以虚字写境，弥觉森然在目，惟康乐能之。"稠叠""连绵""惊急""参错"，字中之意，不泛不浅。盖虚字须不远不近。浮而不切，病在远，远则泛；淡而不曲，病在近，近则浅。深识《上林》《子虚》用字之法，方能使虚字。④

---

① 陈祚明评选，李金松点校《采菽堂古诗选》（卷六），第181页。
② 陈祚明评选，李金松点校《采菽堂古诗选》（卷十三），第353页。
③ 陈祚明评选，李金松点校《采菽堂古诗选》（卷十），第314页。
④ 陈祚明评选，李金松点校《采菽堂古诗选》（卷十七），第525页。

在这里，虚与实的关系即是境与意的关系，写境的目的是"境中见意"，而描写"虚境"又要费一番功夫，须不远不近才好。在情景关系的处理上，谢灵运可谓成功的典范，他的山水诗开了一代风气，山水诗也是谢灵运诗歌里最为动人的部分。"尽管谢灵运的山水诗还有玄言，但其成功的作品却总是寓理于情，融情入景"①。陈祚明深悟这一点，对谢灵运这方面的才情反复称赞。他评《郡东山望溟海诗》说：

　　发端必写题。前一层言游览，则述所以游览之故，故佳。凡游览诗，以景中有情为妙。得是法，则凡景皆情也。题是望海，然篇中皆写目前物色，盖非写望海也，写望海之人之情也。望海期以豁眸销忧也。目前之物，可以销吾之忧，则眷眷不忘，何必言海乎？且海不易言，言海之语易枵、易拙，此又善于避就者也。不写海而写望海之人，因不写人而写销忧之物，此正取神情，遗形迹也。故观其咏目前物色，而望海之情可知。观其望海，而情可知。此非写销忧，正写忧也。以言写不言之隐，至矣哉！此诗所以不得不作乎？②

这段评论相当精彩，他很细致地分析了谢灵运诗的艺术特色，再次论述了景为实而情为虚，情以景生的观念。而小谢的诗歌，在这方面很好地继承了大谢。比如，陈祚明评谢朓《别王丞僧孺》云："以风景之繁华，感别离之萧瑟。"③寥寥数语，便很确当地道出了景与情

---

① 曹道衡、沈玉成编著《南北朝文学史》，第48页。
② 陈祚明评选，李金松点校《采菽堂古诗选》（卷十七），第531页。
③ 陈祚明评选，李金松点校《采菽堂古诗选》（卷二十），第648页。

相合相生的关系。王夫之评《诗经·小雅·采薇》曰："'昔我往矣，杨柳依依；今我来思，雨雪霏霏。'以乐景写哀，以哀景写乐，一倍增其哀乐。"① 这与陈祚明"以繁华写萧瑟"的评价，有异曲同工之妙。关于情景关系，陈祚明的诗歌评点里面不胜枚举，以上仅是对这一诗学话题的简单阐述。

第二节 《采菽堂古诗选》诗歌评点
体现的语言章法理论

诗歌的语言美，对诗歌总体美学风貌的生成同样重要。刘勰的《文心雕龙》中《声律》《章句》《丽辞》《夸饰》《事类》《练字》诸篇，应该说都是着眼于语言的推敲与提炼，可以说这六篇合起来又是一部自成体系的诗歌语言美学专著。陈祚明也论述到了诗歌的语言特征，这方面的精彩评点层见叠出但却缺乏系统，归纳起来，大致可以分为三个主要的方面，即理语的运用、典故的使用以及声调的谐和。

一 理语与议论

陈祚明论诗主情而不废辞，相应地在表现形式上则"自然"与"雕琢"并举。他并不像很多诗论家在崇尚"自然天成"的诗美的同时，排斥了一切以雕琢取胜的诗歌。他不排斥在诗歌中用理语，也不排斥在诗歌中发表议论。

在陈祚明的诗学范畴里，"理"更多是属于诗歌内容层面的概念，是属于"情"的范畴。只要理语能够矫健而不卑弱，即可以入诗。一般诗学理论以自然天成、不作理语为上，而陈氏论诗以情为本，理语

---

① （清）王夫之著，戴鸿森笺注《薑斋诗话校笺》，人民文学出版社，1981，第10页。

与议论又属于"情"的范畴，因此陈氏是不反对以理语入诗的。他评阮籍《咏怀》说："能以理语入诗，而不板不拙。惟十九首及公咏怀诗能之。既操不易之旨，又震宕而出，令圆转低徊，使读者但见其流逸。"① 理语在阮籍的诗歌里，不板不拙，不仅不妨碍诗歌意旨的表现，而且因为理语的运用，诗歌更显得言近旨远。又，他评谢灵运《从游京口北固应诏》云："理语入诗，气皆厚，不落宋人。然其胜处在琢，其逊嗣宗处亦在琢。"② 可见，在这里，"琢"不仅不是被批判的特征，而且是以一种正面的审美特性出现的，因为"琢"能令理语不流于卑弱，理语也就变成了"理趣"。陈祚明选庾信诗最多，他总评庾信，着眼于其"琢句之长"，他说：

> 《玉台》以后，作者相仍，所使之事易知，所运之巧相似。亮至阴子坚而极矣，稳至张正见而工矣！惟子山耸异搜奇，迥殊常格，事必远征令切，景必刻写成奇。不独崭尔标新，抑且无言不警。故纷纷藉藉，名句沓来。抵鹊亦用夜光，摘蝇无非金豆。更且运以杰气，敷为鸿文，如大海回澜之中，明珠、木难、珊瑚、玛瑙，与朽株、败苇、苦雾、酸风，汹涌奔腾，杂至并出，陆离光怪，不可名状。吾所以目为大家，远非矜容饰貌者所能拟似也。审其造情之本，究其琢句之长，岂特北朝一人，即亦六季鲜俪。③

陈祚明不仅不反对雕琢，改变了多数诗论家对六朝诗歌的看法，六朝诗人多务雕琢，庾信正是六朝琢句第一人，这也为唐代诗人对诗

---

① 陈祚明评选，李金松点校《采菽堂古诗选》（卷八），第243页。
② 陈祚明评选，李金松点校《采菽堂古诗选》（卷十七），第523页。
③ 陈祚明评选，李金松点校《采菽堂古诗选》（卷三十三），第1081页。

歌形式的孜孜以求提供了滋养。今人钱钟书对"理趣"是如此定义的："乃不泛说理，而状物态以明理；不空言道，而写器用之载道。拈形而下者，以明形而上；……举万殊之一殊，以见一贯之无不贯，所谓理趣者，此也。"① 是使诗歌坠入理障还是生发理趣，是理语运用成败的标准，如果理胜于词，质而不韵，就会使诗歌坠入理障，不是陈祚明推崇的标准。因此，陈祚明不摒弃理语的运用，但也是有前提有条件的。

关于议论，陈祚明也有自己的看法，他评谢灵运《初去郡》云：

> 后人谓"诗不可用议论"，亦非也。浅夫愚子，喋喋烦称，辨言纠缠，牵缀无味，以此伤格，不如作文。使诗如文，不复似诗，故曰不如作文，议论所以妨也。自非然者，若十九首"人生忽如寄"一段，若阮嗣宗"小人计其功，君子道其常"，若左太冲"贵者虽自贵，轻者若尘埃。贱者虽自贱，重之若千钧"，语愈畅，旨愈远，何足为病乎？②

他认为以议论入诗之所以遭到贬抑，主要是由于表达上的不善，使议论变得寡然无趣。如果创作者有能力很好地运用议论的表达方式，那么由于议论语言的介入，使诗人能够更好地表达意旨，从而让整首诗歌都别具一番风味。比如古诗十九首、阮籍《咏怀诗》、左思《咏史诗》，等等，都是以议论入诗很成功的范例。

二　章法与用典

上文已反复言及相同的诗学概念在不同的诗论家那里包蕴不同的

---

① 钱钟书：《谈艺录》，三联书店，2001，第 78 页。
② 陈祚明评选，李金松点校《采菽堂古诗选》（卷十七），第 536 页。

内容，而且同一个词语在一个诗论家的表述里，有时也会出现前后不一致的情况。比如，"理"在陈祚明的诗学范畴里，大体是可以作为"情"的一个方面来理解的，但是，它还有着"章法"的意义。

在凡例中，陈祚明这样说："夫理，调理也，如析薪然，循其理，则离，至于族，则格。"①

在此，"理"即是章法结构的意思，而与理语等意义相去甚远。在他对诗人的评价中，也经常谈到章法结构的重要性。比如，他评嵇康《幽愤诗》云："长篇诗需段落清楚，一气瀿洄之中，有顿有起，方成节次。……有顿乃有转，有转乃有起，必无一泻直下，不生波折者。"② 他认为诗歌是要讲章法的，要有顿有起、有转有折，方能动人。

关于在诗歌中使事用典，陈祚明有一段经典的论述。他评谢灵运《初去郡》云：

> 起四句用古人发挥伟论，澜翻云涌。如此发端，何处得来？后人作诗好使事，要皆填缀耳，遂致摭实不灵，空疏之子翻相诟病。若使事如此，曾何嫌乎？使事如将兵，以我运事者神，以事合我者巧，事与我切者当，事与我离者疏，强事就我者拙，强我就事者，不复成诗矣。又此四语耳，跌宕深警，绝大议论。后人谓诗不可用议论，亦非也。浅夫愚子，喋喋烦称，辨言纠缠，牵缀无味，以此伤格，不如作文。使诗如文，不复似诗，故曰不如作文，议论所以妨也。……诗不可犯，凡景物典故，句法字法，一篇之内，切忌雷同。然大家名笔偏以能犯见魄力，四语排比者，

---

① 陈祚明评选，李金松点校《采菽堂古诗选》（凡例），第7页。
② 陈祚明评选，李金松点校《采菽堂古诗选》（卷八），第221页。

必须变化，此正法也。四语排比，而中一字虚字，偏用一例，不嫌其同，此变法也。细而味之，发端是以我论古人，此四句是以古人形我，用意各别，何尝无变化乎？故能变化者必有气魄，力量足以运之，述似犯而神格不伤，然后可耳。不则宁以矜慎不犯为得也。①

这一段论述，看似随手拈来，实则是颇费一番功夫的。他将用典喻为"将兵"，以此将用典分为六种情况，即以我运事、以事合我、事与我切、事与我离、强事就我和强我就事。而这六种情况的优劣自见，以"以我运事"为"神"。他还认为，如果创作者能够很好地使事用典，那么诗歌是不排斥用典的。只要能够很好地表达情旨，典故的运用就如"韩信将兵，多多益善"。很多文论家认为，诗歌不宜运用凡见的景物典故，甚至现代的文艺理论也常常以"陌生"标榜。陈祚明却认为，这些常见的典故不是不可以运用，而是要常见常新。例如，他评谢朓《王孙游》云："王孙芳草句，千古袭用，要以争奇见才。"② 王孙、芳草，到了齐梁，显然不再是陌生的意象，如果能够愈用愈新，还能够使诗歌意蕴悠长。

陈祚明基于以上对用典的要求，他批评了在诗歌中牵强用典的现象。如，他总评张正见云：

张见赜诗，才气络绎奔赴，使事搴花，应手成采，惜少流逸之致……修词至张见赜，可为工且富矣。然所以不大佳者，多无为而作，中少性情也。又如庙中土偶，塑为宓妃、神女，冠佩衣

---

① 陈祚明评选，李金松点校《采菽堂古诗选》（卷十七），第536页。
② 陈祚明评选，李金松点校《采菽堂古诗选》（卷二十），第640页。

裙，事事华美，都无神气。①

张正见在诗歌里使事用典的现象颇多，但是其中的典物故实不能很好地和作者的性情结合在一起，所以其中的典故都不能获得新的生命，就像庙中的泥塑，徒有华美的外表却无神气。

另外，关于诗歌技法，陈祚明还有一些独创的概念。比如，他评谢灵运《郡东山望溟海诗》提出了"避就"法，即避开一些自己不善言的素材，而以自己熟悉的语言言之，能够起到更好的效果。他虽然提倡"古法"，但是他还认为一个优秀的作家应该在古人的基础上有所开拓，而不能亦步亦趋；这样即使牺牲了一些"雅"的效果，也没有关系。比如，他在张协的总评中说："知古人无无所本者，人谓欲自开堂奥，不知定不能出古人范围。若欲出古人范围，而自开堂奥，未有不野者。"② 对西晋诗坛来说，张协的确算得上一个"自开堂奥者"。西晋诗坛浮华风气弥漫，而张协的诗，无论咏史写景，均能做到"文体华净"、真诚感人。这种清新诗风的出现，也使西晋诗坛的面貌为之一新。由此，他肯定了诗歌史上一些不是一流的作家，因为这些作家在诗歌技法和诗歌语言上的开拓，为后世的创作者提供了有益的借鉴，丰富了后世诗歌的表现方式。而其种种缺点与不足，当是探索者所付出的代价。这是文学史上一般的现象，所以应该从总体上肯定这些"自开堂奥"的先行者。

三　声调与韵响

中国古代诗论里的重要话题，陈祚明几乎都有所涉及。在凡例里，

---

① 陈祚明评选，李金松点校《采菽堂古诗选》（卷二十九），第 970 页。
② 陈祚明评选，李金松点校《采菽堂古诗选》（卷十二），第 354 页。

他宣称自己选诗"大较以言情为本"①，但是在选诗实践上，他却往往因为诸多方面的原因，也入选了一些不是以情取胜的诗歌。就像很多文学理论家的创作与自己的文学主张有所背离一样，陈祚明的选诗评诗也表现了与自己宣称的标准不甚一致的地方。

比如，他从齐梁诗风的变迁和诗歌格律化过程的视角，选了谢朓诗歌118首，在诗人总评中说：

> 玄晖去晋渐遥，启唐欲近，天才既隽，宏响斯臻。斐然之姿，宣诸逸韵。轻清和婉，佳句可赓。然佳既在兹，近亦由是古变为律，风始攸归。至外是平调单词，亦必秀琢。……盖玄晖密于体法，篇无越思。揆有作之情，定归是柄。如耕者之有畔焉，逾是则不安矣。至乃造情述景，莫不取稳善调，理在人之意中，词亦众所共喻。而寓目之际，林木山川，能役字模形，稍增隽致。大抵运思使事，状物选词，亦雅亦安，无放无累。篇篇可诵，蔚为大家；首首无奇，未云惊代。希康乐则非伦，在齐梁诚首杰也。②

谢朓是永明体的重要作家，《南史·王筠传》载，沈约在称赞王筠时曾说："谢朓常见语云：'好诗圆美流转如弹丸'。"这可以说是谢朓诗歌最有特色的地方，"也不妨认为是永明诗人所追求的一种有别于元嘉诗体的理想境界"③。谢朓重声律、重藻绘，在诗歌律体化道路上作出了不可替代的贡献。陈祚明从声律的视角大力肯定谢朓诗歌的重要地位，可以说已经很豁达地走出了"以言情为本"的自家苑围。

---

① 陈祚明评选，李金松点校《采菽堂古诗选》（凡例），第3页。
② 陈祚明评选，李金松点校《采菽堂古诗选》（卷二十），第635页。
③ 曹道衡、沈玉成编著《南北朝文学史》，第144页。

在审美层面，他以"宏亮""嘹亮""顿挫"的声韵为上，由此他对自己入选的诗歌，又有所褒贬。他评陆机《短歌行》云："有亮音而无雄气，有调节而无变响，士衡诗大抵如此。"① 而要使诗歌声律达到有亮音又有雄气，有调节亦不乏变响的音韵抑扬的境界，还要有才、有志，二者兼得才能达到声调淹雅嘹亮的最佳境界。他从这个意义上肯定了左思的作品，总评左思曰：

> 太冲一代伟人，胸次浩落洒然，流咏似孟德，而加以流丽，仿子建，而独能简贵，创成一体，垂式千秋，其雄在才，而其高在志。有其才而无其志，语必虚矫；有其志而无其才，音难顿挫。钟嵘以为"野于陆机"，悲哉！彼安知太冲之陶乎汉魏，化乎矩度哉？②

可见，声调的疏朗与嘹亮，还是与诗人本身的胸怀联系在一起的。没有浩落的胸襟，便没有雄气，没有雄气则音难豪壮，整首诗歌便会因为音调的淹哑而黯然失色。

第三节　《采菽堂古诗选》的诗人品评

《采菽堂古诗选》诗人品评，一般包括三个部分：一是叙诗人生平简历，自撰评语；二是对前代和当时重要诗话著作的征引，包括钟嵘《诗品》和《吟窗杂录》等；三是以形象化的语言，采用意象批评的方法再作评论。钟嵘《诗品》是南北朝时期重要的诗学理论著作，

① 　陈祚明评选，李金松点校《采菽堂古诗选》（卷十），第294页。
② 　陈祚明评选，李金松点校《采菽堂古诗选》（卷十一），第344页。

与刘勰《文心雕龙》几乎齐名，成为研习汉魏六朝诗歌的经典著作。其所论的范围主要是汉魏六朝五言诗，全书共品评了两汉至梁代的诗人122人，计上品11人，中品39人，下品72人。《诗品》对诗人诗歌的评点，成为后世人评判汉魏六朝诗的重要参考，陈祚明将《诗品》中各条几乎逐一录入，但是陈氏对《诗品》的观点并不是全盘接受的，而是根据自己的诗美理想，对诗品中的诗人排序进行了重新审定。

意象批评方法是中国古代传统批评方法，按照张伯伟的观点，意象批评法就是以具体的意象表达抽象的理念，以揭示作者的风格所在。① 历史上，意象批评法被广泛用来评书法、绘画与文学作品。中国古代文学批评具有重感悟、重直觉，表述自由、简洁的特点，而意象批评法是其中最有特色、运用也最广泛的批评方法之一，即意象批评是批评者面对作品，以直观的方式，透过其想象力与理解力形成的一个或一组审美意象，从而达到对作品的独特风格的揭示。清代，我国古代意象批评进入完善期。陈祚明就是以意象批评论诗的重要人物，集中体现在《采菽堂古诗选》的诗人品评，陈氏用比喻的方式、凝练的语言，将作家作品等风貌予以传神揭示，对各个诗人的总体风格进行形象的描述，这也是陈氏诗学的重要特色。

一　《采菽堂古诗选》 与钟嵘《诗品》 比较

陈祚明引用前人的著名评点，借他人之批评作为自己论点的佐证或靶子，无论是批评前人的论点还是肯定前人的论点，这种做法的结果都是使自己的论证更有说服力。对一些比较重要的作家，他还收录了历代比较重要的评论，使读者能够通过比较见出特色。例如，他在

---

① 　张伯伟：《中国古代文学批评方法研究》，中华书局，2002，第198页。

谢灵运总评里，不仅收录了钟嵘的经典评论，而且不厌其烦地将陶敩孙的评论、《诗谱》的观点收录其中，这样对读者便有一个很好的导读作用。他对钟嵘《诗品》各条，几乎全文著录，其后还有对《诗品》观点的褒贬，有很多允当的精彩观点。

钟嵘评价曹操，只有一句："曹公古直，甚有悲凉之句。"评曹丕曰："其源出于李陵，颇有仲宣之体。则新奇百许篇，率皆鄙直如偶语。惟'西北有浮云'十余首，殊美赡可玩，始见其工矣。不然，何以铨衡群彦，对扬厥弟者耶？"关于曹操的品第问题，前人时贤已经有了不少争论，认为钟嵘给予曹操的品第太低。① 而陈祚明对曹操给予了很高的评价，如评曹丕《善哉行二首》曰："章法条递，风情婀娜，殊觉其佳。孟德诗乃使人不知为佳，此体所以高。子桓兄弟诗非不甚佳，然固已逊乃父一格矣！"② 这里，陈祚明认为曹氏兄弟的一些作品，在格调上没有曹操的大气，稍逊一格。又如，陈祚明评曹丕《煌煌京洛行》："意取功名善全之士，比意新警。刻意作高古之调，杂引前人，并以抒情议论，故事事无不生动。此可以得使事之法矣。"③ 认为曹丕此诗"此等处极摹乃父"，在赞扬之外说明曹操对曹氏兄弟的影响和沾溉。又如评《折杨柳行》："子桓言神仙，则妄言也；疑神仙则但疑也。不似孟德，实有沉吟之心。凡诗中言神仙有二途：高士真切怀想，失意人有托而逃。如此则芝丹鸾鹄，都非浮响，舍是妄谈，皆所谓耽词章、无意旨者。故诗以由衷为贵矣。"④ 其中所

---

① 如葛景春称："若专论曹操的四言诗，他和嵇康的四言诗一样，都应属于上品，若仅论其五言诗，虽嫌失之于"直""粗"，而还颇具有气格和骨力，置之下品嫌偏低，置之上品又嫌太高，置于中品还应该是可以的。而《诗品》列其为下品，是偏低了些。"见葛景春《关于曹操等人在〈诗品〉中的品第问题》，《中州学刊》1988 年第 4 期。
② 陈祚明评选，李金松点校《采菽堂古诗选》（卷五），第138 页。
③ 陈祚明评选，李金松点校《采菽堂古诗选》（卷五），第138 页。
④ 陈祚明评选，李金松点校《采菽堂古诗选》（卷五），第140 页。

谓"不似孟德，实有沉吟之心"句，也是表现了对曹操的无比推崇。

钟嵘诗品将曹操和明帝曹叡并提，同列下品。陈祚明评明帝曹叡曰："明帝诗虽不多，当其一往情深，克肖乃父。如闲夜月明，长笛清亮，抑扬转咽，闻者自悲。"① 陈氏对曹叡的诗歌入选并不是很多，同样提出曹叡对曹操的继承，也是表现了对曹操的推崇。

另外，《诗品》评鲍照诗："贵尚巧似，不避危仄，颇伤清雅之调。"基本是贬斥鲍诗的特色的。而陈祚明说：

> 夫诗惟情与辞。情辞合而成声，鲍之雄浑，在声，沉挚在辞，而于情，反伤浅近。不及子山，乃以是故然当其会心得意，含咀宫商，高揖机、云，远符操、植，则又非子山所能竞爽也。②

陈祚明虽然没有全盘肯定鲍照的诗歌，但是相对《诗品》评语，陈氏显得较为公允。

二 陈祚明对意象批评法的发展

陈祚明对诗人的总评分为两个部分，首先是叙诗人生平和主要作品，类似一个简单的作者介绍，然后另列一段来评述诗人诗歌的总体风格。后部分内容一般是以形象化的比喻的方式进行的，即"意象批评法"。意象批评法所使用的富于形象性的语言与诗歌语言是非常接近的；此外，意象批评具体内容的精炼与诗歌结构的精粹相似。学术界对这种方法有"象征的批评""比喻的品题""形象性概念""直观

---

① 陈祚明评选，李金松点校《采菽堂古诗选》（卷五），第151页。
② 陈祚明评选，李金松点校《采菽堂古诗选》（卷十八），第563页。

神悟""以象喻论诗"等多种称谓。①

　　刘勰本人在文学理论的提出上即强调"意象"。《神思》篇中提到"独照之匠，窥意象而运斤"，首次将"意""象"二字连用，又说到思绪在脑海里翻涌，可是落实到笔下的表达上，原来想要表达的含义就会折半，以为"意翻空而易奇，言征实而难巧""是以秉心养术，无务苦虑"，提出用心训练思想的方法是要体会外物的美好，刘勰就是在体会外物的美好的过程中找到了恰当的喻体，使之成为意象，来阐发自己所要阐发的观点，尽量减轻"半折心始"的写作问题。钟嵘《诗品》："若乃春风春鸟，秋月秋蝉，夏云暑雨，冬月祁寒，斯四候之感诸诗者也。嘉会寄诗以亲，离群托诗以怨。至于楚臣去境，汉妾辞宫；或骨横朔野，或魂逐飞蓬；或负戈外戍，杀气雄边；塞客衣单，孀闺泪尽；或士有解佩出朝，一去忘返；女有扬蛾入宠，再盼倾国。凡斯种种，感荡心灵，非陈诗何以展其义；非长歌何以骋其情？"其实也是一种意象批评。南宋敖陶孙《臞翁诗评》，形式统一，都以"某某某如什么什么"的标准模式进行标准的意象批评，可以作为意象批评法的典型例子。陈祚明对重要作家的批评，基本上都收录了《诗品》的评论，虽然在诗人的位次上陈氏有不少新的见解，重新建构了自己心中的汉魏六朝诗人品第，但是在批评方法上，陈氏受诗品的影响也是十分明显的。陈祚明对诗人的总评，基本上也是用了这个标准。比如，他评价曹植的诗歌云：

　　　　陈思王诗如大成合乐，八音繁会，玉振金声。绎如抽丝，端如贯珠。循声附节，既谐以和，而有理有伦，有变有转。前超后

---

　　①　方丽萍：《论古代文学批评的现代价值——以意象批评法为中心》，《唐山师范学院学报》2011 年第 6 期。

艳，徐疾淫裔，瘳然之后，尤擅余音。又如天马飞行，篲云凌山，赴波逾阻，靡所不臻，曾无一蹶。①

此是以音乐场景摹曹植诗歌带给人的审美想象；他评价阮籍的诗风曰：

> 嗣宗咏怀诗，如白首狂夫歌哭道中，辄向黄河乱流欲渡，彼自有所伤心之故，不可为他人言。而听者不察，争欲按其节奏，谱入弦诗，夫孰能测其心者？②

此以白首狂夫之悲拟阮籍不能被世人理解之痛；比如，总评徐陵云："徐孝穆诗，其佳者如五陵年少，走马花间，纵送自如，回身流盼，都复可人。"③ 以少年走马花间之逍遥喻徐陵诗歌清丽之气象；再，总评江总，就仅只用了一句话："江总诗如梧桐秋月，金井绿茵之间，自饶凉气。"④ 简简单单一句话，便道出了江总诗歌不同流俗的清爽朴素之妙。

诸如此类的评点还有很多，相对于比较形成诗学体系的《凡例》，这部分评点更直观地表现了批评家的审美旨趣；相对于摘句点评、零碎诗歌评点，陈祚明对各位诗人的意象总评，又在总体上构建了一个新的批评话语体系。如：

> 苏李诗虽如朱弦疏越，一唱三叹，然得宫商之正声，虽希而

① 陈祚明评选，李金松点校《采菽堂古诗选》（卷六），第155页。
② 陈祚明评选，李金松点校《采菽堂古诗选》（卷八），第236页。
③ 陈祚明评选，李金松点校《采菽堂古诗选》（卷二十九），第957页。
④ 陈祚明评选，李金松点校《采菽堂古诗选》（卷三十），第984页。

韵不绝。翻觉嘈嘈杂奏者，一往易尽，正缘调高。匪惟调高，乃实情深。①

　　蔡文姬诗如小李将军画，寸人豆马，莫不奕奕有生气。又如名优演剧，悲欢离合，事事逼真。②

　　曹孟德诗，如摩云之雕，振翮捷起，排焱烟，指霄汉。其回翔扶摇，意取直上，不肯乍下，复高作起落之势。③

　　魏文帝诗如西子捧心俯首，不言而回眸动盼，无非可怜之绪。倾国倾城，在绝世佳人本无意于动人，人自不能定情耳。④

　　陈思王诗如大成合乐，八音繁会，玉振金声。绎如抽丝，端如贯珠。循声赴节，既谐以和，而有理有伦，有变有转。前趋后艳，徐疾淫裔，璆然之后，犹擅余音。又如天马飞行，籋云凌山，赴波逾阻，靡所不臻，曾无一蹶。⑤

　　王仲宣诗如天宝乐工，身经播迁之后，作雨霖铃曲，发声微吟，觉山川奔进，风声云气与歌音并至。只缘述亲历之状，故无不沉切。又如耕夫言稼，红女言织，平实详婉，纤悉必尽。⑥

　　伟长诗别能造语，匠意转掉，若不欲以声韵经心，故奇劲之气，高迥越众，如广坐少年中，一老踞席兀傲不言，时或勃然吐词，可以惊骇四筵矣！《杂诗》"浮云何洋洋"一章，洵是绝唱。⑦

　　公干诗笔气隽逸，善于琢句，古而有韵，比汉多姿，多姿故近。比晋有气，有气故高。如翠峰插空，高云曳壁，秀而不近。

---

① 陈祚明评选，李金松点校《采菽堂古诗选》（卷三），第71页。
② 陈祚明评选，李金松点校《采菽堂古诗选》（卷四），第114页。
③ 陈祚明评选，李金松点校《采菽堂古诗选》（卷五），第127页。
④ 陈祚明评选，李金松点校《采菽堂古诗选》（卷五），第136页。
⑤ 陈祚明评选，李金松点校《采菽堂古诗选》（卷六），第155页。
⑥ 陈祚明评选，李金松点校《采菽堂古诗选》（卷七），第189页。
⑦ 陈祚明评选，李金松点校《采菽堂古诗选》（卷七），第199页。

本无浩荡之势，颇饶顾盼之姿。《诗品》以为气过其文，此言未允。①

几乎对每一位重要诗人，他都有如此形象化的评语，这样就使得一般读者对难以把握的诗歌特色有了更直观的感受，就不难把握作品的总体意蕴了。

张伯伟于1990年发表的《中国古代文学批评方法三论》中提到，中国古代文学批评方法的内在体系，主要以三种方法为支柱构成，分别是以意逆志、推源溯流和意象批评，意象批评是读者面对作品，以直观的方式，透过其想象力与理解力形成的一个或一组审美意象，从而达到对作品的独特风格的揭示。中国古代文学批评具有重感悟、重直觉，表述自由、简洁的特点，最有中国特色、运用也最广泛的批评方法是意象批评法，即用比喻的方式、凝练的语言，将作家作品等风貌予以传神揭示。如"陆才如海，潘才如江"、诗鬼、诗仙、诗圣等。清代，我国古代意象批评进入完善期。清人意象批评的运用得到了很大的提高，很多意象批评不是为比而譬，仅仅停留于对单个作家作品的论评，而是紧密结合论者的文学观点、批评主张加以阐发，批评的论理化色彩明显增强，这是此前意象批评所少具有的特色。

第四节 《采菽堂古诗选》的评点特点及得失

在一个选本的评点部分里，以入选标准为纽带，选者向作者和读者阐述自己对作品的理解，与作者和读者直接对话。"从字句的训释

---

① 陈祚明评选，李金松点校《采菽堂古诗选》（卷七），第202页。

到文意的阐发都直接昭示出选者对作品及其作者的独特理解，以及他对读者阅读接受该入选作品的独特角度。这是选本中最能体现选者鲜明的批评个性的部分"①。其批评方法多样，内容丰富，是古代文学批评史上的重要材料。《采菽堂古诗选》的评点，既引用了前代史书对作者的介绍，也有对作品的考证；不仅有着对作家作品的评论，也有对当时文学风气以及诗歌发展演变的看法。一方面继承了明代以来以文学批评为主的传统的诗歌评点方式，一方面又体现了作为平民选诗评诗的自由风格。其评点的语言精审而贴切，观点较为客观公允；其评点的文字时而磅礴恣肆，时而顿挫抑扬，千姿百态、文采斐然，常常能够为读者生发很广阔的想象空间。其针对某些"经典"论断，揣摩深究，提出了自己的意见，对一些"常识"生出新的思考来，从而颠覆了许多曾经一度成为定论的传统诗学观点，但是，评点中也有因为选家的好恶对作家作品的评判失于偏颇的现象。因此，关于这部诗选的评点特点，还有一些话题值得进一步探究。

一　编选体例

在体例上，陈祚明的《采菽堂古诗选》基本是按照作家时代编排的。但是，每一个时代帝王的作品仍然载于最前。这基本是按照《古诗纪》的体例，没有作太多的变动。而不能确定其生卒年的作家，载于卷尾，绝不妄言。他也革新了以往诗选的部分体例，比如，他认为："妇女诗载卷尾，旧矣，然有不宜者。如虞美人和楚王、徐淑答秦嘉，岂宜离列二处?"② 他不赞同将女性作家都载于卷尾的旧方式，而是根据作家的时代及作品之间的内在联系，载于相关作家

① 邹云湖:《中国选本批评》，第 314 页。
② 陈祚明评选，李金松点校《采菽堂古诗选》（凡例），第 12 页。

之后。比如，将秦嘉、徐淑夫妇的赠答诗列在一起，将鲍令晖的诗载于鲍照之后，等等。这些都是较以往诗选比较进步的做法。另外，他剔除了《古诗纪》中辑录的许多文学性不浓的远古诗歌谣谚，因为这些诗歌的真实性未必可靠，而且《古诗纪》是诗歌总集，二者的编选标准是不一样的，所以陈祚明作这样的取舍是忠于自己的编选理念的做法。

《采菽堂古诗选》的编选体例，放在明清众多诗歌选本的背景下来看，有着继往开来的意义。与《采菽堂古诗选》成书年代大致同时而稍后的《古诗评选》，在编选体例上最主要的特点是按照诗歌体裁编纂，按照古乐府歌行、四言、小诗、五古、五言近体的顺序，在各个诗体之内又以作家和时代为序。这种编选体例的优点在于可以比较清晰地见出一种诗体的发展成熟过程，弊端在于容易将一个诗人的作品分散，而不容易见出全貌。后来的《古诗源》和《古诗赏析》在编选体例上，有很多值得称道的做法。比如，《古诗源》以朝代为序，"使览者穷本知变，以渐窥风雅之遗意。犹观海者逆河上之以溯昆仑之源"①。而《古诗赏析》不仅以时为次，而且分人而录，在每个诗人之中，再按照诗体编排。这种做法不仅避免了不按诗体编排而不能见出诗体发展的弊端，又摆脱了将一个作家散落在各个诗体中的不足。虽然，《古诗赏析》在批评理论上的意义，无法和《采菽堂古诗选》以及《古诗源》比肩，但是，在编选体例上，应该说是继承了以上两部选本的长处，做得非常充分。由此也可以看出，《采菽堂古诗选》的意义，不仅在于对诗歌创作和诗歌批评有着重要意义，在选本观念的完善上也作出了贡献。

---

① （清）沈德潜编选《古诗源》（例言），中华书局，1963，第 2 页。

二 诗人总评

《采菽堂古诗选》的诗人总评一般附在每一个诗人的生平简介之后。这部分的内容比较丰富，其中有的是对作者品行人格的评点，如他在庾信总评中说：

> 北朝羁跡，实有难堪。襄汉沦亡，殊深悲恸。子山惊才盖代，身堕殊方，恨恨如忘，忽忽自失，生平歌咏，要皆激楚之音，悲凉之调。①

有的是对诗人的诗风、诗歌成就或是对后世影响进行的评点，如他总评曹植：

> 子建既擅凌厉之才，兼饶藻组之学，故风雅独绝，不甚法孟德之健笔，而穷态尽变，魄力厚于子桓。要之三曹，固各成绝技，使后人攀仰莫及。②

寥寥数语，不仅谈到了曹植的诗歌特色，而且将其与曹操、曹丕的诗风进行了对比。他总评简文帝用了洋洋洒洒一千余字，③ 以极优美确当的语言分析了晋宋到齐梁的诗歌走势，描述了以简文帝为首的宫体诗人在诗歌题材、诗歌声律以及表现方式上的新开拓，他很细致地对其诗歌进行了分类，还很客观地评价了这类诗作在诗歌史上的贡

---

① 陈祚明评选，李金松点校《采菽堂古诗选》（卷三十三），第 1080 页。
② 陈祚明评选，李金松点校《采菽堂古诗选》（卷六），第 155 页。
③ 陈祚明评选，李金松点校《采菽堂古诗选》（卷二十二），第 694 页。

献和不足，并且从理论的高度分析了这种诗风形成的原因及对后世的影响。其实，这就是一篇很出色的诗论。类似的诗人总评还相当多，比如陆机、潘岳、阴铿、何逊等诗人的总评都相当出色。这部分评点在整个选本中占的比重很大，也是相对诗歌点评更成系统的部分。

陈祚明对诗人的总评，虽然有相对统一的体例，但是也长短繁简，杂出不一，有话则长，无话则短。因为并不是每一个作家都值得一说再说。对于大家、名家则有简介有前人评论，有自己评述还有形象化的分析，洋洋洒洒长达千余字。如评陶渊明、谢灵运，评陆机、潘岳，评简文帝、沈约、庾信无不如此。这里不再赘录。而对于一些次要作家和小作家则评点极其简略，甚至有的只是简要录其生平，而对于生平也难以确考的作家，他则不予以讨论。这也表明了一个出色的选家的严谨态度。

三　诗歌评点

陈祚明对诗歌的评点，在内容上极其丰富和广阔，但因其十分零散，所以没有引起太多的关注。这部分评点也有一个基本的体例，即首先是对具体诗句的艺术特色的分析；然后是对诗歌立意和诗歌主旨的阐发，比较详细的作品评点还有作品的考据，以及诗体的渊源、流变和影响。

这部分评点很明确地显示了选家重感悟的自由评诗方式，或旨意或修辞或诗歌之源头或一己之感慨，等等，他都是随意为之。品读《采菽堂古诗选》，就好像是一位极具审美鉴赏力的老师带领你品读古诗的字句一样。他往往会以一个词或者仅仅一个字，去点评诗歌或者品味诗歌中的意趣。比如，他的点评里，常常出现这样的字眼："生动""灵动""淋漓""古""健""活""奇""尖"……诸如此类的自由点评，不胜枚举。虽然言语简短，但是，这些点评为读者生发的想象空间却是广阔的。

其中有他对各个诗人诗风的总结，比如，他评价谢灵运《道路忆山中》云："淡而能古，质而多情。"[1] 这在前文的论述中也可以看出。不仅如此，他还在评点诗风的同时，注意到各个诗人与前代诗风的承继关系，注意到一个作家对后世的影响，而不仅仅是独立的评点。比如，他评陶渊明、阴铿、庾信的诗歌，都反复论及了这些诗人对杜甫的影响，他论述大谢小谢，看到了他们对李白诗风的影响。虽然言语简练，但都颇能切中肯綮。

虽然，陈祚明的诗选不以考证为主，但是，在这部诗选中也有一些考证的成分。比如，他在曹植《七步诗》后云："一作'煮豆燃豆萁，豆在釜中泣。本是同根生，相煎何太急！"[2] 在此，他列了繁简二本"七步诗"，并且以为二本并佳。虽然陈祚明的考证文字并不多见于《采菽堂古诗选》，但是，清代重考据之学的学术风气在这里亦间有烙印。

他还从辨体出发，清楚地认识到乐府、古诗各有体格，不可混为一谈。他反复言及乐府与古诗的区别，例如，他单单评曹植的诗歌就说到了两次。他评《怨诗行》云："夫古诗以淡宕为则，故言以不尽为佳；乐府以缠绵为则，故言尽而弥远。"[3] 又，评《七步诗》曰："窘急中至性语，自然流出。繁简二语并佳，多二语便觉淋漓似乐府；少二语简切似古诗。"[4] 总评鲍照曰："乐府则弘响者多，古诗则幽寻

---

[1] 陈祚明评选，李金松点校《采菽堂古诗选》（卷十七），第548页。
[2] 陈祚明评选，李金松点校《采菽堂古诗选》（卷六），第188页。
[3] 陈祚明评选，李金松点校《采菽堂古诗选》（卷六），第161页。
[4] 陈祚明评选，李金松点校《采菽堂古诗选》（卷六），第188页。

者众；然弘响之中，或多拙率，幽寻之内，生涩病焉。"① 类似的评点还颇为不少，他频繁地将二者对举，实际上是在申明自己的美学原则，即他是以融微不露的古诗作为审美典范的。

另外，陈祚明偶尔还会采取"摘句褒贬"的方式对诗歌进行评点，这就使评点文字从整体上显示了批评与赏鉴相结合的特点。比如，他评谢朓《游东田》云："'鱼戏莲叶动，鸟散馀花落'二句生动飞舞，写景物之最胜者，调亦未堕。"② 类似的评论，不仅突出了评点的赏鉴性，而且他关于诗歌技法及艺术特色的精审分析，在一定程度上起到了指导后学的作用。

如此庞大的诗选，无论在选目还是在评点上都不可能是没有瑕疵的。陈祚明秉承自己的诗美标准，在编选的同时有着深刻的文学史观，重视诗歌史发展的每个重要环节，重视诗人在诗歌史发展链条上的重要作用。但是，诗人本身作品的优劣、诗人在诗歌史上的地位、诗人对后世的影响，等等因素综合考虑，总会有一些不尽公平之处。如陈祚明大量入选了陶渊明和庾信的作品，一则因为这符合选家的审美理想，二则是看到了二者在诗歌史上的重要意义。但是，在具体的点评中，仍难免有失公允。如陈祚明为给六朝诗正名，说："古诗自汉迄隋代远矣，大抵多五言；齐、梁稍趋之律。学者概目为古诗，与近体判然，是近体之源也。"③ 把齐梁诗也纳入"古诗"之中，并且明确指出是"近体之源"。在评点中，陈祚明多处为庾信鸣不平："庾子山才不下少陵，今人莫知者，悲夫！""有如此典切。悲痛语，千古人不解称颂，何也？杜少陵佳诗有几，便复脍炙人口"，"庾开府诗是少陵前

① 陈祚明评选，李金松点校《采菽堂古诗选》（卷十八），第563页。
② 陈祚明评选，李金松点校《采菽堂古诗选》（卷二十），第646页。
③ 陈祚明评选，李金松点校《采菽堂古诗选》（凡例），第7页。

模，非能青出于蓝，直是亦趋亦步，独当以他体之优见异耳！若五言、短律、长排及之为喜，不复可过"①。指出杜甫对庾信的继承，看到了诗歌发展史上前代诗人对后世诗人的沾溉，但又显露出尊庾抑杜的思想倾向。因此，陈祚明对庾信的评价，虽有部分夸大之处，如过分强调了庾诗的内蕴和不愿出仕北朝的志节，在杜甫和庾信的比较中亦有扬庾抑杜之嫌，未必令人认同。但陈氏在选诗中打破偏见，对庾信诗风进行多向度的挖掘探索，有助于全面认识庾信的诗歌风貌；在理论上大胆为庾信正名，称许其为"大家"，以整体的眼光为庾信及其诗歌定位，由此开启清人的再审视与再评价，这在庾信接受史上有重要意义，也对此后一些古诗选本与古诗理论都有一定影响。

总体来说，《采菽堂古诗选》的评点内容包罗广泛，语言文字风华流丽，可以说评点本身就具有很高的欣赏价值。其评点的语言较为客观公允，颠覆了许多以往几乎成定论的观点。比如，他评曹植《怨诗行》曰："文选注谓：'时多征人思妇，故咏其事。'此非也。深味其旨，当是比词。思君之念托于夫妇耳。"②《文选》以为该诗是咏时事，而陈祚明以为该诗是有寄托。结合曹植一生的经历和诗歌特点，我们不难看出陈祚明的观点更具有说服性，也更符合赏鉴诗歌的规律。

再比如，陈祚明评《古诗十九首·行行重行行》云：

> 用意曲尽，创语新警。人情于所爱，莫不欲终身相守，然谁不有别离？以我之怀思，猜彼之见弃，亦其常也。③

这首诗写思妇对游子的相思之情。尤其"相去日已远，衣带日以

---

① 陈祚明评选，李金松点校《采菽堂古诗选》（三十三），第1080页。
② 陈祚明评选，李金松点校《采菽堂古诗选》（卷六），第161页。
③ 陈祚明评选，李金松点校《采菽堂古诗选》（卷三），第81页。

缓。浮云蔽白日，游子不顾返"二句，更见相思之痛。在别久思深的心情中，尤其是一个百无聊赖的少妇，对远游在外的丈夫思念中夹杂着"浮云蔽日"的想法是极自然的，这种想法更衬托了相思之深。陈祚明的评点，点出"以我之怀思，猜彼之见弃"的悬想，是十分中肯的，这种诗歌手法对后世的诗作有很大的影响。也就是后世诗歌中思乡怀人的题材常常用到的手法，或有称为"对写法""加一倍"等等。这种手法化直显为婉曲，辞情凄婉荡动，笔法曲折空灵，特别适于表达这种隐忍的却又强烈的怀人之情。而在陈祚明之后的清代另一位选家张玉谷在其《古诗赏析》里也选到了这首诗，并评价曰："'日远'六句，承上转落念远相思，蹉跎岁月之苦。浮云蔽日，喻有所惑。游不顾返，点出负心，略露怨意。"①将两位诗论家的评点作一对比，可以看出，张氏说诗主要着眼于诗歌的字面意义，而陈氏说诗，则是透过表层的意义而着眼于内在的意蕴。关于"浮云蔽日"的愠怒，与其说是"点出负心"，毋宁说是迷离怅惘、刻骨相思的心情的反映更为确切，也更符合"古诗十九首"言有尽而意无穷的抒情特色。

但是，整部诗选也并不是毫无瑕疵的。虽然任何一个批评家都会在批评过程中尽量摒弃一己的好恶，但是任何一个批评家在批评实践中又很难避免自己的价值厘定给评赏带来的不公正。选者的一家之言、一己之见总或多或少地会有未当之处，一不留神就会造成对作品的误读、误解。邹云湖曾作如此感慨：

　　选本中选者的批评权利到底有多大？除了"选"之外，选者能否在选本中再用其他的批评方式，譬如对入选作品的批注或评

---

①　（清）张玉谷著，许逸民点校《古诗赏析》，上海古籍出版社，2000，第84页。

点？这一部分尤其是其中评点部分的存在在选本中到底是不是合理？①

　　这一系列发人深思的问题，是由选本评点诸如主观色彩太浓等弊端生发的，当然也从另一个侧面强化了对选本作为一种批评方式的确定性。在这部诗选里，陈祚明对个别诗人的评价也有失之偏颇的地方。如他不喜欢陆机的诗歌，在陆机总评中云："陆士衡诗如都邑近郊良家村妇，约黄束素，并仿长安大家，妆饰既无新裁，举止亦多详稳。"② 真可谓损之又损。虽然，从重情的标准来看，陈祚明对陆机和潘岳两位大家地位的重新界定，有很值得肯定的成分。但是，他如此贬损陆机这个在文学史上做出重要贡献的作家，恐怕的确有失公允了。对于这些有失偏颇的评点，我们应该本着这样的态度：首先要对这些瑕疵有清醒的认识，在阅读接受的过程中不要忽略这些失误；另一方面，也不能因噎废食，彻底抹杀评点文字的重要意义，而应该在整体上给评论家的工作一个恰当公允的定位。另外，在编选过程中也出现了一些疏漏，如以《古诗纪》为底本，将陶渊明《归园田居》的诗题误为"归田园居"，出现了一些明显的差错。但总归瑕不掩瑜，失不掩得，《采菽堂古诗选》仍不失是一部很重要、很有价值的汉魏六朝古诗选本。

---

① 邹云湖：《中国选本批评》，第 315 页。

② 陈祚明评选，李金松点校《采菽堂古诗选》（卷十），第294页。

第五章
《采菽堂古诗选》与明清
其他古诗选本

选本，可以说自汉代起就已有滥觞。司马迁在《史记·孔子世家》中认为："古者诗三千余篇，及至孔子，去其重，取可施与礼仪。"① 不管这种说法是不是可靠，孔子到底有没有删诗，但是有一点是可以确定的，即至少在汉代已经产生了选本观念。而第一个选本的黄金时代，则是在唐代。唐人选唐诗数量极多，选诗动机多样，选诗方法灵活，为后世选本提供了很好的借鉴。唐代之后，诗歌选本，代有制作，数量极其丰富。明清之际，汉魏六朝的古诗选本颇为不少，著名的有李攀龙编选的《古今诗删》，钟惺、谭元春合选的《古诗归》，王士禛的《古诗笺》，王夫之的《古诗评选》，沈德潜的《古诗源》以及张玉谷的《古诗赏析》等。

清代拥有我国古代最为庞大的人口规模，非常辽阔的疆域范围，相应的，其经济文化活动总量也十分惊人；加之清代继承了我国数千年的文学、文化遗产，堪称我国古代文学文化的总结期与集大成期，

---

① （西汉）司马迁：《史记》，第 1936 页。

多重因素综合在一起，为当时学者进行各种文化活动提供了丰厚的土壤。正是在这样一个社会文化基础之上，形成了清代极其浓厚的学术氛围和高度发达的图书事业。空前广泛的诗学风气，由此再配合上清代文献传播保存的条件大有改善以及清人普遍重视文献纂辑等客观条件，促成了清代选诗热潮的出现。陈祚明的《采菽堂古诗选》正是在明清选本兴盛的背景下出现的，它的编选，不能说不受当时学术风气的影响。因此，以《采菽堂古诗选》与当时重要古诗选本的比较为研究对象，对《采菽堂古诗选》的批评意义有一个更加深入的认识。

第一节　明清古诗选本概述

一　明清古诗选本简介

《四库全书总目·集部·总集类小序》云：

> 文集日兴，散无统纪，于是总集作焉：一则网罗放佚，使零章残什，并有所归；一则删汰繁芜，使菁稗咸除，菁华毕出。是固文章之衡鉴，著作之渊薮也。①

此将总集分为两大类：一类旨在求精，以成为"文章之衡鉴"；另一类意在求全，以成为"著作之渊薮"。从这个意义上说，明清重要古诗选本主要属于前一类，是旨在通过对前代诗歌"删汰繁芜，使芬稗咸除"，明清出版业又极为繁盛，使得一些文学读物可以在短时期内得以迅速流通传播，从而引起广泛的影响。编纂者往往利用这一

---

① 《四库全书总目》（卷一八六），中华书局，1965 年影印本，第 1685 页。

点，来宣扬自己的文学主张。

鲁迅先生说：

> 选本可以藉古人的文章，寓自己的意见。博览群籍，采合于自己的意见为一集，一法也，如《文选》是。择取一书，删其不合于自己意见的为一书，又一法也，如《唐人万首绝句选》是。①

博览群籍也好，择取一书也罢，选本的编选都是寓选家本人的诗学意见，将选家的诗学主张寓于遴选实践之中，这一点是肯定的。其实古诗选本在六朝时期就已经出现，《隋书·经籍志》著录不少，只是大部分已经湮没失传了，今天能见到的只有萧统的《文选》和徐陵的《玉台新咏》。到了唐宋元三朝，古诗选本得到了很大的发展，只是唐人选唐诗过于繁盛，使古诗选本显得相对沉寂。唐人对古诗的重视基本上可以等同于对《文选》的重视。

古诗选本到了明代开始出现第一个高峰，明代以前编纂完成的有关汉魏六朝诗歌的诗文总集和类书材料在明代的流传，为明人编选汉魏六朝诗歌总集提供了基本的资料支持。正如严迪昌先生指出的那样："他们（清人）往往借助对前代诗人或诗风的褒贬取舍作为基石，张扬一己的审美倾向，以树旗号。此种风习在明代已很盛，到清代尤为高张。"② 在这样的局面下，不管哪一种诗学主张，都需要为自己的主张寻找一个强有力的依据，而这种依据只能在回溯诗歌发展源流中、到传统中去找，而选诗正是其寻找依据的方式。各家选诗，秉承着不同的诗学主张，因此这些选本的出现，大体上代表了明代的诗学

---

① 鲁迅：《鲁迅全集》（第七卷），人民文学出版社，2005，第135页。
② 严迪昌：《清诗史》，浙江古籍出版社，2002，第10页。

走向。这种繁盛不仅表现为选本数量的大幅度增长，而且表现为选本类型的丰富多样。不仅有通代诗选，而且有断代诗选；不仅有诗人合选，而且有专门的女性诗选、僧侣诗选以及地区诗选[①]。其中比较重要的是李攀龙的《古诗删》，钟惺、谭元春合编的《古诗归》和陆时雍的《古诗镜》等。

清代古诗选本在明代的基础上又有了进一步发展。清代的古诗选本较之于明代又有较大发展，不仅体现在编选的数量上，编选的体例和风格也趋于多样化。比较重要的古诗选本有陈祚明的《采菽堂古诗选》、吴淇的《六朝选诗定论》、王夫之的《古诗评选》、王士禛的《古诗笺》、沈德潜的《古诗源》、张玉谷的《古诗赏析》等。

二 几个重要古诗选本的一些说明

本章从众多的明清古诗选本中选了七个选本（李攀龙的《古今诗删》，钟惺、谭元春合编的《古诗归》，陆时雍的《古诗镜》，王夫之的《古诗评选》，王士禛编、闻人倓笺注的《古诗笺》，沈德潜的《古诗源》，张玉谷的《古诗赏析》）与陈祚明的《采菽堂古诗选》作一比较。主要是考虑到这七个选本在明清两代大体代表了明清诗论家对古诗看法的大体变化，也在一定程度上反映了明清诗学嬗变的大体趋势，比较具有代表性。

（一）李攀龙《古今诗删》

李攀龙，字于鳞，号沧溟，山东历城人。嘉靖二十三年（1544）进士，在当时文坛的影响甚大，后世有评价曰："于鳞崛起沧海，雄长泗上，诸姬主盟中夏，燕、秦、吴、楚之人，翁然宗之，如黄河、泰岱，

---

① 详见解国旺《明代古诗选本研究》，河南大学博士学位论文，2007。

又如太原公子，望之有王气，斯固万夫之雄也。后之学者，生百世之后，闻于鳞之风，皆振衣高步，追踪古作者，于鳞其有起衰之功矣。"①

李攀龙作为"七子"中的领袖人物，是七子之中唯一没有用诗话、论著阐述其文学主张的人，而且他编选的《古今诗删》没有评点。《古今诗删》共三十四卷，前九卷为唐以前古诗，此前九卷被称为《古诗删》。《古诗删》大体上是反映了明复古派的诗学宗旨。不过这部诗选并没有任何评点，只是通过选目来张扬自己的诗学标准。《古今诗删》中的唐诗部分历来为人重视，而对此书中古诗部分的特点，学界尚少有关注。

王世贞《古今诗删序》云：

> 于鳞取其独见而裁之，而逮命之曰删。彼其见删于于鳞而不自甘者，宁无反唇也？虽然，令于鳞以意而轻退古之作者间有之，于鳞舍格而轻退古之作者则无是也。以于鳞之毋轻进，其得存而成一家言，以楷模后之操斛者亦庶乎可也。②

可见，李攀龙是以"意""格"作为其取舍标准。《古诗删》共九卷，包括古逸一卷，汉、魏、晋乐府各一卷，宋齐梁陈及北朝乐府一卷，汉魏诗一卷，晋诗一卷，宋齐诗一卷，梁陈隋及北朝诗一卷。从时代角度来讲，他显然更加偏好汉、魏、晋三代。另外，他将乐府诗单独列出，并且占据了两卷，应该说是非常重视乐府的。汉魏乐府正是集中体现了"含蓄""圆融""高古"这些古典审美理想的典范之作。李攀龙大量选录这些作品，和七子派的文学复古倾向是完全符

---

① （明）李攀龙：《沧溟先生集》，上海古籍出版社，1992，第 750 页。
② （明）王世贞《古今诗删序》，《文渊阁四库全书》1382。

合的。从全书的安排来看，《古今诗删》的重点无疑在唐代和明代，但从其整体的诗学观念来看，古诗部分又是不可或缺的重要一环。不过李攀龙在编选过程中的去取并不能让后人感到满意，甚至复古派内部也存有歧议，如王世贞在《艺苑卮言》中就说："始见于鳞选明诗，余谓如此何以鼓吹唐音。及见唐诗，谓何以拎据古选。及见古选，谓何以箕裘风、雅。乃至陈思《赠白马》，杜陵、李白歌行，亦多弃掷，岂所谓英雄欺人，不可尽信耶？"① 七子派后学许学夷，在《诗源辨体》中也认为"其去取之意，漫不可晓"。可见，这部总集一方面固然受到七子派诗学思想的影响，但它更是一部充满了强烈个人色彩的诗歌选集，加之没有评点，故此造成了其选录标准"去取之意，漫不可晓"。从其具体选目来看，多可以与李攀龙自身的创作实践及当时的生活状况相互印证。

（二）钟惺、谭元春合编《古诗归》

钟惺，字伯敬，号退谷，竟陵人。万历三十八年（1610）进士，官至福建提学佥事。谭元春，字友夏，号鹄湾，又号寒河，竟陵人。天启七年（1627）举人。他们合编了《诗归》一书，其中《古诗归》十五卷，《唐诗归》三十六卷。全书最早刊刻于万历四十五年（1616），题"景陵钟惺伯敬、谭元春友夏同选定"。此后又陆续出现过众多翻刻本，《古诗归》及《唐诗归》也各有单刻本行世。关于编选《诗归》的缘起，钟惺曾说：

> 常愤嘉、隆间名人，自谓学古，徒取古人极肤极狭极套者，利其便于手口，遂以为得古人之精神，且前无古人也。而近时聪

---

① （明）王世贞：《艺苑卮言》（卷七），丁福保辑《历代诗话续编》，中华书局，1983，第1064页。

明者矫之，曰"何古之法，须自出眼光"，一不知其至处又不过玉川、玉蟾之唾余耳，此何以服人？……是以不揆鄙陋，拈出古人精神，曰《诗归》，使其耳目志气归于此耳。①

可见，以钟惺、谭元春为代表的竟陵派对于七子、公安两派发展到后期所出现的种种弊端都表露出强烈的不满，《诗归》正是在这样的情况下编选的。竟陵派举起"幽深孤峭"的诗学大旗，以摆脱公安派的狭窄与肤浅。有学者指出："钟、谭《诗归》之选，其目的在于矫七子派师古之弊，正公安派师心之偏，要合师古、师心为一途。……既循奉了公安派独抒性灵的主张，又举起了七子派'求古人真诗'的旗帜，左右逢源。不论原来是追随七子派者，还是追随公安派者，都能从《诗归》中看到和自己仿佛相似的主张，以及救弊的途径。"②

《诗归》五十一卷，其中《唐诗归》三十六卷。他们对不同趋向的诗学思想加以调和折中，并进一步提出自己的新主张。在选目上，《诗归》秉承着"彼取我删，彼删我取，又复删其所取，取其所删"的宗旨，表现出不盲从前人的开拓意识。同时《诗归》还有编选者的评点，对汉魏六朝传统上被推崇很高的诗人，如王粲、陆机、谢灵运等人并没有很高的评价，反而向来被忽略的诗歌，被《诗归》选入。这样的取舍难免有偏狭之嫌，如《四库全书总目》在评价本书时就说"大旨以纤诡幽渺为宗，点逗一二新隽字句，矜为元妙"。这种点评，也隐含着对《诗归》编选标准的不满。然而，《诗归》的编选本身是为了反抗七子派的复古模拟，七子派为了在格调上贴近古人，而不惜一再重复某些字词和句法，发展到后来，就会变得陈陈相因，了无新

---

① （明）钟惺著，李先耕、崔重庆标校《隐秀轩集》，上海古籍出版社，1992，第470页。
② 袁震宇、刘明今：《明代文学批评史》，上海古籍出版社，1991，第531～532页。

意。这一点引起了竟陵派的强烈反感。另外，竟陵派又针对公安派所提出的"独抒性灵，不拘格套，非从自己胸臆流出，不肯下笔"的矫枉过正，指出在表现自我性灵的同时，又要与古人消息相通，以弥补一味师心所带来的缺失。

此书一出，即风靡海内，被奉为至宝。《诗归》在一定程度上以一种比创作更直观也更有说服力的方式实现了其为理论示范的功能，使竟陵派正式成为一个影响深远的文学流派。《诗归》一书充分体现了钟、谭两人鲜明独特的文学主张，从而迥异于前人的众多选本。对此，好之者谓之发幽起潜，恶之者谓之厚诬古人，莫衷一是。然而，复古和竟陵，作为明代两个最大的诗学流派，一定程度上代表了明代诗论关于古诗看法的大体走向，是明代人眼中的汉魏六朝诗歌史，因此他们编选的古诗选本，具有典范的意义。

（三）陆时雍《古诗镜》

陆时雍，字仲昭，号澹我，浙江桐乡人。陆时雍的《诗镜》，共九十卷，其中《古诗镜》三十六卷，《唐诗镜》五十四卷。《古诗镜》更侧重诗艺的分析，旨在融会贯通前人的诗学思想，提高初学者的鉴赏力。

《四库全书总目》称该书"大旨以神韵为宗、情境为主"，但是总体上看，《诗镜》全书体现着融会贯通的诗学思想，尤其在总结前人理论的基础上，对一些向来为明人所重视的诗学命题提出了自己的见解。"陆时雍对古诗评价基准是情与韵，追求的最高审美境界是自然天成，他对以梁简文帝为代表的宫体诗作家评价颇高，在各代中亦以梁诗选取为最多，反映了他论诗以情韵为主的评价基准，这与中国古代文学传统上以情志为主的观点颇有不同"[①]。还有学者指出，陆时雍

---

① 景献力：《明清古诗选本个案研究》，福建师范大学博士学位论文，2005，第 28 页。

的诗学贡献主要是在情意趣之辨、意象之合与神韵之生这三个方面："情意之辨是在创作之初的要求，他认为诗人创作应当本于真情，反对追摹古人，刻意为诗。意象之合是作品形成的基本审美特征，他主张情感的自然抒发，使得内在情感与外在物象达到自然遇合，浑融无间的效果。神韵之生则是评判诗歌艺术价值的最高标准，他强调虚实交映，活泼灵动，使得诗歌富有蕴藉。"① 可见，陆时雍的《诗镜》并不是一个个人色彩强烈的选本，虽然贯穿着个人的诗学思想，但是更多是在对于前人的各种理论都深入研究和广泛借鉴的基础上，进行的修正与融合。

（四）王夫之《古诗评选》

王夫之，字而农，号姜斋，湖南衡阳人。王夫之一生著述颇丰，《古诗评选》是《船山遗书》的一个部分，选了西汉至隋千余年间100 多位诗人的作品共 840 首。关于《古诗评选》的编选缘起，王夫之曾在《夕堂永日绪论·序》中说：

> 余自束发受业经义，十六而学韵语，阅古今人所作诗不下十万，经义亦数万首。既乘山中孤寂之暇，有所点定，因论其大约如此。可言者，言及之；有不可言者，谁其知之？庚午补天穿日，船山老夫叙。②

"可言者，言及之；有不可言者，谁其知之"，其中充满着欲说还休的无奈。入选的作品不全是名家名篇，还有许多在以往的选本中常因不合于"诗教"传统而被选家弃之不取的作品。《古诗评选》的体

---

① 杨焄：《明人编选汉魏六朝诗歌总集研究》，陕西人民教育出版社，2009，第 196 页。
② （清）王夫之：《船山全书》第 15 册，岳麓书社，2011，第 817 页。

例是按诗歌体式：古乐府歌行、四言、小诗、五言古诗、五言近体来编撰的，而每一体式又根据作家所处时代先后选取其若干作品进行编排，在作品后进行点评。这部诗选可以说是王夫之"极端内在性"立场的一个比较集中的体现。

这部诗选在选目上别具一格，如在《古诗评选》所选录的 34 位诗人 113 首四言诗中，其中陆云 29 首、嵇康 24 首，两家诗歌占四言诗总数的 46.9%，可知王夫之将以上两位诗人树为四言诗之典范。① 在文学史上，陆云的地位并不算很高，大致是由于《诗品》的巨大影响，因为《诗品》是专评五言诗的（这大概也是曹操诗在《诗品》中被列为下品的重要原因），而陆云的主要贡献在四言诗上，王夫之从这个方面，发现了个别诗体上某些诗人的巨大贡献，是独树一帜的，因此也是清初比较重要的一个古诗选本。

（五）王士禛编、闻人倓笺注《古诗笺》

王士禛，字子真，一字贻上，号阮亭，别号渔洋山人，山东新城人，清初著名的诗人和文学批评家，除著有《带经堂集》等书外，还编选了《唐贤三昧集》等诗歌选集。对于诗歌，他标榜"神韵"说，意在扭转宋元以来直率空疏、缺乏情致的流弊，对当时诗坛有较大的影响。

《古诗笺》分五言古诗和七言古诗两大部分。在姜宸英为王选所作的原序中，开篇第一句便是"文章之流弊，以渐而至"。他认为，诗的发展是不断变化着的，诗的发展自有其流弊，"敝极而变"正是其发展的规律。然而"所变之古非即古也"，正如"战国之文不可以

---

① 陈祚明也充分肯定了陆云在四言诗上的贡献，他说："陆士龙四言诗如弹雅琴，风日和好，调轸弄徽，穆然成声。纵不能识其辞，而和音舒缓，高下咸调，可以静躁心，引遥绪。"见《采菽堂古诗选》（卷十一），第 319 页。

为六经，贞元之文不可以为史汉"一样，唐人之诗也"晋、宋也，汉、魏也"。诗的发展变化自有其规律可循，并不是单纯地模拟古人。"故文敝则必变，变而后复于古，而古法之微尤有默运于所变之中者，君子既防其渐，又忧气变也。王士禛选录诗歌，比较重视诗歌的发展变化，认为五言古诗上接《诗经》，所以两汉之作，几乎全选，魏晋以下，选择就逐渐严格，但也不废南北朝和隋之诗，于唐只选陈子昂、张九龄、李白、韦应物、柳宗元等五家，其用意在于"明其变而不失于古"。① 对于七言古诗，王士禛以为"去三百篇已远，可以极作者之才思，义不主于一格"，因此所选范围较广，不以时代为限。

选诗既反映了王氏自己的文学观点，又大体上反映了五、七言诗的发展情况及其重要流派的面貌。王士禛一生仕途颇为顺畅，他早在顺治十五年（1658）24 岁时就中了进士，后又官至刑部尚书。可以说，他的政治人生毫无遗憾，所以他对诗的追求上升到一种意境之美，讲求自然、清奇、冲淡。在《带经堂诗话》中说：有谓"冲淡"者，曰"遇之匪深，即之愈稀"；有谓"自然"者，曰"俯拾皆是，不取诸邻"；有谓"清奇"者，曰"神出古异，淡不可收"，是三者品之最贵。他提出的神韵诗论，渊源于唐司空图"自然""含蓄"和宋严羽"妙语""兴趣"之说，以"不著一字，尽得风流"为作诗要诀。

笺注者闻人倓，字讷甫，江苏松江人。据自序说，这部书的笺注工作，是经过二十余年的搜求钩稽，再经过长期的修订，几乎花了毕生的精力才得以完成。其中五言诗部分共十七卷，其汉魏六朝部分是在《文选》的基础上再作取舍的。

（六）沈德潜《古诗源》

关于性情与格调之争，可以说到沈德潜是一个总结和终结。他编

---

① （清）王士禛选，闻人倓笺《古诗笺》，上海古籍出版社，2010，第 1 页。

选的《古诗源》在清代以及后来的影响非常大，《采菽堂古诗选》的湮没无闻，与《古诗源》的出现也有相当大的关系。《古诗源》专收唐前诗歌，以年代分卷编排，收诗也不限于五言、七言，与《古诗笺》在编排原则和收诗标准上有很大的不同。《古诗源》十四卷，收录"隋、陈而上，极乎黄轩，凡《三百篇》、楚骚而外，自郊庙乐章，讫童谣里谚"（沈德潜自序），计古诗 700 余首，其中古逸一卷，汉诗三卷，魏诗二卷，晋诗三卷，南朝宋诗二卷，齐、梁、陈以及北朝、隋诗共三卷，为"唐诗之发源"，故名《古诗源》。

《古诗源》编选始于康熙五十六年（1717）十月，五十八年三月编选完毕，雍正三年（1725）岁末刻成。此本编选宗旨，一在探唐诗之源头，所谓："诗至有唐为极盛。然诗之盛，非诗之源也。……则唐诗者，宋、元之上流，而古诗又唐人之发源也。"[1] 二在以诗论世，见风雅徐响遗音，阐发诗教，所谓"既以编诗，亦以论世，使览者穷本知变，以渐窥风雅之遗意，犹观海者由逆河上之以溯昆仑之源，于诗教未必无少助也夫！"《古诗源》所录作品，比较完整清晰地为我们展示了唐之前诗歌发展嬗变的轨迹，比较全面充分地展现了唐之前诗歌创作的具体成就，基本确立了后来的汉魏六朝诗歌史的价值系统。虽然不可避免地存在儒家诗教的束缚，但在清代诗学里可以说是最有代表性的古诗选本，影响也最大。《古诗源》一定程度上可以说是后来居上的，研究者在大力肯定《古诗源》的时候，往往忽视了《采菽堂古诗选》对沈德潜编选《古诗源》的影响。

（七）张玉谷《古诗赏析》

张玉谷字荫嘉，号乐圃居士，吴县人。张玉谷曾师从浦起龙、沈

---

① （清）沈德潜：《古诗源》，中华书局，1963，第 1 页。

德潜等诗学大家，出于对前代古诗选本体例不精等缺点的不满而编选《古诗赏析》，共二十二卷，选唐前古诗 755 首，是对《古诗源》的直接继承和发展，无论在选目上还是在诗学观念上都显示了与沈德潜的相似之处。张玉谷在《古诗赏析序》中提到的还有《古诗纪》《古诗所》《石仓历代诗选》《采菽堂古诗选》《古诗解》《古诗归》《古诗镜》等书。张玉谷编选的《古诗赏析》正是在这种明清诗学思潮迅速发展的背景下出现的。

张玉谷评选《古诗赏析》，从"为作诗程度"出发，评选诗歌注重语言的古朴自然、结构章法的精密、情感的真挚，大体上继承了沈德潜《古诗源》的篇目和批评观，如对于汉魏古诗的评价尤为接近，但又融入了自己的诗歌批评观，如对谢灵运诗歌的选录为众家选本最少，而对鲍照的评价为众家之最，且对于南朝民歌中的"吴声西曲"表现出了宽泛的态度而选录颇多，体现出了对"格调"派诗歌理论的突破。

第二节　《采菽堂古诗选》与其他
古诗选本的评点比较

在前文第三章里，已经把《采菽堂古诗选》的评点和其他诗歌选本的评点进行了比较，明确了《采菽堂古诗选》的美学原则和编选标准。而通过上节对重要选本编选背景和主要特征的介绍，我们还可以进一步明确《采菽堂古诗选》评点的另外两个特点：其一，批评意义大于选本意义；其二，兼具批评意识和鉴赏意识。

一　批评意义大于选本意义

这里首先要指明一点：前面一些章节已经反复阐述了选本本身就

是一种批评。在这个话题里，选本批评和评点批评暂时作一个区分。这里所说的批评意义，也是特别针对评点文字的。前面已经讲到，明清时期是文学史上古诗选本的繁盛期。当时的古诗选本颇为不少，解国旺先生在其《明代古诗选本研究》里重点论述的选本就达 31 部之多，而这还仅仅是现在留存的诗歌选本的一小部分。陈祚明身为布衣，其诗选不能像以上提到的其他几个选本那样具有名人的效应，这是其不能广泛流播的重要原因之一。而它之所以在后世还能引起一些研究者的关注，就像朱自清先生指出的那样："陈祚明的《古诗选》，对入选作家依次批评，以情与辞为主，很多精到的意思。"① 也就是说，《采菽堂古诗选》没有在文学史的洪流中被淘汰，反而从 20 世纪初以来，越来越多地引起研究者的关注，学者们对它的研究大多是着眼于其批评意义的。

　　以上提到的几部诗选，《古今诗删》基本没有评点，只是在《唐诗选》之前有大约 200 字的序言；《古诗笺》全是笺注，而不是对诗歌艺术特色和诗歌旨意诸方面的阐发。虽然这两部诗选不是纯粹的选本，但是除了在选目上体现了一些选家的批评意识之外，基本不再具有批评意义，选本意义即是全部的意义。钟、谭的《古诗归》是一种具有独立个性的诗歌选本，有其他诗歌选本所不具有的独到之处。它不以前人是非为是非，在选诗中贯彻"彼取我删，彼删我取"的宗旨，不步前人后尘，选择符合自己审美意趣和诗学观点的诗②。虽然他们不以人选篇，有值得赞赏的勇气，但是这种观念往往容易极端，就是对文学史上屡屡被推崇的大家有一种先入为主的偏见，这也给自己的选诗带来不好的影响。竟陵派一方面在明代风行天下，另一方面

---

① 朱自清：《朱自清全集》（卷三），江苏教育出版社，1998，第 27 页。
② 详见陈敏《〈诗归〉与竟陵派的诗论纲领》，山东师范大学硕士学位论文，2000。

又遭到了旷日持久的批评和争论，都应归于他们的这部《古诗归》。其选目上的特立独行远远大于评点上的特色，他们的评点不过是阐述自己"幽深孤峭"的审美风尚。其选目上的合理与否以及评点上的得失之处，这里暂不作讨论，只是可以明确的是，《古诗归》更大程度上是因选本意义上的特色而毁誉参半的，而不是着眼于其批评意义。

《古诗评选》在这方面和钟、谭二人的《古诗归》有类似的情况。王夫之本着自己的诗学观念，摒弃了许多历来传诵的名篇，而使在诗歌史上以往不太被关注的大量诗歌入选。这一方面表现了选家不人云亦云、敢于冒天下之大不韪的魄力；另一方面也因此造成了种种弊端，比如我们从《古诗评选》的选目和批评上，都看不见比较接近真实的汉魏诗歌史。这是一个问题的两个方面。

在评点上，唯一能够与《采菽堂古诗选》相媲美的是沈德潜的《古诗源》。沈德潜始批《古诗源》是在康熙五十六年（1717），其时陈祚明已然作古四十三年之久了。《古诗源》的评语大多掠美于《采菽堂古诗选》的事实，目前已为部分学者所关注。如王宏林《沈德潜诗学思想研究》认为："沈德潜对诗篇主旨和风格的分析，多来自陈祚明。有时是改变了叙述方式，但意思和评论重点相同；有时是直接承袭，更多是对陈祚明之评进行精简。"[①] 蒋寅先生指出："遗憾的是，陈祚明虽见识精到，但因人微言轻，名不甚著。……沈德潜编选《古诗源》，评语袭用、祖述、改窜陈祚明的评语，就不提他的名字。"[②] 李金松先生曾指出："在《采菽堂古诗选》中，他对先唐古诗所作的精彩的评点，就被沈德潜的《古诗源》所吸收。"[③] 张伟指出："《古

---

① 王宏林：《沈德潜诗学思想研究》，人民出版社，2010，第 21 页。
② 蒋寅：《清代诗学史》（第一卷），中国社会科学出版社，2012，第 524 页。
③ 李金松、陈建新：《〈采菽堂古诗选〉考述》，《中国韵文学刊》2003 年第 2 期。

诗源》对《采菽堂古诗选》的诗学思想存在明显的承袭现象。沈德潜
《古诗源》乃杂糅、调和《古今诗删》与《采菽堂古诗选》而成。"①
以上都说明了《采菽堂古诗选》对《古诗源》的巨大影响。

如《采菽堂古诗选》总评曹植曰：

> 子建既擅凌厉之才，兼饶藻组之学，故风雅独绝，不甚法孟
> 德之健笔，而穷态尽变。魄力厚于子桓。要之三曹，固各成绝技，
> 使后人攀仰莫及。②

《古诗源》在对曹植的评语中云：

> 子建诗五色相宣，八音朗畅，使才而不矜才，用博而不逞博，
> 苏、李以下，故推大家。仲宣、公干乌可执金鼓而抗颜行也。③

沈德潜和陈祚明一样，同时看到了子建之才、子建之学对诗歌的
重要意义。再比如，评谢灵运《从游京口北固应诏》，陈祚明云："理
语入诗，气皆厚"④；沈德潜云："理语入诗，而不觉其腐，全在骨
高。"⑤陈祚明评《古诗十九首·其九》曰：

> 古诗之佳，全在语有含蓄。若究其本旨，则别离必无会时，
> 弃捐定已决绝。怀抱实足贵重，而君不我知，此怨极切，乃必冀

---

① 张伟：《论〈古诗源〉对〈采菽堂古诗选〉诗学思想的承袭》，《中国韵文学刊》2013 年
第 4 期。
② 陈祚明评选，李金松点校《采菽堂古诗选》（卷六），第157 页。
③ （清）沈德潜：《古诗源》（卷五），中华书局，1963，第 97 页。
④ 陈祚明评选，李金松点校《采菽堂古诗选》（卷十七），第536 页。
⑤ （清）沈德潜：《古诗源》（卷十），第 196 页。

幸于必不可知之遇。揣君恩之未薄，谦才能之未优。盖立言之体应尔。言情不尽，其情乃长。此风雅温柔敦厚之遗。就其言而反思之，乃穷本旨，所谓怨而不怒。浅夫尽言，索然无余味矣。①

而沈德潜《古诗源》评此诗曰：

> 反覆低徊，抑扬不尽，使读者悲感无端，油然善入。此国风之遗也。言情不尽，其情乃长。②

几乎是照抄《采菽堂古诗选》。因此，在对沈德潜的《古诗源》进行啧啧称赞的同时，不应该忽视《采菽堂古诗选》导夫先路的重大作用，借此也可以看出陈祚明的《采菽堂古诗选》对有清一代诗学思想和诗歌创作的巨大影响。

可以说，如果《采菽堂古诗选》没有这么多精彩独到的评点，它可能早就湮没无闻了。虽然它在诗歌选目上也有很多值得称道的地方，但是，客观地说，它很大程度上还是以评点取胜的。

二　兼具批评意识和鉴赏意识

一般来说，批评与鉴赏是两个不宜截然分开的诗学概念，但二者又是各有侧重的。批评主要着眼于"评"，鉴赏则侧重于"赏"。前者是对诗歌创作手法和技巧等方面得失的分析，后者是对诗歌艺术特色和微言大义的阐发；前者的文字一般较为严肃，后者的文字可以更加自由灵动。

---

① 陈祚明评选，李金松点校《采菽堂古诗选》（卷三），第 84 页。
② （清）沈德潜：《古诗源》（卷五），第 92 页。

　　以上提到的几个古诗选本，《古今诗删》基本没有评点，《古诗笺》着眼于对字句的考索。应该说，《古诗归》和《古诗源》的评点也是比较出色的。而《古诗归》的评点，重在阐发编选者的诗学主张，有"先入为主"的缺陷，在晚明那种低落压抑的社会氛围之下，更容易画地为牢。总体来说，它的评点不及《采菽堂古诗选》更为自由灵活，因此在作品的评赏方面也略逊一筹。沈德潜作为传统诗学的总结者，他的特点在于重批评意识的同时部分地转向了考据，这是清代乾嘉时期考据之学的兴盛对评点文学的影响。沈德潜知识渊博、态度严谨，因此他的评点不是严格的评点，而是往往涉及作者作品的考注。他的《唐诗别裁集》《明诗别裁集》和《清诗别裁集》无不如此。因此，他的诗选，有着比较浓郁的学术气息。

　　《采菽堂古诗选》与其他诗歌选本相比较，它在重批评意识的同时，也部分地转向了艺术鉴赏。前面在论述《采菽堂古诗选》的评点特点的时候，也略涉及了这个问题。即他对诗人风格的评述，往往是以形象化的比喻，把握其诗歌的总体风格。这便多了许多艺术鉴赏的意味。如他评曹植《箜篌引》曰："华壮悲凉，无美不备。"[1] 评嵇康《酒会诗其二》云："每能于风雅体外别造新声，淡宕有致。"[2] 短短两句，有评有赏。他总评张载，以极为欣赏的语气说："张孟阳诗如洞庭晚秋，严霜封条，烈风陨箨，波光月色，千里寒碧。"[3]

　　这部分文字往往清丽流畅，婉转抑扬，一脱严肃凝重的学术气息，是很华美的鉴赏文字，有很强的可读性。因此，《采菽堂古诗选》评赏兼具的特点，也是使之成为重要的古诗选本的原因之一。

---

[1]　陈祚明评选，李金松点校《采菽堂古诗选》（卷六），第159页。

[2]　陈祚明评选，李金松点校《采菽堂古诗选》（卷八），第227页。

[3]　陈祚明评选，李金松点校《采菽堂古诗选》（卷十一），第351页。

　　通过与明清时期比较有代表性的几个古诗选本的比较，可以清晰地看出陈祚明的《采菽堂古诗选》无论是在选诗眼光还是在批评旨趣上，都具有着不同于一般选本的特征。在选诗上，他一方面本着自己"以言情为本"的标准，另一方面又对这个标准有所偏离，从而比其他诗歌选本更加全面地呈现了汉魏六朝诗歌的总体风貌，这种选诗的胸怀应该成为后世选家的有益借鉴。在评点上，《采菽堂古诗选》的评点不仅为稍后的选家所吸收，比如闻人倓笺注《古诗笺》、张玉谷《古诗赏析》都对陈祚明的观点有所吸收。而且《采菽堂古诗选》的评点至今还是研究汉魏六朝诗歌不可忽视的重要资料，比如曹道衡、沈玉成先生编撰的《南北朝文学史》就在多处引用了《采菽堂古诗选》的观点。所以说，《采菽堂古诗选》在选目和评点上取得了相当大的成就，与此相矛盾的一个现象是它长时期以来没有得到很多研究者的重视，虽然近年来陆续有一些研究成果出现，但是相对于《采菽堂古诗选》本身的价值和其评点博大精深的诗学体系，这些研究还是远远不够的。

第六章
陈祚明诗学理论与明清诗学嬗变

　　明清诗学大体是围绕着真伪、雅俗的两大基本范畴展开的。明代诗歌面临的基本问题是情感的真实性与形式风格的古典性的矛盾，也就是真和雅的矛盾。可以说这种争执贯穿了整个明代文学的发展史，从前七子到后七子，从公安派到竟陵派，他们代表了明代诗学的两大传统，真与雅在明代诗学里一直是不可调和的两极。从清代诗学思潮的角度看，清初诗学思想是晚明诗学思想的延续。从明代中期以来，主性情诗学和主格调诗学、浪漫派和复古派你方唱罢我登场，二者在此消彼长中推进着诗歌史的演进。这种情况直到沈德潜方尘埃落定，终于由明代的两极对立开始趋向融合与平衡。陈祚明的诗学思想则是这个融合过程中不可忽视的重要环节。

第一节　明清之际诗学批评的主要论争

　　明清易代的特殊历史事件，中断或复活了一些诗学纷争和话题，由此而影响了有清一代的诗学。虽然改朝换代不能机械地与文学史、诗学史的变迁直接挂钩，但是正如蒋寅先生指出的："改朝换代从来不是一个简单的年代学问题，它往往伴随着复杂的文化认同、转型以及人们相应的政治立场与价值观的变迁。"① 而明清易代又比以往任何一次改朝换代给士人思想上带来的冲击都更为强烈。明代文人有着强烈的论争意识，诗文理论与批评上的论争十分热闹，论争范围很广，有与古人跨越时空的论辩，也有与同时代诗家之论争；有个人之间的议论，也有宗派间、宗派内的批评。这些论争在清代仍在延续，共同推动了明清诗学思想的发展。在尊"道"还是崇"文"，守"格"还是主"情"，泥"古"还是重"今"等这一系列重要的关系到文学生命力的问题上，自明代中叶以来几经争辩和实践，这种消长之势亦颇显豁了。清人开始以一种较通达的眼光和心胸看待七子、公安、竟陵三派诗学，呈现出融通三派而为一的倾向，并能较客观地看待诗学流派的分歧和评价其理论意义。

一　雅与俗

雅俗论是我国古典诗学的基本批评理论之一。它在明清两代分别得到深入的阐说和流衍，有学者将其概括为三个方面：一是在继承前人高标去俗崇雅观念的基础上，结合诗学辨体理论对诗歌去俗崇雅予以了进一步的细致探讨；二是承传宋人以来的化俗为雅之论，对雅俗的具体转化及其相关论题、因素予以了探讨；三是出现了对雅俗之论予以消解的论说。②

李东阳及其茶陵诗派开启了明前后七子复古运动的先声，其《麓堂诗话》云："质而不俚，是诗家难事。乐府歌辞所载《木兰辞》，前

---

① 蒋寅：《清初诗坛对明代诗学的反思》，《文学遗产》2006 年第 2 期。
② 胡建次：《明清诗学批评中的雅俗论》，《西华师范大学学报》2007 年第 3 期。

首最近古。唐诗，张文昌善用俚语，刘梦得《竹枝》亦入妙。至白乐天令老妪解之，遂失之浅俗。"① 他评断古乐府诗"质而不俚"，批评白居易诗质而浅俗，两者之间有着本质的区别。谢榛《四溟诗话》云："诗忌粗俗字，然用之在人，饰以颜色，不失为佳句。譬诸富家厨中，或得野蔬，以五味调和，而味自别，大异贫家矣。"② 谢榛在宋人以来倡导化俗为雅之论的基础上，进一步对诗作用字加以了论说，他认为，对于一般人而言，诗是忌用粗俗语的，是以去俗为贵的，而对于有特别才力的人则不一定，其用粗俗语却不失为佳句，这就好比富贵人家的菜蔬，因以五味调和，却显示出不同的风味，此论显示出一定的调和倾向。

公安派的形成，更直接地起因于复古运动理论缺陷的日渐暴露和拟古流弊的刺激。许学夷说："先进后进，趋尚不同，大都由矫枉之过。成化以还，诗歌颇为率易，献吉、仲默、昌谷矫之，为杜为唐，彬彬盛矣。下逮于鳞，古仿汉魏，律法初唐，愈工愈精。然终不能无疑者，乃于古诗、乐府悉力拟之，靡有遗什，律诗多杂长语，二十篇外，不奈雷同。于是中郎继起，态意相敌，凡稍为近古者，靡不掊击，海内皇然宗之，诗道至此为大厄矣。黄锡余谓'世有于鳞，必有中郎'。"③ 指出了公安派诗学产生的时代必然性。而竟陵派则对七子、公安皆有所批评。批评七子派师法不师心，从而拘泥于形式上的模拟；批评公安派师心而率性，造成诗风浅薄直露。明末最重要的一次宗派论争是以艾南英为代表的江西诸文社与以陈子龙六子为一派的几社之间产生的激烈论争，史称"艾陈之争"。论争的焦点是文师秦汉还是

---

① 丁福保：《历代诗话续编》，第 1375 页。
② 丁福保：《历代诗话续编》，第 1179 页。
③ （明）许学夷著，杜维沫校点《诗源辩体》，人民文学出版社，1987，第 355 页。

宋的问题。在对雅俗之论予以消解方面，清初的王夫之也有论说。王夫之《姜斋诗话》云："诗可以兴，可以观，可以群，可以怨。尽矣。辨汉、魏、唐、宋之雅俗得失以此，读《三百篇》者必此也。"①

张健说："七子派强调形式风格的古典性，但牺牲了情感的真实性，雅而不真；公安派强调情感的真实性，但牺牲了形式风格的古典性，真而不雅。但真与雅是传统诗学的两个内在的价值尺度，要求处于平衡状态。"② 但是，经过前后七子与公安、竟陵派的争执，真与雅之间的矛盾、当代趣味与审美传统之间的矛盾不是解决了，而是更加扩大了。明代文人通过诗学论争获得文坛话语权从而推行本宗派的诗学主张、审美理想，表达本宗派的经典宗尚。所以，"文权之争"最终落实到诗文的"经典宗尚"及"典范之则"之争上，即诗学层面的论争。一方面，在相互的辩难中，明人的诗学思路变得明晰化、系统化，言说与分析能力增强。另一方面，要表达自己的观点、证明自己观点的正确性、批评对方观点的错误性，不能再靠"悟"及直觉式的片言只语的点评，而是要有清晰的言说。明人由此发展出内涵明确的代表本派理论核心的范畴，并在此基础上建构、发展本派的诗学理论。七子派的"格调理论"，公安派的"独抒性灵说"以及竟陵派的"真诗精神说"都是这样建构并发展起来的。但这些论争本身为清代诗论家提供了思考的基础；他们都在师古或师心的主张上陷入了极端，而不能打破雅俗之界，很融通地面对问题，这一使命，留待清代诗论家来完成。

由于清初统治者一改明代中期以来皇帝不问政事、宦官专权、官场黑暗、士风不振的局面，儒家的经世致用思潮、诗学政教精神开始

---

① （清）王夫之等：《清诗话》，上海古籍出版社，1978，第 3 页。
② 张健：《清代诗学研究》，第 43 页。

复兴。诗歌也随之改变了在明代人心目中的低劣地位，诗学理论在这种政治文化背景下也得到了广泛而深刻的发展。这与明清两代的文化学术氛围当有着很密切的关系。当时影响最大的两个诗学流派之一的以陈子龙为代表的云间派继承了七子派诗学，立足于雅，反对公安派的俗化，但也认同了公安派重真的思想；另一个以钱谦益为代表的虞山派继承了公安派诗学，立足于真，抨击了七子派的假，但也认同了七子派重雅的思想。这两个流派的不同立足点，正是传统诗学的两大价值尺度；这两个流派站在不同的立足点上都力图调和真与雅的矛盾、正与变的矛盾，正是真与雅两个价值尺度要求统一恢复平衡的内在要求的表现。于是清代诗学本着对两个价值尺度平衡的要求，沿着两条途径展开。一是沿着云间派的路子，一是沿着虞山派的路径。虽然，其中也出现了像王夫之那样比较"极端的内在性立场"①，但是，从总体上看，清代诗学基本上都摆脱了明代那种偏执一端的极端立场，而是在综合中显示了比较融通、稳健、成熟的诗学观念。

二　格调与性灵

明代诗学格调与性灵之争、与雅俗之争是两个相互联系的方面。有明一代，诗坛流派纷繁，论争激烈，不同流派、不同观念之间频繁交锋。其中影响巨大的有前后七子、公安派和竟陵派。或主格调，或重性灵，或倡辨体，或尚破体，但无论何种流派、何种主张，都以汉魏古诗和盛唐诗歌为师法的典范。在此种情况下，明人非常重视古诗、唐诗的编选，各种流派都以选本的形式标举自己的诗学主张、树立诗歌创作的范本，同时作为攻伐异端的有效武器。当选本与评点结合在

---

① "极端内在性立场"是张健先生在《清代诗学研究》中概括王夫之诗学提出的概念，是一种完全摒弃外在风格的接近心学的诗学体系。

一起时，其批评功能被发挥得更加淋漓尽致。《古今诗删》《诗归》和《古诗镜》等选本，充分展现了各种诗学观念的交锋以及交融互渗的动态场景。

李攀龙编选的《古今诗删》，流传广泛、影响巨大。其中唐诗选部分以60.1%的比例极大地突出了盛唐诗，选诗取向偏重气格，在鲜明体现格调派主张的同时，也充分暴露出偏执一端、取径过隘的弊病。前文也已经指出，《古今诗删》其实是一部个人色彩非常浓厚的选本。由此导致了"诗则必准于盛唐，剿袭模拟，影响步趋"①，因此袁宏道疾呼："独抒性灵，不拘格套"，"以名家为钝贼，以格式为涕唾，师心横口"②，并称"初、盛、中、晚各有诗也，不必初、盛"。因此，重才情、求性灵又成为晚明选家的一种取向。

当然，最鲜明有力地驳斥格调论的，还是钟惺和谭元春合选的《诗归》。正所谓"钟、谭一出，海内始知性灵二字"③。也说明了《诗归》在当时的巨大影响。钟惺在《再报蔡敬夫》一信中说：

> 常愤嘉、隆间名人，自谓学古，徒取古人极肤极狭极套者，利其便于手口，遂以为得古人之精神，且前无古人矣。而近时聪明者矫之，曰："何古之法？须自出眼光。"不知其至处又不过玉川、玉蟾之唾馀耳，此何以服人？而一班护短就易之人得伸其议，曰："自用非也，千变万化不能出古人之外。"此语似是，最能荧惑耳食之人。何者？彼所谓古人千变万化，则又皆向之极肤极狭极套者也。是以不揆鄙拙，拈出古人精神，曰《诗归》，使其耳

①　（明）袁宏道著，钱伯城笺校《袁宏道集笺校》，上海古籍出版社，1981，第188页。
②　（明）袁宏道著，钱伯城笺校《袁宏道集笺校》，第1281页。
③　（清）钱谦益：《列朝诗集小传》，上海古籍出版社，2008，第572页。

目志气归于此耳。①

  说明《诗归》的评选有着非常强烈的现实针对性。此信中"自谓复古"者即七子派，"自出眼光"者即公安派。前者以盛唐格调为高标，海内附和，翕然成风，渐入格套后，后者起而反之，"独抒性灵"、自出眼光，却流于浅俗率意，于是又有重提格调者以反之。由是可知，钟惺在评选之前心中已设定了反击的目标，从体例的编排、作家作品的选取到具体而微的评点，皆是有所针对。《诗归》旨在脱出"性灵"、反击格调，影响区域广至大江南北、流行时间长达 30 年之久，实质上推动了性灵思潮的形成。贺贻孙《诗筏》云："诸家评诗，皆取声响，惟钟、谭所选，特标性灵。其眼光所射，能令不学诗者诵之勃然乌可已，又有令老作诗者诵之爽然自失，扫荡腐秽，其功自不可诬。"② 指明《诗归》的诗学价值正在于此。以《古今诗删》和《诗归》为中心，可见明人诗学领域格调与性灵论争的大致情况。

  严迪昌先生指出："尽管诗这一抒情体有着自身形式的制约，加之历史的由积极的和消极的因素糅成一气的负担特重，故而其变革的步子其实远没有其他文学样式跨得大；可是由于这是最为文化圈的才士普遍运用的载'情'之体，所以一旦新变，即风靡南北，从而深为传统守护派们所恶，从心底里视为异端怪物，甚至恶之为洪水猛兽，惊呼此乃'亡国之音'！而紧接着公安'三袁'而起的竟陵派所遭受的抨击和被冠戴的恶谥尤见凶狠。"③ 在清代主张"性灵"说的诗人并不讳言及公安一派的承续，可绝对没有哪个诗群愿声称与竟陵有瓜

---

① 李先耕，崔重庆校《隐秀轩集》，上海古籍出版社，1992，第 470 页。
② 郭绍虞编，富寿荪校点《清诗话续编》，第 197 页。
③ 严迪昌：《清诗史》，第 33 页。

葛。然而，这确实结束有明一代诗歌的流派群体，它是晚明诗歌最具新鲜活力的一种群体风格。

在格调与性灵两大思潮主导下，明代的诗选也大致分为两种取向，尤以《古今诗删》和《诗归》为代表，它们在评选诗人、诗篇上的差异，体现了彼此的分歧对立。施闰章曾这样批评当时诗坛流派林立，门户森严："家立一帜，人自为城，父子兄弟，嗜好不相体也。"可见，明清之际泯灭门户之见，兼采诸家之长，渐成一时风会。

清代诗论研讨之风的空前炽盛，正是诗人们急切寻绎、谋求诗的生路和自己的位置的行为表现。因而，如果仅视之为纯理论辨析或只是前贤的诗艺的总结，那是误会。历史上的诗论家从来与诗创作的实践不分家，每是一身或兼任之，如同选家本就是诗人一样。他们往往借助对前代诗人或诗风的褒贬取舍作为基石，张扬一己的审美倾向，以树旗号。此种风气在明代已很盛，到清代尤为高涨，真正构成了堪称百派分流、千帆竞发的局面。无论就概念还是就史实言，诗论观念与诗歌思潮，都是诗史整体的组合部分，所以诗歌史必然将融入史程的流变中。因为诗的流变过程，原是创作实践与理论观念的共振运载历程，诗人与诗论家原属一体。

第二节　陈祚明诗学思想的融合与折中

陈祚明的《采菽堂古诗选》在凡例中反复阐释了自己"以言情为本"的情感优先的立场，很有系统地建构了自己的诗学框架，可以说是继承了明竟陵派的诗学观念；他在评点过程中对一些艺术上造诣很深的诗作不吝笔墨地给予很多精彩独到的评点，又显示了注重修辞的审美趣味，表明了对明七子派重雅主张的强烈认同；同时在选诗的过

程中显示了兼容并包的审美取向，在评选过程中他确立了自己心目中
的汉魏六朝诗歌发展史，其对诗人诗作的评论显示了自觉的学术批评
意识，形成了自己的特色。蒋寅先生曾指出："纵观顺、康、雍三朝
的各种文献，清初对明代诗学的批评主要集中在三个方面，即摹拟作
风、门户之见和应酬习气。"① 这段评论用来描述陈祚明对前代诗学论
争的处理态度，也是大致不差的。以下从选诗实践和诗学思想两个方
面分别论之。

一 《采菽堂古诗选》兼容并包的选诗倾向

《采菽堂古诗选》四十二卷（补遗四卷），以明代冯惟讷《古诗
纪》为蓝本，精选诗歌凡四千余首，几乎每首诗都作评说，以个人之
力，确实是不小的工作。关于《采菽堂古诗选》的编选意图，陈祚明
在《凡例》中说：

> 其或辩古今声调，揆体格，则曰：是举诬罔我知。诗言情，
> 何古何今？何所有体格？嗟乎！风之递嬗也，尚矣，靡百年不迁
> 者。始未尝不敦庞，而后稍浇漓，独诗也乎哉？顾此非独不善率
> 循之过也。往者逝，来者承，一之乎？无改则敝，敝则穷，穷而
> 通，通之浸以异，故久乃大谬不然。故晋宋之于汉魏，犹踵事而
> 增华也，梁陈变本矣，及其每变愈下，初亦恬不之怪，久而益患
> 之。立乎百世之后，指百世之前，昭然若隔霄壤。极则思返，故
> 近体，古诗之流也。唐人之更为古诗，极而思返也。然世弥远，
> 风弥殊，梁陈诗虽近律，而古于律。唐人五言古诗，不为梁陈近
> 律之诗，而终非古诗。故因近体以溯梁陈，因梁陈以溯晋宋，要

---

① 蒋寅：《清初诗坛对明代诗学的反思》，《文学遗产》2006 年第 2 期。

其归于汉魏，此诗之源也。①

认为诗之言情，古今一也。而所变者乃诗之体格，文学的进化与复古乃是文学发展的实际，由近体而溯汉魏六朝，即是追寻体格之变的意义所在。陈祚明自称"予之此选，会王李、钟谭两家之说，通其弊折衷焉"，这是陈祚明直接表述其编选意图的话，陈斌在其《陈祚明交游及〈采菽堂古诗选〉编选意图考论》中指出："清初陈祚明所编《采菽堂古诗选》体现出折衷七子、竟陵两派的诗学批评特色，在明中期以来出现的各类古诗选本中颇具特色。其编选《采菽堂古诗选》则主要出于对当时宗宋派的回应，对格调诗学以汉魏、盛唐诗为典范的视野拓展，及强调古诗编选的辨体眼光、诗史品格与鉴赏批评功能等。"② 这种解释不无道理，但归根结底，陈祚明此选，直接针对的还是以往选家之"弊"。具体来说，以往选家之"弊"，具有代表性的就是王李和钟谭，王李之弊在于以模仿抄袭为能事的一味拟古；钟谭之弊在于幽深孤峭。嘉、隆以降，"王元美、李于鳞绍明北地、信阳之业而过之，天下学士大夫蕴义怀风，感慨波荡以从之"③，一代诗文创作遂笼罩在此风气中。间有特立独行之士，不甘为风气所左右，也难以扭转举世同趋的潮流。实际上，对他们为了宣扬自己诗学主张占领诗学话语阵地而带来的矫枉过正，明人本身就已有警觉，并已有批评。清初诗论家只是更为清醒、理性和融通地面对了这个问题。陈祚明说："试披览古人之诗，虽体格不同代以降，无不善言情者，何则？雅故也。故情，古今人之善为诗者，体格不同而同与情，辞不同

---

① 陈祚明评选，李金松点校《采菽堂古诗选》（凡例），第 2 页。
② 陈斌：《陈祚明交游及〈采菽堂古诗选〉编选意图考论》，《福建师范大学学报》（哲学社会科学版）2007 年第 3 期。
③ 沈云龙辑《明清史料汇编》，台湾文海出版社影印本，第 81 页。

而同与雅"，^① 故陈氏有着纠当代诗风之弊的良苦用心。翁嵩年《汉魏六朝诗钞·采菽堂定本》序曰："其所载凡例及每诗下评骘，总不外乎言情。情而准于理，则正；修于辞，则达。此编向存宛委书库，山人考终时，检以付嵩曰：'三百温柔敦厚之旨，尽于是矣，吾恐今日言诗者俱入宋元一派，则古音几不可识矣。'是编也，其亦有救时之苦心乎？"^② 杭世骏《采菽堂古诗选》序也说："其论诗大旨，曰情、曰辞，而总归于雅。"^③

二　陈祚明诗学思想的融合与折中

七子、公安与竟陵三派诗学都是围绕着一些中心话题阐述其诗学观念和立场的，而在此中又难免会因门户间意气之争而有理解的偏差，致使话题概念意义晦暗难明。

明代文学复古运动以恢复古典诗歌审美理想为己任，竭力维护诗的纯洁性，其理论意义自不待言。但是其立论过严，持择过狭，自碍诗路，也是不容否认的事实。然而一种理论的弊端往往只有在其发展中逐渐暴露。宋末以来，复古论者对诗的抒情本质的确认，有力地反拨了宋诗中好议论、多刻露的不良倾向，使诗歌发展趋于正途。在明代复古运动前期，七子倡导的高华壮美的诗风对当时台阁体庸熟萎弱的诗风也是一剂良药。但到复古运动后期，由于倡导者的偏执狂妄，响应者的泥古不化，复古运动日趋没落。于是公安、竟陵相继起而矫之，遂促成了明季诗学流派纷争的局面。

如果说"以陈子龙为代表的云间派和以钱谦益为代表的虞山派定

---

① 陈祚明评选，李金松点校《采菽堂古诗选》（凡例），第4页。
② 陈祚明评选，李金松点校《采菽堂古诗选》（翁嵩年序），第2页。
③ 陈祚明评选，李金松点校《采菽堂古诗选》（杭世骏序），第1页。

下了清代诗学从明代诗学的两极对立走向对立综合的基调，因此清代诗学才没有再陷入明代诗学那种两极对立的局面"[①]；那么，陈祚明的《采菽堂古诗选》作为清初一部很重要的古诗选本，其在选目和评点中体现的博大精深的诗学体系则是这个综合化进程中不可忽视的重要一环。关于他对明代七子和竟陵派的批评与折中，在以前的章节里已详细论述。比如，他批评七子派"废理而修辞"；也对竟陵派"斥修辞而仍失之理"表示了不满，由此对两派进行了调和，表现了兼容宏通的美学取向。而且，他综合格调与性情之争，在体现融合与折中的诗学倾向的同时，并没有在兼容并包中丧失自身"以言情为本"的原则和特色，在兼容中又维护了平正通达的审美正统，这一点是很难能可贵的。

---

① 张健：《清代诗学研究》，第 147 页。

附 录
《采菽堂古诗选》重要诗人总评

一 汉

1. 苏武：

苏李诗虽如朱弦疏越，一唱三叹，然得宫商之正声，虽希而韵不绝。翻觉嘈嘈杂奏者，一往易尽，正缘调高。匪惟调高，乃实情深。

2. 《古诗十九首》：

"十九首"所以为千古至文者，以能言人同有之情也。人情莫不思得志，而得志者有几？虽处富贵，慊慊犹有不足，况贫贱乎？志不可得而年命如流，谁不感慨？人情于所爱莫不欲终身相守，然谁不有别离？以我之怀思，猜彼之见弃，亦其常也。夫终身相守者，不知有愁，亦复不知其乐。乍一别离，则此愁难已。逐臣弃妻，与朋友阔绝，皆同此旨。故"十九首"唯此二意，而低回反复，人人读之，皆若伤我心者，此诗所以为性情之物，而同有之情，人人各具，则人人本自有诗也。但人有情而不能言，即能言而言不能尽，故特推"十九首"以为至极。言情能尽者，非尽言之为尽也。尽言之则一览无遗。惟含蓄不尽，故反言之，乃使人足思。盖人情本曲，思心至不能自已之处，徘徊度量，常作万万不然之想。今若决绝，一言则已矣，不必再思矣。故彼弃予矣，必曰"亮不弃"也；见无期矣，必曰"终相见"也。有此不自决绝之念，所以有思，所以不能已于言也。"十九首"善言情，惟是不使情为径直之物，而必取其宛曲者以写之。故言不尽而情则无不尽。后人不知，但谓"十九首"以自然为贵，乃其经营惨淡，则莫能寻之矣。

3. 张衡：

平子为东京大家，《同声》《四愁》之篇，以缠绵之情，抒郁茂之语。一望汪洋，浩如河汉。

4. 蔡琰：

文姬能写真情，无微不尽。俚语出之则雅，实事状之则活。此史迁手笔也。《十八拍》鄙俗浅近，奈何妄玷大家！应是乐工小人谱缀成曲，若后世院本填词之类。并不必辨其为六朝、为唐人，竟不须存耳。蔡文姬诗如小李将军画，寸人豆马，莫不奕奕有生气。又如名优演剧，悲欢离合，事事逼真。

二 魏

5. 武帝操：

孟德所传诸篇，虽并属拟古，然皆以写己怀来。始而忧贫，继而悯乱。慨地势之须择，思解脱而未能。亹亹之词，数者而已。本无泛语，根在性情，故其跌宕悲凉，独臻超越。细揣格调，孟德全是汉音，丕、植便多魏响。取法乎上，仅得乎中。孟德欲为三代以上之词，劣乃似汉。子桓兄弟取法于汉，体遂渐沦矣。

曹孟德诗，如摩云之雕，振翮捷起，排焱烟，指霄汉。其回翔扶摇，意取直上，不肯乍下，复高作起落之势。

6. 文帝：

子桓笔姿轻俊，能转能藏，是其所优。转则变宕不恒，藏则含蕴无尽。其源出于《十九首》，淡逸处弥佳。乐府雄壮之调，非其本长。间学孟德，惟《大墙上蒿》《艳歌何尝》二首，诣臻其极。余多局张之迹，气不充故局，力不及故张。然极其体量，亦克赴之。至于丰神婉合，掩映多姿，觉亦擅独造之胜。

魏文帝诗如西子捧心俯首，不言而回眸动盼，无非可怜之绪。倾国倾城，在绝世佳人本无意于动人，人自不能定情耳。

7. 明帝曹叡：

明帝诗虽不多，当其一往情深，克肖乃父。如闲夜月明，长笛清亮，抑扬转咽，闻者自悲。

8. 陈思王植：

古学之不兴也，以纂绣组织者为才，此非古人所谓才也。夫才者，能也，其心敏，其笔快，能道人不易道之情，状人不易状之景。左驰右骋，一纵一横，畅达淋漓，俛仰自得，是之谓才。

得之于天，不可强也。若多识古今，博于故实，此尽人可以及之。且夫纂绣组织，非其多之为贵。五色之丝，锦绮之具也，散陈而未合，不足为华；经纬而织之矣，条理错彩，色不匀称，九章紊乱，颠倒天吴，可谓之华乎？宫商和而成音，丹碧错而成锦。前沉则后扬，外缛而中朗。有条递之绪以引之，则不芬；有清越之语以间之，则不沓；有超旷之旨以运之，则不滞；有宛转之笔以回翔、播荡之，则不板。故绣以能纂为文，组以善织为美。多识博览，顾所用之何如，此才子之所以异于恒人也。夫笙簧犹是器，而合曲各成；牲牢犹是物，而和味互异。才不才之分，以此。于此观之，可知子建之诗矣！昧者不察，震其繁丽，以为多才即昭明所收《白马》《名都》《箜篌》《美女》，亦皆此旨。若《吁嗟》之飘荡，《弃妇》之婉约，《七步》之真至，反不解登，安能尽子建天才之极乎！

　　陈思王诗如大成合乐，八音繁会，玉振金声。绎如抽丝，端如贯珠。循声赴节，既谐以和，而有理有伦，有变有转。前趋后艳，徐疾淫裔，璆然之后，犹擅余音。又如天马飞行，蹻云凌山，赴波逾阻，靡所不臻，曾无一蹶。

9. 王粲：

　　王仲宣诗跌宕不足，而真挚有余。伤乱之情，《小雅》、变风之余也。与子桓兄弟气体本殊，无缘相比。

　　王仲宣诗如天宝乐工，身经播迁之后，作《雨霖铃》曲，发声微吟，觉山川奔迸，风声云气与歌音并至。只缘述亲历之状，故无不沉切。又如耕夫言稼，红女言织，平实详婉，纤悉必尽。

10. 陈琳：

　　孔璋《饮马》一篇，可与汉人竞爽。辞气俊爽，如孤鹤唳空，翮堪凌霄，声闻于天。

11. 徐干：

　　伟长诗别能造语，匠意转掉，若不欲以声韵经心，故奇劲之气，高迥越众，如广坐少年中，一老踞席兀傲不言，时或勃然吐词，可以惊骇四筵矣！《杂诗》"浮云何洋洋"一章，洵是绝唱。
　　伟长句多转宕，生下虚字。其源出于"将子无死""若生当来还"。此等句法，以极健为则。如渊明"而无车马喧"，便觉稍近中晚。人法之，其惟所以往往运在句端，日益卑弱矣。故体气不可不辨也。

12. 刘桢：

　　公干诗笔气隽逸，善于琢句，古而有韵，比汉多姿，多姿故近。比晋有气，有气故高。如翠峰插空，高云曳壁，秀而不近。本无浩荡之势，颇饶顾盼之姿。《诗品》以为气过其文，此言未允。

13. 应玚：

　　德琏侍集一诗，吞吐低徊，宛转深至。意将宣而复顿，情欲尽而终含。务使听者会其无已之衷，达于不言之表。此申诉怀来之妙术也。如济水既出王屋，或见或伏，不可得其溯湃，然溯湃之势毕具矣！

14. 阮瑀：

　　元瑜诗间有奇语，虽寥寥短章，作想不恒。

15. 繁钦：

　　繁主簿，古之深情人也。《咏蕙》《定情》，以泪和墨也！
　　繁主簿诗如楚江暴涨，流漓四下，势不可遏。

16. 嵇康：

　　叔夜情至之人，托于老庄忘情，此愤激之怀，非其本也。详
竹林沉冥，并寻所寄。典午阴鸷，摧残何、夏，惟图事权，不惜
名彦。如斯之举，贤者叹之，非必于魏恩深，实亦丑晋事鄙。阮
公渊渊，犹不宣露。叔夜婞直，所触即形。集中诸篇，多抒感愤。
召祸之故，乃亦缘兹。夫尽言刺讥，一览易识，在平时犹不可，况
猜忌如仲达父子者哉！叔夜衷怀既然，文笔亦尔。径遂直陈，有言
必尽，无复含吐之致。故知诗诚关乎性情。婞直之人，必不能为婉
转之调，审矣！叔夜诗实开晋人之先。四言中饶隽语，以全不似
《三百篇》，故佳。五言句法，初不矜琢，乏于秀气。时代所限，不
能为汉音之古朴，而复少魏响之鲜妍，所缘渐沦而下也。

　　嵇中散诗如独流之泉，临高赴下，其势一往必达，不作曲折
潆洄，然固澄澈可鉴。

17. 阮籍：

　　阮公《咏怀》，神至之笔。观其抒写，直取自然。初非琢炼之
劳，吐以匠心之感，与《十九首》若离若合，时一冥符，但错出繁
称，辞多悠谬。审其大旨，始睹厥真。悲在衷心，乃成楚调。而子

昂、太白目为古诗，共相仿傲，是犹强取龙门愤激之书，命为国史也。且子昂、太白所处之时，宁有阮公之情而能效其所作也哉！公诗自学《离骚》，而后人以为类《十九首》耳。

嗣宗《咏怀》诗如白首狂夫歌哭道中，辄向黄河乱流欲度，彼自有所以伤心之故，不可为他人言。而听者不察，争欲按其节奏，谱入弦诗，夫孰能测其心者！

三 晋

18. 张华：

张司空范古为趋，声情秀逸，盖步趋绳墨之内者，未可以千篇一体少之。

张茂先诗如吉日平郊，安车有适，驰驱既范，四马并闲。鸾和之音，舒徐合节。至于《励志》九章，尤为近道之言。

19. 傅玄：

休奕乐府力摹汉魏，神到之语，往往情长，时代使然，每沦质涩。然矫健之气，亦几几优孟之似叔敖矣。《短歌行》《饮马长城窟》《放歌行》此三篇，并有佳处。惜一二累句不可存，割爱舍之。《董逃行》又以佳句甚多，终不忍置。

傅刚侯诗如桓宣武自比处仲，越石横槊起舞。或向殷，或拟刘，意气故自豪，特不堪令越石故婢指摘。昭明仅录《杂诗》一章，此自"选"体，傅偶一诣之耳，非其本调。

20. 陆机：

士衡诗束身奉古，亦步亦趋。在法必安，选言亦雅，思无越畔，语无溢幅。造情既浅，抒响不高。拟古乐府稍见萧森，追步《十九首》便伤平浅。至于述志赠答，皆不及情。夫破亡之余，辞家远宦，若以流离为感，则悲有千条；倘怀甄录之欣，亦幸逢一旦。哀乐两柄，易得淋漓。乃敷旨浅庸，性情不出，岂余生之遭难，畏出口以招尤？故抑志就平，意满不叙，若脱纶之鬣，初放微波，围围未舒，有怀靳展乎？大较衷情本浅，乏于激昂者矣。

陆士衡诗如都邑近郊良家村妇，约黄束素，并仿长安大家，妆饰既无新裁，举止亦多详稳。

21. 陆云：

士龙独专精四言，舂容安雅，婉曲尽意。揆其深造，吉甫之流。虽亮达不犹，而弥节有度。五言数章，匠心抒吐，亦警切于平原，未可以少而薄之也。

陆士龙四言诗如弹雅琴，风日和好，调轸弄徽，穆然成声。纵不能识其辞，而和音舒缓，高下咸调，可以静躁心，引遥绪。

22. 潘岳：

安仁情深之子，每一涉笔，淋漓倾注，宛转侧折，旁写曲诉，刺刺不能自休。夫诗以道情，未有情深而语不佳者。所嫌笔端繁冗，不能裁节，有逊乐府古诗含蕴不尽之妙耳。安仁过情，士衡不及情；安仁任天真，士衡准古法。夫诗以道情，天真既优，而以古法绳之，曰未尽善，可也。盖古人之能用法者，中亦以天真为本也。情则不及，而曰吾能用古法。无实而袭其形，何益乎？

故安仁有诗,而士衡无诗。钟嵘惟以声格论诗,曾未窥见诗旨。其所云陆深而芜,潘浅而净,互易评之,恰合不谬矣。不知所见何以颠倒至此?

潘安仁诗如孺子慕者,距踊曲跃,仰啼俯嘘,其音呜呜,力疲不休,声渐益振。所喜本擅车子之喉,故曼声宛转,都无粗响。

23. 潘尼:

潘正叔诗手笔高苍,情绪警切,而轨于雅正。飒飒乎有魏氏之遗音矣!

潘正叔诗如匠石构屋,门庭堂室,浅深相称。

24. 左思:

太冲一代伟人,胸次浩落洒然,流咏似孟德,而加以流丽;仿子建,而独能简贵。创成一体,垂式千秋。其雄在才,而其高在志。有其才而无其志,语必虚侨;有其志而无其才,音难顿挫。钟嵘以为"野于陆机",悲哉!彼安知太冲之陶乎汉魏,化乎矩度哉?

左太冲诗如裴将军之舞剑,运用在手,高下在心,捷疾变宕,不可测识。懦夫为之胆张,常人为之目眩。不知其倾吐神明,熟于击刺之法也。

25. 张载:

孟阳长于言愁,触绪哀生,坌涌不能自止。笔颇古质,不落建安以后。

张孟阳诗如洞庭晚秋，严霜封条，烈风陨箨，波光月色，千里寒碧。

26. 张协：

景阳诗挥洒匠心，纵横尽情。尽情而不拙，匠心而不乱，其手笔固高，熟于古法也。《诗品》谓"雄于潘岳，靡于太冲"，此评独当。一反观之，正是靡类安仁，其情深语尽同；但差健有斩截处，正是雄类太冲，其节高调亮同，但不似太冲简老，一语可当数语。固当胜潘逊左，风气微开康乐。写景生动，而语苍蔚，自魏以来，未有是也。然其源亦出于仲宣，机绪相承如此。知古人无无所本者。人谓欲自开堂奥，不知定不能出古人范围。若欲出古人范围，而自开堂奥，未有不野者。

张景阳诗如迅猿腾枝，哀鹤舞空，回翔纵掣，工捷故迟。要以体轻力健，有自然之乐。

27. 刘琨：

越石英雄失路，满衷悲愤，即是佳诗。随笔倾吐，如金笳成器，本擅商声，顺风而吹，嘹栗凄戾，足使枥马仰欹，城乌俯咽。

28. 卢谌：

子谅诗以质朴胜，情真而不深。

29. 郭璞：

景纯本以仙姿，游于方内。其超越恒情，乃在造语奇杰，非关命意。《游仙》之作，明属寄托之词。如以列仙之趣求之，非其本旨矣！

　　郭弘农诗如赤城标霞，奇峰峻绝，矗立霄汉，人不易攀。

30. 陶渊明：

　　千秋以陶诗为闲适，乃不知其用意处。朱子亦仅谓《咏荆轲》一篇露本旨。自今观之《饮酒》《拟古》《贫士》《读山海经》，何非此旨？但稍隐耳！往味其声调，以为法汉人而体稍近。然揆意所存，宛转深曲，何尝不厚？语之暂率易者，时代为之。至于情旨，则真《十九首》之遗也，驾晋、宋而独道，何王、韦之可拟？抑文生于志，志幽故言远。惟其有之，非同泛作。岂不以其人哉！千秋之诗，谓惟陶与杜，可也。

　　陶靖节诗如巫峡高秋，白云舒卷，木落水清，日寒山皎之中，长空曳练，萦郁纡回，望者但见素色澄明，以为一目可了，不知封岩蔽壑，参差断续，中多灵境。又如终南山色，远睹苍苍；若寻幽探密，则分野殊峰，阴晴异壑，往辄无尽。

四　宋

31. 颜延之：

　　延年本有风藻，亦娴古调。《五君》五咏，苍秀高超。《秋胡》九章，流宕安雅。而束于时尚，填缀求工。《曲阿后湖》之篇，诚擅密藻。其它繁挟之作，间多滞响。就其所造，工琢未纯。以望康乐相去甚远，岂独若汤、鲍所喻哉！四言浅质，都无佳句，不足登选。

　　颜光禄诗如金张许史大家命妇，本亦有韶令之姿，而命服在躬，华珰饰首，约束矜庄，掩其容态。暂复卸妆，闲燕亦能微露姣妍。

32. 谢灵运：

康乐公诗《诗品》拟以初日芙蓉，可谓至矣，而浅夫不识，犹或以声采求之。即识者，谓其声采自然，如"池塘生春草"等句是耳。乃不知其钟情幽深，构旨遥远，以凿山开道之法，施之惨澹经营之间。细为体味，见其冥会洞神，蹈虚而出。结想无象之初，撰语有形之表。孟觊生天，康乐成佛，不虚也。智慧如此，所证岂凡？洵可称诗中之佛，贾岛外道，谬为魔推。吾今当奉康乐佛矣！

谢康乐诗如湛湛江流，源出万山之中。穿岩激石，瀑挂湍回，千转百折，喷为洪涛。及其浩漾澄湖，树影山光，云容草色，涵彻洞深。盖缘派远流长，时或？为小涧，亦复摇曳澄濚，波荡不定。

评谢灵运《初去郡》：起四句用古人发挥伟论，澜翻云涌。如此发端，何处得来？后人作诗好使事，要皆填缀耳，遂致揿实不灵，空疏之子翻相诟病。若使事如此，曾何嫌乎？使事如将兵，以我运事者神，以事合我者巧，事与我切者当，事与我离者疏，强事就我者拙，强我就事者，不复成诗矣。又此四语耳，跌宕深警，绝大议论。后人谓诗不可用议论，亦非也。浅夫愚子，喋喋烦称，辨言纠缠，牵缀无味，以此伤格，不如作文。使诗如文，不复似诗，故曰不如作文，议论所以妨也。自非然者，若十九首"人生忽如寄"一段，若阮嗣宗"小人计其功，君子道其常"，若左太冲"贵者虽自贵，轻之若尘埃；贱者虽自贱，重之若千钧"，语愈畅，旨愈远，何足为病乎！

诗不可犯。凡景物典故，句法、字法，一篇之内，切忌雷同。然大家名笔，偏以能犯见魄力。四语排比者，必须变化，此正法也。四语排比，而中一字虚字偏用，一例不嫌其同，此变法也。细而味之，一句各自一意。尚子、邴生，虽相似，而一举其必娶，一举其薄游。字面各异，何尝无变化乎？发端使事，中段、后段，不宜复使事，且叠用古人，至于四语之多，此变法也。细而味之，发端是以我论古人，此四语是以古人形我，用意各别，何尝无变化乎？故能犯者，必有气魄力量足以运之，迹已犯而神格不畅，然后可耳！不则，宁以矜慎不犯为得也。

33. 谢惠连：

谢法曹诗如秋空唳雁，风霜凄紧之中，飒沓寒声，偏能嘹亮。

34. 鲍照：

鲍参军既怀雄浑之姿，复挟沉挚之性。其性沉挚，故即景命词，必钩深索异，不欲犹人。其姿雄浑，故抗音吐怀，每独成亮节，自得于己。乐府则弘响者多，古诗则幽寻者众。然弘响之中，或多拙率；幽寻之内，生涩病焉。二弊交呈，每伤气格。要须观过知仁，即瑕见美。则以虽拙率而不近，虽生涩而不凡。音节定道，句调必健，少陵所诣，深悟于兹。固超俗之上篇，轶群之贵术也。所微嫌者，识解未深，寄托亦浅。感岁华之奄谢，悼遭逢之岑寂。惟此二柄，布在诸篇。纵古人托兴，率亦同然。而百首等情，乌睹殊解。无烦诠绎，莫足耽思。夫诗惟情与辞，情辞合而成声。鲍之雄浑，在声，沉挚在辞。而于情，反伤浅近，不及子山，乃以是故。然当其会心得意，含咀宫商，高揖机、云，远符操、植，则又非子山所能竞爽也。要之自宋以后，此两家洵称人杰。鲍境异于庾，故情逊之；庾时后于鲍，故声逊之。不究此二家之蕴，即不知少陵取法何自。古今作者，沿沂有因。至于格调之殊，易地则合，固不可强加轩轾耳！

鲍参军诗如惊潮怒飞，回澜倒激，堆埼坞屿，荡谲浸汩，微寻曲到，不作安流，而批击所经，时多触阂，然固不足阻其汹涌之势。

五 齐

35. 王融：

元长刻画裁成，而天分不足。调臻安雅，词备华腴。特少警思，未云秀出。如吹参差以合曲，循声高下，未免唅胡。

36. 谢朓：

玄晖去晋渐遥，启唐欲近，天才既隽，宏响斯臻。斐然之姿，宣诸逸韵；轻清和婉，佳句可赓，然佳既在兹，近亦由是古变为律，风始攸归。至外是平调单词，亦必秀琢。按章使字，法密旨工。后人哦传警句，未究全文。知其选语之悠扬，不知其谋篇之深造也。发端结想，每获骊珠；结句幽寻，亦铿湘瑟。而《诗品》以为末篇多踬，理所不然。夫宦辙言情，旨投思遁。赋诗见志，固应归宿是怀。仰希逸流，贞观丘壑，以斯托兴，趣颇萧然。恒见其高，未见其踬。但嫌篇篇一旨，或病不鲜。幸造句各殊，岂相妨误？盖玄晖密于体法，篇无越思；揆有情之作，定归是柄。如耕者之有畔焉，逾是则不安矣。至乃造情述景，莫不取稳善调，理在人之意中，词亦众所共喻。而寓目之际，林木山川，能役字模形，稍增隽致。大抵运思使事，状物选词，亦雅亦安，无放无累，篇篇可诵，蔚为大家；首首无奇，未云惊代，希康乐则非伦，在齐梁诚首杰也。

谢宣城诗如雅歌比竹，音节和愉。当其高调偶扬，不乏裂云之响。闻于邻听，指此为工。不知密坐满堂者，别自赏其谐适。

六 梁

37. 简文帝：

晋宋以来，古风未泯。齐梁作者，渐即秾华。然观梁武、昭明，尚是雅音，纤丽不极。至于简文，半为闺闼之篇，多写妖淫之意。纵缘情即景，赋物酬人，非刻画莺花，即铺张容服。辞矜藻绩，旨乏清遥。于是汉魏前型，荡然扫地。爰逮陈、隋效仿，狎客承流。六朝之体始分，风雅之林迥异。后世高论性情之家，视此若郑声之宜放；即在讲求声律之子，亦以此等都后之无讥。然要而思之，有足论者。夫咏歌之道，岂必存质去文？《毛诗》托兴，多缘草木；《楚辞》志感，并列香葩。

《偕老》之篇，笄珈侈丽；《小戎》之什，车服杨华。但章句间施，运以情旨。未有天怀本薄，缛采徒施者。梁、陈之诗，匪病其辞，病其无意。在篇咸琢，靡句不雕。起结罕独会之情，中间鲜贯串之旨。堆珠积翠，不被玉肤。岂知天帝之容，本贵清扬之貌？此其所失也。又丽采所矜，尚其大雅。夫紫磨之金，烛银之锡，非不灿然也。然商周彝鼎，光色更殊者，年古质高，有浑然之气。即如西京乐府，亦擅风华。子侯妖娆，《庐江小妇》，陆离繁艳，讵不蝉连？而章法因仍，清机徐引。及其措语，黼黻天成，模在藻中，浑余词外。六朝雕镂，填砌枝骈，摘句揣音，判殊古调。此气格之异，又其一端也。至于低徊以取媚，纤隽以生姿，则又在属采之先，为经营之本。揆之往古，岂曰不然？"寔被周行"，何其深婉？"抑若扬兮"，讵不多姿？但隽而不尖，逸而能雅。今则气佻而益薄，态露而不藏，故巧极拙形，曲极径显。夫温柔敦厚，柔仅一焉。靡靡之音，徒柔不厚之谓也。梁陈之弊，在舍意问辞，因辞觅态。阙深造之旨，漓穆如之风。故闺阃之篇，是其正体；次则分赋物类，流连景光。倚外可以附文，由衷不能宣志。至如嗣宗《咏怀》，太冲《咏史》，刘越石之伤乱，陶元亮之归田，直写胸襟，抒吐蕴抱者，则千家绝响，百氏阁笔矣。且夫闺阃之篇，古人亦皆托兴；时物之感，君子祇以道怀。今迹其所假，寻于末流，于咏歌之道，亦已失据矣！而又缀无质之华，竭佻露之巧。同声一调，靡靡争趋，从此之焉，填词为近。所幸初唐承绪，律体渐谐，以平仄之词，得中和之韵。故翻于下派，澄波独流。及射洪既兴，青莲复起，渐求古调，一洗颓波；易辙改弦，振成高响。而人心所赴，有若江河。故听古乐而恐卧，听新声而不倦。日久渐趋，纤皁复作。义山、飞卿，啜其余流，时又降于梁、陈，风仍爱其柔脆。于是晚唐风格转作诗余，此梁、陈必至之势，后先冰霜之归也。循是以往，为比南之曲，为吴燕之歌，源流相承，俚俗无底，如将归狱。究厥渠魁，诗亡之罪，梁、陈服首。虽然流失者，末也；渐至者，时也。当其在初，不若是甚。夫梁、陈之诗，丽则丹碧辉煌，隽则丝竹柔曼。辉煌可以娱目，柔曼可以悦耳。当其只辞耸听，逸韵动心，思入微茫，巧穷变态，色联五采，味侈八珍，此亦有所长者。但就其所作，亦未能尽充本量。故撅实者多，摇曳者少，则态不足也。属对或强，用字或庚，则辞不足也。梁、陈所尚，惟辞与态。此而不足，更何观诸？故余所选存，就梁、陈以论梁、陈。苟辞态俱优，亦加甄録。后之作者，偶涉无益之题，戏规俳丽之体，则务充其量，辞态必兼。自非然者，发情命意，乃为本论。非可废辞，而辞贵于雅；非可无态，而态不欲纤。又若徒惩俳偶之风，全去辞态之用，则太羹玄酒，饭土羹尘，如拟宣怀，不如著论。即云用韵，顿比勒铭，与咏歌之道相去复远矣！

　　简文帝诗如佻薄公子，斗饰新装、舆马、衣冠，事事雕琢，不复有王谢子弟风味。

38. 沈约：

　　休文诗体全宗康乐，以命意为先，以炼气为主。辞随意运，态以气流。故华而不浮，隽而不靡。《诗品》以为宪章明远，源流既讹，独谓工丽见长，品题并谬。要其据胜，特在含毫之先。命旨既超，匠心独造，浑沦跌宕，具以神行。句字之间，不妨率直。所未逮康乐者，意虽远而不曲，气虽厚而不幽。意之不曲，非意之咎，乃辞乏低徊也；气之不幽，非气之故，乃态未要眇也。大抵多发天怀，取自然为诣极；句或不琢，字或不谋，直致出之，易流平弱。远攀汉魏，望尘之步欲前；近比康乐，具体而微是已。夫辞虽乏于低徊，而运以意，则必警；态虽未臻要眇，而流于气者必超。骤而咏之，飒飒可爱；细而味之，悠悠不穷。以其薄响，校彼芜音，他人虽丽不华，休文虽淡有旨，故应高出时手，卓然大家。三复之余，慕思无已。

　　沈休文诗如干将名剑，水断蛟龙，陆刜犀兕。铠刃铦利，所触无留，独不似鱼肠匕首，有雕镂之用。又如洞庭山水，穷高极深。嵯峨于霄，濒洞极泉。其纡回秀折，不如武夷九曲之佳，而浩大奇观，固极仁知之乐。

39. 江淹：

文通于诗颇加刻画，天分不优，而人工偏至。规古力笃，尤爱嗣宗。偶得苍秀之句，颇亦邃诣。但意乏圆融，调非宏亮。衡其体气，方沈直是小巫。而《诗品》谓休文意浅于江，何其妄论也！

休文诗若虞永兴书，不择笔墨，此何可及！文通诗则褚河南书，当其意得，亦复道媚，然不脱临摹之迹。

40. 任昉：

以彦升之才，而晚节始能作诗。要将深诣于斯，不肯随俗靡靡也。今观其所存，仅二十篇许耳！而思旨之曲，情怀之真，笔调之苍，章法之异，每一篇如构一迷楼，必也冥心洞神，雕搜无象，然后能作。方将抉《三百篇》、《离骚》之蕴，发《十九首》汉魏之覆。云变澜翻，自成一家，而高视四代。此掣巨鳖手也，千秋而下，惟少陵与相竞爽。所造至此，钟嵘胡足以知之？而谓"动辄用事，诗不得奇"，悲夫！奇孰奇于彦升？且其诗具在，初亦未尝用事也。作此品题，何殊梦语！

任彦升诗如白茅仙人，自大涤山中游石而出，来从华阳洞天，潜行千里，入穿泉根，出攀紫烟，仙踪超忽，人不能测。

41. 何逊：

何仲言诗，经营匠心，惟取神会。生乎骈丽之时，摆脱填缀之习。清机自引，天怀独流。状景必幽，吐情能尽。故应前服休文，后钦子美。后人不详旨趣，动以骈丽少六朝，抑知六朝诗文，本饶清绪。纵复取青妃白，中含宛转之情；况多濯粉涤朱，独表清扬之质。惟异有述，何代无才？若捐意徇辞，务华弃实，虽曰间有，岂是同然？而耳食者概废诸家，肤袭者又诡窃余论。试取休文、仲言之集，切磋究之，宁不爽然自失乎？少陵于仲言之作，甚相爱慕。集中警句，每见规模。风格相承，脉络有本。浅学者源流弗考，一往吠声，今徒知推服少陵，而于少陵所推服者，反加诋毁，可乎？予选古诗，虽齐、梁以后，不敢忽略，诚以有唐大家恒多从此取径。虽命体不同，而楚风、汉谣，并成其美；春兰秋菊，各因其时。采撷流风，咸饶逸韵也。然求其跌宕若休文，高深若彦升，清迥若仲言者，亦不多得矣！

何仲言诗如层岩飞瀑，溘溘下垂，如缕不绝，而清光映彻，毛发可鉴。

七　陈

42. 阴铿：

阴子坚诗声调既亮，无齐、梁晦涩之习，而琢句抽思，务极新隽。寻常景物，亦必摇曳出之，务使穷态极妍，不肯直率。此种清思，更能运以亮笔，一洗《玉台》之陋，顿开沈、宋之风。且觉比《玉台》则特妍，校沈、宋则尤媚。六朝不沦于晚唐者，全赖有此大雅君子振起而维挽之。宜乎太白仰钻，少陵推许。榛涂之辟，此功不小也。后人评览古诗，不详时代，妄欲一切相绳。如读六朝体，漫曰"此是五古"，遂欲以汉魏望之，此既不合；

及见其渐类唐调，又欲以初盛律拟之，彼又不伦。因妄曰"六朝无诗"，否亦曰六朝之诗自成一体可耳，概以为是卑靡者，未足与于风雅之列。不知时各有体，体各有妙，况六朝介于古、近体之间，风格相承，神爽变换，中有至理。不尽心于此，则作律不由古诗而入，自多俚率凡近，乏于温厚之音。故梁、陈之诗，不可不读。读梁、陈之诗，尤当识其正宗，则子坚集其称首也。更且无论前古后律，脱换所由，就此一体，亦有妙境，乌容不详？今俊逸如子坚，高亮如子坚，诗至是可以止矣！前此则汉、魏、苏李、三曹、三谢，后此则沈、宋、岑、王、李、杜，凡诸名家，神调本合，各因时异，易地皆然，或素或青。夏造殷因，不可指周文而笑夏质，执夏质以废周文也。

阴子坚诗，如春风披扇，时花弄色，好鸟斗声，娟秀鲜柔，一景百媚，无非和气之所布。娱目接耳，使人神情洋洋，不觉自乐。

43. 徐陵：

考穆乐府，风华老练，殆兼李、杜之长矣！而五言殊不称，何也？

徐孝穆诗，其佳者如五陵年少，走马花间，纵送自如，回身流盼，都复可人。

44. 张正见：

张见赜诗才气络绎奔赴，使事攒花，应手成来，惜少流逸之致。如馆驿庖人，看羞兰桂，咄嗟立办，乍可适口，不名珍错。

修词至张见赜，可为工且富矣！然所以不大佳者，多无为而作，中少性情也。又如庙中土偶，塑为宓妃、神女、冠珮衣裙，事事华美，都无神气。

八 北齐

45. 萧悫:

萧仁祖之在北朝，可称大家。掩映风华，足以兢爽陈英，振开唐彦。

九 北周

46. 王褒:

王子渊诗淹雅，是南朝作家，辄有好句，足开初唐之风。伤归北地，如夏蝉经秋，独树孤吟，缠绵不已。

47. 庾信:

北朝羁迹，实有难堪。襄汉沦亡，殊深悲悒。子山惊才盖代，身堕殊方，恨恨如忘，忽忽自失。生平歌咏，要皆激楚之音，悲凉之调。情纷纠而繁会，意杂集以无端。兼且学擅多闻，思心委折，使事则古今奔赴，述感则方比抽新。又缘为隐为彰，时不一格，屡出屡变。汇彼多方，河汉汪洋，云霞蒸荡，大气所举，浮动毫端。故间秀句以拙词，厕清声于洪响。浩浩沺沺，成其大家。不独齐梁以来，无足限其何格；即亦晋宋以上，不能定为专家者也。至其琢句之佳，又有异者。齐梁之士，多以练句为工，然率以修辞矜其藻绘，纵能作致，不过轻清。夫辞非致则不睹空灵，致不深则鲜能殊创。《玉台》以后，作者相仍，所使之事易知，所运之巧相似。亮至阴子坚而极矣，稳至张正见而工矣！惟子山耸异搜奇，迥殊常格，事必远征令切，景必刻写成奇。不独萋尔标新，抑且无言不警。故纷纷藉藉，名句沓来。抵鹊亦用夜光，摘蝇无非金豆。更且运以杰气，敷为鸿文，如大海回澜之中，明珠、木难、珊瑚、玛瑙，与朽株、败苇、苦雾、酸风，汹涌奔腾，杂至并出，陆离光怪，不可名状。吾所以目为大家，远非矜容饰貌者所能拟似也。审其造情之本，究其琢句之长，岂特北朝一人，即亦六季鲜俪。

庾开府诗如夏云随风，飘忽万变，以高山大泽之气，蒸为奇峰；五采乔皇，不可方物。而其中细象物形，如盖如布，如马如龙，叠如鱼鳞，曳如凤尾，殊姿谲诡，尽态极妍，分其寻丈肤寸，皆足爱赏怡悦。

十　隋

48. 炀帝：

览《受朝诗》《饮马长城窟行》，似邻雅正。及观江都宫掖诸作，便极妖淫。有其实者必形诸言，自不容掩。

炀帝材不逮陈后主远，顾能为质语、重语。至《望江南曲》，绮靡直接诗余，益为卑矣。

参考文献

一 主要著作

曹道衡、刘跃进：《南北朝文学编年史》，北京，人民文学出版社，2000。

曹道衡、沈玉成：《南北朝文学史》，北京，人民文学出版社，1991。

陈祚明：《稽留山人集》，四库全书存目丛书（集233），济南，齐鲁书社，1997。

陈祚明评选，李金松点校《采菽堂古诗选》，上海，上海古籍出版社，2008。

邓之诚：《清诗纪事初编》，上海，上海古籍出版社，1984。

丁福保辑《历代诗话续编》，北京，中华书局，1983。

方孝岳：《中国文学批评》，北京，三联书店，1986。

冯友兰：《中国哲学史》，上海，华东师范大学出版社，2000。

郭绍虞、富寿荪编《清诗话续编》，上海，上海古籍出版社，

1983。

郭绍虞：《中国文学批评史》，上海，上海古籍出版社，1979。

郭英德等：《中国古典文学研究史》，北京，中华书局，2000。

胡应麟：《诗薮》，上海，上海古籍出版社，1958。

蒋寅：《古典诗学的现代阐释》，北京，中华书局，2003。

李攀龙编《古今诗删》，四库全书第1382册。

李世英、陈水云：《清代诗学》，长沙，湖南人民出版社，2000。

李延寿：《南史》，北京，中华书局，1975。

李泽厚、刘纲纪：《中国美学史》，合肥，安徽文艺出版社，1999。

林继中：《文化建构文学史纲》，西安，三秦出版社，1994。

林继中：《文学史新视野》，北京，北京大学出版社，2000。

〔日〕铃木虎雄：《中国诗论史》，许总译，桂林，广西人民出版社，1989。

刘世南：《清诗流派史》，北京，人民文学出版社，2004。

刘勰著，范文澜注《文心雕龙注》，北京，中华书局，1958。

陆侃如、冯沅君：《中国诗史》，济南，山东大学出版社，1990。

陆时雍编《古诗镜》，四库全书第1411册。

逯钦立辑校《先秦汉魏晋南北朝诗》，北京，中华书局，1983。

罗宗强：《隋唐五代文学思想史》，北京，中华书局，1999。

罗宗强：《魏晋南北朝文学思想史》，北京，中华书局，1996。

梅鼎祚编《汉魏诗乘》，北京图书馆藏万历十一年刊本。

梅鼎祚编《六朝诗乘》，上海图书馆藏万历三十四年刻本。

孟森：《明清史讲义》，北京，中华书局，1981。

钱谦益：《列朝诗集小传》，上海，上海古籍出版社，1983。

钱钟书：《谈艺录》，北京，中华书局，1990。

钱仲联：《梦苕龛论集》，北京，中华书局，1993。

钱仲联编校《陈衍诗论合集》，福州，福建人民出版社，1999。

钱仲联主编《清诗纪事》，南京，江苏古籍出版社，1987。

沈德潜编《古诗源》，北京，中华书局，1963。

沈德潜编《唐诗别裁集》，上海，上海古籍出版社，1979。

沈德潜著，霍松林校注《说诗晬语》，北京，人民文学出版社，1979。

沈约：《宋书》，北京，中华书局，1974。

司马迁：《史记》，北京，中华书局，1959。

孙立：《明末清初诗论研究》，广州，广东高等教育出版社，2003。

孙琴安：《中国评点文学史》，上海，上海社会科学院出版社，1999。

孙冶：《孙宇台集》，清康熙二十三年孙孝桢刻本。

王夫之编，张国星校点《古诗评选》，北京，文化艺术出版社，1997。

王夫之著，戴鸿森笺注《薑斋诗话校笺》，北京，人民文学出版社，1981。

王士禛选，闻人倓笺注《古诗笺》，上海，上海古籍出版社，1980。

王运熙、顾易生主编《中国文学批评史新编》，上海，复旦大学出版社，2001。

王镇远、邬国平编选《清代文论选》，北京，人民文学出版社，1999。

魏征等：《隋书》，北京，中华书局，1973。

魏中林整理《钱仲联讲论清诗》，苏州，苏州大学出版社，

2004。

邬国平、王镇远：《清代文学批评史》，上海，上海古籍出版社，1995。

吴建民：《中国古代诗学原理》，北京，人民文学出版社，2001。

吴淇：《六朝选诗定论》，扬州，广陵书社，2009。

吴文治主编《宋诗话全编》，南京，江苏古籍出版社，1998。

吴振棫：《国朝杭郡诗续辑》，钱塘丁氏重刻本。

萧华荣：《中国诗学思想史》，上海，华东师范大学出版社，1996。

萧统编，李善注《文选》，上海，上海古籍出版社，1986。

萧子显：《南齐书》，北京，中华书局，1972。

谢榛著，宛平校点《四溟诗话》，北京，人民文学出版社，1961。

徐公持：《魏晋文学史》，北京，人民文学出版社，1999。

徐陵编，吴兆宜注《玉台新咏》，郑州，中州古籍出版社，1991。

徐献忠编《六朝声偶集》，四库全书存目丛书304。

许学夷著，杜维沫校点《诗源辩体》，北京，人民文学出版社，1987。

严迪昌：《清诗史》，杭州，浙江古籍出版社，2002。

严可均校辑《全上古三代秦汉三国六朝文》，北京，中华书局，1958。

严羽著，郭绍虞校释《沧浪诗话校释》，北京，人民文学出版社，1961。

杨焄：《明人编选汉魏六朝诗歌总集研究》，西安，陕西人民教育出版社，2009。

姚思廉：《陈书》，北京，中华书局，1972。

姚思廉：《梁书》，北京，中华书局，1973。

叶朗：《中国美学史大纲》，上海，上海人民出版社，1985。

叶燮著，霍松林校注《原诗》，北京，人民文学出版社，1979。

佚名编《六朝诗集》，续修四库全书第 1589 册。

永瑢等：《四库全书总目》，北京，中华书局，1965。

袁行霈、孟二冬、丁放：《中国诗学通论》，合肥，安徽教育出版社，1994。

臧懋循编《古诗所》，甘肃图书馆藏万历雕虫馆刊本。

张伯伟：《中国古代文学批评方法研究》，北京，中华书局，2002。

张伯伟：《中国诗学研究》，沈阳，辽海出版社，2000。

张健：《清代诗学研究》，北京，北京大学出版社，1999。

张廷玉：《明史》，北京，中华书局，1974。

张玉谷编，许逸民校点《古诗赏析》，上海，上海古籍出版社，2000。

赵尔巽等：《清史稿》，北京，中华书局，1976。

钟嵘著，周振甫译注《诗品译注》，北京，中华书局，1998。

钟惺、谭元春编《古诗归》，续修四库全书第 1589 册。

朱东润：《中国文学批评史大纲》，上海，上海古籍出版社，2001。

朱彝尊：《曝书亭集》，四部丛刊影清康熙本。

朱彝尊著，姚祖恩编，黄君坦校点《静志居诗话》，北京，人民文学出版社，1990。

邹云湖：《中国选本批评》，上海，上海三联书店，2002。

《十三经注疏》，上海，上海古籍出版社，1997。

二　主要论文

陈斌：《陈祚明交游及〈采菽堂古诗选〉编选意图考论》，《福建师范大学学报》（哲学社会科学版）2007 年第 3 期。

陈斌：《论清初陈祚明对〈古诗十九首〉抒情艺术的发微》，《中国韵文学刊》2006 年第 4 期。

陈斌：《清初诗文选家陈祚明及其〈采菽堂古诗选〉》，《古典文学知识》2007 年第 2 期。

陈敏：《〈诗归〉与竟陵派的诗论纲领》，山东师范大学硕士学位论文，2000。

樊宝英：《选本批评与古人的文学史观念》，《文学评论》2005 年第 2 期。

胡大雷：《中国古代选本类型及其文学史意义》，《学术月刊》1991 年第 5 期。

黄妍、徐国荣：《论〈采菽堂古诗选〉对庾信的推崇》，《安徽大学学报》2014 年第 1 期。

蒋鹏举：《李攀龙研究》，陕西师范大学博士学位论文，2005。

蒋寅：《一个有待于重新认识的批评家——陈祚明先唐诗歌批评》，《中国社会科学院研究生院学报》2011 年第 3 期。

蒋寅：《清初诗坛对明代诗学的反思》，《文学遗产》2006 年第 2 期。

解国旺：《明代古诗选本研究》，河南大学博士学位论文，2007。

景献力：《陈祚明诗论的"泛情化"倾向》，《福州大学学报》（哲学社会科学版）2007 年第 4 期。

景献力：《明清古诗选本个案研究》，福建师范大学博士学位论文，2005。

李金松、陈建新：《陈祚明〈采菽堂古诗选〉考述》，《中国韵文学刊》2003 年第 2 期。

李兆禄：《清初诗论中的"扬任抑沈"现象——以王夫之、陈祚明、王士禛为例》,《中国文学研究》2014 年第 2 期。

潘承玉:《清初明遗民诗人的诗史意识》,《古典文学知识》2004 年第 2 期。

施丹春:《论陈祚明的古诗观与批评方法》,《中北大学学报》2016 年第 1 期。

宋雪玲:《〈采菽堂古诗选〉编选之隐形标准》,《温州大学学报》2011 年第 6 期。

宋雪玲:《论陈祚明的诗歌美学思想》,《河南师范大学学报》2012 年第 5 期。

宋雪玲:《论陈祚明的诗学理论体系》,《丽水学院学报》2014 年第 1 期。

王莉:《陈祚明〈采菽堂古诗选〉选录汉乐府的特点及其批评方法》,《中南民族大学学报》2014 年第 2 期。

武菲:《沈德潜〈唐诗别裁集〉研究》,陕西师范大学硕士学位论文,2007。

张欢:《陈祚明与〈采菽堂古诗选〉研究论略》,漳州师范学院硕士学位论文,2012。

张伟:《〈采菽堂古诗选〉的命名及成书过程研究》,《汕头大学学报》2014 年第 1 期。

张伟:《论〈古诗源〉对〈采菽堂古诗选〉诗学思想的承袭》,《中国韵文学刊》2013 年第 4 期。

张伟:《论清初〈诗品〉接受史的"异质性"——以陈祚明对潘岳、陆机、陶渊明的批评为中心》,《中南大学学报》2014 年第 3 期。

张伟:《〈采菽堂古诗选〉对〈文选〉的批评与修正》,《汕头大学学报》2014 年第 6 期。

图书在版编目（CIP）数据

陈祚明《采菽堂古诗选》研究／宋雪玲著. -- 北京：
社会科学文献出版社，2016.10
（中国地方社会科学院学术精品文库. 浙江系列）
ISBN 978 - 7 - 5097 - 9907 - 9

Ⅰ.①陈… Ⅱ.①宋… Ⅲ.①古典诗歌 - 诗集 - 中国
②《采菽堂古诗选》- 诗歌研究 Ⅳ.①I222

中国版本图书馆 CIP 数据核字（2016）第 253022 号

·中国地方社会科学院学术精品文库·浙江系列·
陈祚明《采菽堂古诗选》研究

著　　者／宋雪玲

出 版 人／谢寿光
项目统筹／宋月华　吴　超
责任编辑／宋淑洁

出　　　版／社会科学文献出版社·人文分社（010）59367215
　　　　　　地址：北京市北三环中路甲29号院华龙大厦　邮编：100029
　　　　　　网址：www. ssap. com. cn
发　　　行／市场营销中心（010）59367081　59367018
印　　　装／三河市尚艺印装有限公司

规　　　格／开　本：787mm × 1092mm　1/16
　　　　　　印　张：13.75　字　数：168 千字
版　　　次／2016 年 10 月第 1 版　2016 年 10 月第 1 次印刷
书　　　号／ISBN 978 - 7 - 5097 - 9907 - 9
定　　　价／78.00 元